陶正明 著

我和我的战友

百花洲文艺出版社
BAIHUAZHOU LITERATURE AND ART PRESS

图书在版编目（CIP）数据

我和我的战友/陶正明著. —— 南昌：百花洲文艺出版社，2020.11
ISBN 978-7-5500-3839-4

Ⅰ.①我… Ⅱ.①陶… Ⅲ.①随笔－作品集－中国－当代
Ⅳ.①I267.1

中国版本图书馆CIP数据核字（2020）第185005号

我和我的战友

WO HE WO DE ZHANYOU

陶正明　著

出 版 人	章华荣
策　　划	邹晓冬
责任编辑	余　茳
书籍设计	方　方
制　　作	何　丹
出版发行	百花洲文艺出版社
社　　址	南昌市红谷滩区世贸路898号博能中心一期A座20楼
邮　　编	330038
经　　销	全国新华书店
印　　刷	江西千叶彩印有限公司
开　　本	720mm×1000mm　1／16
印　　张	20.5
版　　次	2021年4月第1版第3次印刷
字　　数	280千字
书　　号	ISBN 978-7-5500-3839-4
定　　价	48.00元

赣版权登字　05-2020-157

邮购联系　0791-86895108
网　　址　http://www.bhzwy.com
图书若有印装错误，影响阅读，可向承印厂联系调换。

序 言

黄恩华

我与陶正明将军是在2010年他到任江西省军区政委后才认识的，那时我在一个师级单位任政治部主任。我们之前未曾谋面，算是陌路相逢。

陶正明将军是从大别山区走出来的，戎马一生，从普通士兵一步一步成长为一名共和国将军，参加过边境作战，组织过抢险救灾，谏言过军队和国防建设，最后落脚归根于红土地，从江西省委常委、省军区政委位置上退了下来。他特别热爱部队、热爱红土地，视百姓如父母，待战友如兄弟，这种爱深深地根植于党性深处，融入了血脉之中，遍洒在军旅路上。他时常分享工作感悟和人生心得，退休之后，仍笔耕不辍，收获粉丝不少。2021年，我们伟大的中国共产党即将迎来一百周岁生日，为此，百花洲文艺出版社特约请陶正明将军创作献礼作品《我和我的战友》。

近日，他将《我和我的战友》书稿邮寄给我，盛情邀请我作序。在我的印象中，能有资格给新书写序的，大都是作者的领导、师长或是社会名流。作为陶正明将军曾经的部下、弟辈，我委实觉得为他的新书作序名不正、言不顺，所以反复使用了"参谋人员能给首长提三次建议权"请求陶正明将军另选他人，结果遭到他断然否定，"黄恩华你别再啰唆，我就要你这三个字的'金字招牌'"。无奈，下级必须服从上级。

我认真拜读了书稿，仔细品味，惶惶然提笔。

作者把自己参加工作后的四十多年生活体验，分八个部分整理成75篇短文或者诗歌，这些作品大都起源于江西，或发端于赣鄱，或传承于红土，既有平铺直叙，又有犀利笔锋；既有静若止水，又有豪情奔放；既如泣如诉，又豁达通透。人如其文。透过作品可以读懂作者的人生态度、思想感情和工作作风，折射出作者"真、实、新"的个性特质，给人以启迪。

真，表现在作者悟道求真、为人率真、为官本真上。如《谁寄的月饼》，就是生活中作者"爱兵如子、带兵如虎"的客观反映。二十世纪八十年代初，作者才三十来岁就是团职领导干部了，但他从不以官位自居，始终坚持与基层官兵打成一片，他概括自己的人际交往是"大官不大、小官不小"。因此，他在官居副军职时与国防科大山东籍小教员的父子般交往就是常事了，那么不知道谁寄的月饼也就释然了。所以，作者即使是描写生活中的琐事，也透露出对人的真诚和豁达。比如《我的四次隔离》中，时任师政委的他在国防大学学习时，周末"喝啤酒比赛"的那个细节，着实让人品味了一把"醉翁之意不在酒"的境界。

实，反映在作者务实、忠实、实干上。本书通篇都是写实，即使写"我"的工作状态和成长经历，基本上都是细节在支撑；即使对"战友"有所评论，也是直抒胸臆，把自己当时的感受和想法，写得很实在，体现的是作者为官从政说老实话、办老实事、做老实人的思想作风和工作作风。正因为实，就有思想，味道就出来了。作品中最具代表性的是《两把号一个调》，作者从描写自己在江西省军区政委任上与郑水成司令员搭档，从几件得人心、顺民意、见真情的难事入手，把我党实事求是的思想路线和党的群众路线的根本工作方法描写得深入浅出、有根有据、实在管用。思想产生味道，味道印证思想。作者经历丰富，悟性超强，是能尝出思想味道的人。

新，体现在思想观念上能够与时俱进引领时代潮流勇于创新，思维方式上全面辩证地考虑问题的角度新，解决工作中重难点问题上出奇制胜招数新。

作品中《天下第一人武部》就是典型一例。作者入伍后搞过新闻报道，有发现问题线索的独到职业眼光，后来又从事政治机关组织工作，长期担任师以上领导职务，抓典型是他的拿手好戏。作者以历史的视域捕捉到毛泽东同志创建井冈山革命根据地时成立湘赣边界党的委员会，其中有防务委员会的机构，属于兵役和后方工作性质，王佐为第一任主任，遂与党建专家考证了其真实性和准确性，响亮地叫出了井冈山人武部是"天下第一人武部"，然后带领人武部干部、职工、家属、小孩齐上阵，提出创建全军先进人武部要坚持做好十六件事。自2010年以来，井冈山人武部全体同志一茬一茬接续干好这十六件事，江西省军区领导一任一任不断总结推广其经验做法。功夫不负有心人。2014年6月，井冈山人武部作为军队第二批党的群众路线教育实践活动的先进典型被广泛宣传；2017年9月，其又作为全国重大典型在军内外宣传。2018年2月，井冈山人武部被中央军委国防动员部授予集体二等功。

《我和我的战友》整篇构思巧妙精细，属于叙事性的纪实性文学题材，但每篇作品都具备了短篇小说所要求的"典型的人物、典型的时间、典型的事件"的特点，其文风和笔触颇具鲁迅先生短篇小说如《孔乙己》《一件小事》等的艺术风格，只不过由于历史背景不同，作者生活在社会主义的新中国，表达的是对党、对人民、对军队的挚爱之情。读者从本书中可以领略其中蕴含的人生哲理和艺术价值。

一方面讴歌人世间的好人凡事，挖掘人性中的真善美。翻开作品，一个个生活中的人物跃然纸上，有百岁老红军张力雄将军、正厅级村主任李豆罗老市长、老山英雄钱富生、人武部政委刘国强、模范军嫂张秀桃……他（她）们在日常生活和工作中展现出来的英勇无畏、大爱无疆、奋发向上、乐善好施的品格和风尚，是新中国英雄模范层出不穷的真实写照。另一方面以人物来言情状物、以身边事明大道理。文学作品的社会价值在于为人民大众服务，引领社会先进文化的发展。作者严格遵循真实性、大众性的创作原则，在深入思考和观察中，用简练、朴实的文风，勾画出生活中有血有肉、启迪人生的人物形象，认真阅读后耐人寻味、引人深思。如《大校村支书》中对吴惠芳的刻画和描写，作者抓住人物"富二代""副师职干部"的特殊身份，从人物的人生成长历程中，挖掘出其身上善于学习、勇于创新、敢想敢试、敢干敢闯的时代精神，令人肃然起敬，深受启迪。还有《我被肺癌撞了一下腰》《参观人体标本展示馆》等篇，作者以自己身患癌症、签订捐献遗体协议的经历，展示了自己对待疾病、对待衰老、对待死亡的思考，用淡淡的两句"日子过的是心情，生活要的是质量"的朴实话语，道出了大彻大悟的大爱大智大善的人生真谛，令读者在饱含泪水中受到心灵的震撼。

掩稿而思，往事历历在目。2013年10月，陶正明将军年届六十，即将在政委任上退休，我时任江西省军区政治部副主任。知道他有周末下部队转基层的习惯，一个周末的早晨，我就早早地敲开了他的家门，拿出一个金质毛主席像章和《江西日报》刚发表的我的一首诗的版面，对他说："首长，今天是您六十周岁生日，您从来不过生日，也从不收别人的礼物，但想到您退休后就不在南昌住了，我今天特意来表个心意……"我话音未落，陶正明将军竟先自哽咽，眼泪直流，使得我俩泪眼双行默默相对数分钟，似乎要把我们这几年深厚的战友之情牢牢地凝固在这一瞬间。缓了一会儿，陶正明将军进里屋拿了一块手表递到我手上，对我说："恩华，你是党的十八大以后调到省军区机关工作的，所以你来后我们一直没有机会喝个酒。这块表你留着，让时间留下我们的友谊，等我退休回杭州了，在家里补上我们这顿酒。"

我本没有戴手表的习惯，但从此，我不论什么时候，都戴着陶正明将军赠送我的这块手表，作为我们永远的回忆和纪念。

2020年5月30日于南昌瑶湖

（黄恩华，江西临川人，教授、博士生导师。1979年9月考入南昌陆军学院并同时入伍，曾任过教员、教研室主任、军分区政委、省军区政治部副主任。现任江西师范大学党委书记。）

目 录

第一篇

连队如家

1973年2月，我在河南商丘

我1972年12月入伍，2013年退休，从军四十一年，当兵的第一站，是第一军第二师炮兵团榴炮营二连一班战士。

四十年的军旅生涯，我的身边先后出现过无数位战友，用"成千上万"来形容丝毫不为过！尽管有些人给我印象很深，有些人没有什么印象，但我知道，这些人，都是我亲爱的战友！

战友，这看似平常的一个名词，在军人的称呼中，在军人的意识中，在军人的认知中，有着崇高的、无与伦比的、不可替代的地位！这个名词，代表着整年整年的相聚、厮守，代表着训练场上汗与泪的交融，代表着战场上血与火的相助！

战友，就是那个融入了你生命的人！

战友，就是那个可以为你挡子弹的人！

战友，生死之交一碗酒！

我的第一段战友情，是从连队开始的。

战友胜兄弟

在光阴的故事里，有了血与火的经历，战友是大千世界中美好的相遇。

在忙碌的生活里，在茫然无助无奈时，战友虽然不是亲人，却会给予亲人般的问候，精神上的鼓励和支持。无论得意，还是失意；无论开心，还是孤寂；无论晴天，还是风雨，一路走来，战友是那样的不舍不弃，和你分享快乐，分担痛苦。战友是那个为你雪中送炭、雨天送伞的人；战友是那个为你的成功鼓掌、失败疗伤的人……

战友如春天的百花，花香四溢，沁人心脾；战友如夏日的清泉，甘甜凉爽，心旷神怡；战友如中秋的明月，锦上添花，花好月圆；战友如冬日午后的暖阳，光芒灿烂，驱走寒意。

战友一生一起走，即使不能朝朝暮暮地相守，却拥有友谊万岁的深情厚谊！当时光老去，即使白发苍苍，希望在一个阳光灿烂的日子里，彼此还能坐在一起，回忆逝去的时光，回忆昔日的欢声笑语……

战友相守，是好久不见、见字如面的感动；被战友守候，是海角天涯、相见无忧的惬意。

当兵第一班

我的连队我的班，
弹指一挥四十三。
血气方刚小青年，
从军来到红炉间。

地方小伙到军营，
眼里看啥都新鲜。
被子叠成豆腐块，
走路都得成直线。

吃饭睡觉听军号，
一举一动有人管。
走到哪里都唱歌，
口号喊得嗓子干。

虽说当兵挺新鲜，
很多事情不会干。
班长手把手来教，

战友互帮不算难。

连队是个大家庭，
小家就是咱们班。
五湖四海到一起，
战友情深不一般。

你来帮我洗衣被，
他来教我做针线。
想家班长找谈心，
生病战友问冷暖。

军姿站直踢正步，
老兵前头做示范。
军体器械翻飞上，
投弹射击敢争先。

新兵最是开心事，
家信来了文书喊。
接信如同见爹娘，
一人念信全班欢。

新训半月再体检，
帽徽领章亮闪闪。
照张相片寄回家，
遥想父母乐开颜。

专业训练一展开，
任务一环套一环。
全连训练掀热潮，
一班一班比着干。

炮兵专业两大块，
指挥计算数最难。
初生牛犊不怕虎，
蚂蚁列阵可移山。

基础练习从头越，
炮手分练是开端。
手摇方向高低机，
融会贯通苦钻研。

预习场上枪代炮，
比例缩小天天练。
严格要求不马虎，
腰酸腿疼满手茧。

我在抬炮正向前，
战友开车轮打转。
击中腰椎失知觉，
半夜送到军医院。

治疗三月回到连，
全休能吃不能练。
推荐去了读书班，
营团干部当教员。

部队换防到江南，
超编干部留原地。
只好解散读书班，
我又回到我的连。

班长担子扛在肩，
训练中间遇哑弹。
主动要求去排险，
危急时刻冲在前。

带着另外一战友，
跑步赶到十里外。
小心翼翼四处寻，
排除险情气不喘。

记得夜间头班哨，
后班睡过没来换。
回去叫人或不叫？
思想斗争好半天。

山沟传来狼嚎声，

磷光悠悠鬼火闪。
要说不怕是假的，
但知责任重如山。

擅离职守是逃兵，
坚守岗位胆气添。
一站就是一整夜，
只为炮场保安全。

还有一次吃午饭，
新蒸馒头多了碱。
战士嫌弃不好吃，
一把扔出几米远。

排长看到没说话，
一个箭步往回捡。
弹去灰尘擦了擦，
三口两口全吃完。

排长行为太感动，
战士羞愧红了脸。
晚上战友帮助他，
班务会上检讨念。

年底接兵到商城，
家访回城天色晚。

来到一个小餐馆，
四菜一汤做晚饭。

几个班长抢付账，
连长却把大家拦。
一边买单一边说，
谁的官大谁掏钱。

连队有了好传统，
职务高的要买单。
一件小事看本质，
连队风气如清泉。

九位班长好教头，
一班冲为尖子班。
尖子班里出尖子，
两大标兵出一班。

连里一对好主官，
素质过硬很全面。
连队带得嗷嗷叫，
军区表彰先进连。

连队是座大熔炉，
淬火加钢勤锤炼。
干部班长举锤人，

锻造学兵红又专。

人生路上第一步，
班排生活最关键。
连队打下好底子，
艰难困苦若等闲。

戎马倥偬几十年，
回想最多是一班。
那里有我领路人，
是我人生起跑线。

我的班长班嫂

中华民族流传着一句俗语，长哥长嫂当爹娘。在部队里许多班长的嫂子，也像大哥大嫂一样对待班里战友。

我当兵到部队的第一天深夜，从大卡车往下跳，一位老兵说：这样容易受伤。他背对着我，踩住车边上的踏板，手抓住车厢上的挂钩，一只脚先着地，再放下另一只脚。等我照着他的动作，跳到地上，双腿站稳，他提着我的背包和旅行包，轻声说："陶正明，我叫刘永贵，是一班长。"

这就是我到军营认识的第一个老兵，也是我的第一位班长，更是我成长进步的第一位引路人！

刘班长是河北省玉田县苏各庄人，入伍前在村里当过多年党支部书记。当兵时已二十四岁，改小了年龄才合格的。由于阅历丰富，做思想工作很有一套，入伍半年就当上了一班长。我很幸运遇上他。他当了两年我的班长，我学到了许多知识和本领，终身忘不了这段战友情，兄弟情。

刘班子比我早入伍三年，年龄大六岁。我们这一年兵分到一班共四人，分别来自河南、湖北、甘肃、四川，我读过初中，算是有文化的，其余三位是初小或文盲。

刘班长除了正课时间组织我们认真训练外，业余时间也帮助我们好好利用。

一段时间之后，他发现有的同志周末睡觉习惯不好，一次班务会，专门给我们开小灶，上了"如何睡觉"一课，他深入浅出，讲得入情在理。人的一生，用来睡觉的时间大约占了三分之一，睡眠质量影响健康，也会影响一个人的生活质量。但是，又不能睡懒觉，"一日之计在于晨""早起的鸟儿有虫吃"，一个人怎么度过早晨，将决定他如何度过一生。那些热爱生活的人，大多是早睡早起的人，喜欢睡懒觉的，可能毁掉的却是人生；也不要睡饱觉，有人饭饱就上床，这也是一种很伤身体的行为；不要睡情绪觉，有的人总喜欢把情绪带到床上，心情不畅就用被子蒙着头躺在床上生闷气。不睡懒觉、饱觉、情绪觉，是对自己的健康负责，更是对人生未来负责。

几十年过去了，我听进了刘班长的话，养成了良好的生活习惯。

刘班长还根据班里同志习惯，把周日安排得劳逸结合，精神物质双受益。下午自由活动，上午三件事，学文化，写家信，洗衣服。每件事情大约一个小时，中间休息十来分钟。学习主要内容是精装本毛选四卷，《解放军文艺》或报纸。他把字典放在桌子中间，默读，抄写，认不着的字查字典，看不明白就互相询问。记笔记多数用铅笔，圆珠笔。班长要求笔记本要保存好，一段时间对比一下，看有没有进步；写家信可以给家里人写，也可以给其他熟人写，写了不一定邮寄，可以存起来，主要是提醒不要忘了亲人，友人，懂得友谊和感恩，也可以锻炼语言思维和组织能力。洗衣物督促大家要讲卫生，把脏了的被套被单和衣袜拿出来洗晾晒干净，上下衣重点是四口：领口，袖口，裤口，裤角口，怎么用洗衣粉，如何搓、涮水。大家按照班长教的方法，洗得又快又干净。自从用上了洗衣机，我有时还试用班长教的好办法，因为这里面有刘班长的情和爱。

刘班长当兵四年，不知什么原因提不了干部。有天晚上他突然找我到菜地转转，边看边说："陶正明，你当兵快满二年，下半年我打算退伍，与你未过门的嫂子商量好了，因双方家里经济条件不好，准备在部队办个结婚仪式，节约，简单，她也想来部队看看你们这些战友。来了后，你带班里同志到团招待所登记一间房子，买上几张红纸，你帮写副对联和三个"囍"字。晚上把排长，班长请来，再请几个同志来，你当证婚人。你同意不？"我说，你这样信任我，请放心，我一定办好！

对联怎么能最恰当地表达我们的心意，我们几个人凑了好几遍：王嫂嫂羞羞来军营当新娘，刘班长心心盼威武生兵宝；横幅：皆大欢迎。刘班长一听，一拍大腿："好，说到我的心坎上了"。

这是我第一次当证婚人，我怕说得不得体，改了好几遍，给班长审阅，他说你讲什么我和你嫂子都爱听！

嫂子来的第三天，就让班长把班里同志的脏衣脏袜子脏被子轮流收过去，一天几大盆，累得满头大汗。有天晚饭后我们又去新房看望嫂子，灯光下，嫂子坐在床边，脸上红扑扑的，我说，嫂子你比来的那时更美更漂亮，刘班长好福气。嫂子说部队饭菜好，你班长每顿打得那么多，不吃完浪费怪可惜。石永东操着四川话说，今后我找老婆就找嫂子一样的。大家哄堂大笑，嫂子低下头轻声说："比我好的多的是，要好好地选一个。"

到了老兵退伍的日子，刘班长在名单里。那几天刘班长更忙碌，帮连队干这干那，临走那天晚上，连队欢送退伍老兵会后，我作为一班长，提议班里同志再一块坐坐，请刘班长给我们再传传经。大家围坐在一起都哭了，好难受好难舍，我断断续续地说："请老班长放心，也请各位战友放心，我一定努力做刘永贵那样的班长，把一班带好！"

当电影演员

　　1977年初冬，我在江苏宜兴某连队当兵，接到一项新任务，参加电影《从奴隶到将军》的拍摄，当群众演员。听说每人每天还有一角钱的伙食补助，战友们很好奇，也很兴奋，有的开玩笑说，既开眼福，能看到大明星，又有口福。那时伙食费每人每天才四毛五，猪肉一斤才七毛二，一角钱能买一两多猪肉呢。

　　第二天五点半开饭，六点出发，两个多小时就赶到了拍摄现场。这是一大块丘陵地，步兵团的战友已经到了，在收割完的稻田里候着。我们炮兵团就在他们右边。

　　不一会儿，副团长说马上开始了。大家静静地等着，却没有轮到我们出场。副团长不说我们还没注意，他这一要求，我们才发现前面十多米处拉了一根绳子，好长好长，大家不准越过那根线。一个女的拿个电喇叭说话，听说是副导演，她后面站着一群人，是助理、场记、摄像之类的工作人员。

　　我们看到步兵团一位战士，穿着一身奇怪的衣服，牵来一匹高头大马。然后，女主角出现了，很漂亮，风姿绰约，穿着与那位牵马的战士一样的衣服。队伍开始骚动了。只见那位战士抱着女主角骑上马背，指指点点的，然后战士也上了马，女主角搂住战士的腰，战士两腿一蹬，马就跑开了，跃蹄扬尘，潇洒得很，眨眼就不见了。一会儿又回来了，下马，又上马，这回换成女主角在前面，战士在后面搂住女主角，这样来来回回好几趟。之后，战士下马，站在一边，由女主角自己上马，下马，又是几个回合。之后，战士一个人乘上马，疾驰飞奔，他时而挺胸仰头，时而身贴马背，做了几次这些动作之后，女导演说：好，可以了！这个场景拍好了。

大家像看西洋景一样，又新鲜又羡慕，纷纷议论："哎呀，当初入伍到步兵团当驭手就好了！""女主角身上肯定抹了好多雪花膏，香得很！""女主角长得真是好看。"很多战友的身体和手脚乱动，喉结一上一下的，像是在吞口水！

第一天我们的戏就是这样，就算完成了任务，估计是让我们熟悉一下环境，了解一下拍戏是什么样的。

下午，我们到礼堂集合，剧组来了一名导演助理，给我们介绍第二天要拍摄的剧情内容。我们连演可恶的日本兵，剧情有烧老百姓的房子，抢东西，还有调戏大姑娘等戏份。导演助理围着我们连转了一圈，看中了司机班副班长，让他扮演一个下流的日本兵，调戏大姑娘，副班长当即说不演，气氛有点尴尬。指导员赶紧说有意见私下个别提。助理继续说：场地里会有炸弹、地雷等爆炸物，看起来硝烟滚滚，但请大家不要怕，那是人造烟火，不是真家伙，不会伤着人的。他请我们好好演，争取一次成功，既节省经费，又节省时间，节省体力。

晚上，指导员再次对我们进行动员："你们要提高认识，大家演得越像，观众对日本鬼子兵就越恨！"之后，他又找副班长个别谈话，做思想工作。

第二天一早，我们到了现场。大家换上平时电影里看过多次的"大日本皇军"的军服，戴个战斗帽后面还有俩"屁帘"，拿上三八大盖道具枪，你看看我，我看看你，都觉得新鲜、好玩，嘻嘻哈哈的。

副导演领着我们到了一块事先布置好的场地，不一会儿，来了一个"日军中队长"，背着王八盒子手枪，挎着指挥刀，后面跟着"勤务兵"，肩扛一支三八大盖，枪头还挑着一面"膏药旗"。听说他俩是步兵团的一位营长和营部通信班长扮的。让步兵团的"鬼子军官"来指挥我们这些炮兵团的"鬼子兵"，是摄制组的细致考虑，他们觉得日军指挥官和士兵分别由两个团的人员扮演，互相不熟悉，会演得逼真一些。只见"日军指挥官"从刀鞘里抽出东洋刀，装模作样给我们训话，布置任务，还未开口自己先笑，搞得我们也哈哈大笑。副导演很是生气，大叫了好几声：进入角色，进入角色……就这样折腾了大约半个小时，"指挥官"才进入状态，按照副导演说的，表演训话，还把东洋刀向上一下，横扫一下，向前一下……真挺逼真的。尤其，他旁边那位"勤务员"凶神恶煞的样子给我留下了深刻印象，几十年后，"勤务员"当了处长，我俩关系很好。他转业之后，我俩见面我先喊他一声"鬼子"，再握住他的手说："老张兄弟好！"

我们全连战友，手里拿着"三八大盖"，举着火把到一个人工布景的假村庄里"干坏事"，射击，点火，抓鸡。由于有的人动作没做到位，第三天我们又重复了一次。

到了晚上回到驻地，大家都想知道那位司机班副班长是怎么演"调戏大姑娘"的。副班长说："大姑娘不是老百姓，是个真演员。她边演边教我，拉她手时，她说劲再大一点；她假装倒地，让我快撕衣服，我开始怪不好意思的，后来来真的了，就撕了她上衣……副导演还说我演得逼真！"我们又问副班长："她长得好看不？""很好看。""哎呀，那你有福了。"副班长说："这是玩假的呀，哪敢有那个心！"

第五天，我们的角色又变了。大家到现场换上八路军服装，听男主角演的罗霄军长（原型为新四军罗炳辉副军长）做战前动员。这位男主角是个著名影星，他在电影《红日》里扮演的那位豪爽勇猛的解放军连长形象深入人心。演完了这场戏，我们又开始演向罗霄军长遗体告别的一场戏，步兵团演前段，我们炮团演后段。经过几天的表演，我们都很有经验了，也都更能酝酿感情了，一次就成功了，男女主角非常高兴，大声说：谢谢各位的配合支持。不知队伍中谁带头喊了一句"首长好"，好多人跟着喊起来，男主角对我们鞠了几个躬，挥了好几次手。

电影制作成功了，上海电影制片厂领导带着影片专程来部队慰问放映，我们睁大眼睛找自己，可除了营长扮的"中队长"和"勤务员"老张能有个模样，其他的一个也看不出来。副班长摇了摇头，叹了几口气："唉，用那么大的力气又拉又撕的，可只能看到女的表情，我才剩一只手……"

这次拍戏，我们拍了七天，导演说，战士们很辛苦，就按十天给了补助。

后来，我陆续知道这个电影是上海电影制片厂"文革"后拍的第一部大场面电影，而且作为1979年建国三十周年的献礼片，获得了国内很多奖项和荣誉。作为曾经参与其中拍摄的一员，我和我的战友们一直觉得非常骄傲！

当时这部电影的筹备组领导，是个著名的大导演，我们久仰其名，但我那时只是小兵，当然接近不了。二十年后我任一师政治部主任时，我跟他见了面，还是因电影结下的缘分。

大导演想在杭州以自己名字建一所电影艺术学校。有个企业家帮他找场地，正好师炮团家属工厂停办，企业家便找上门谈合作，炮团领导满口答应。企业家实际没多少钱，就是看中了大导演名字这块金字招牌。大导演知道家属工厂在杭州留下镇，与军营一墙之隔，是个千年古镇，文化底蕴厚，离部队又近，阳刚之气足，协调个事也方便，很是满意。

企业家根据办学的需求，参照军营的式样，很快把学校所需的设施基本修建配齐，再通过教育部门审批备案，就把牌子挂起来了！

报名的帅哥靓女很多，但由于住房条件和师资力量有限，大导演通过严格筛选，只招了二十来人，大部分还是女生。

开班那天，受大导演邀请，我代表部队出席了仪式。中午，企业家在留下镇上的饭店宴请嘉宾，知道大导演善饮，便备了一箱酒。眼见为真，大导演来者不拒，谈笑风生，一斤落肚，只是稍显兴奋，未见其他变化。我讲起自己曾参加《从奴隶到将军》的拍摄，他说："哎呀，那是在江苏宜兴，那里丁蜀镇的紫砂壶很有名，我去过好多次，还在师部住了一个晚上。要知道我俩这么好的缘分，当时应该分给你一个重要点的角色，对不起哈陶主任。"我连声说：

谢谢校长，谢谢老师，谢谢大导演。我们都开心地笑了。

大导演的学校第一期学生快毕业了，大导演组织优秀学生们拍了一部电影——《女儿谷》，许多场景就选在步兵团的营区里。有场戏需要不少群众演员，摄制组请求团领导帮助。团里打算利用星期天派两个连官兵参加。团政委电话请示我。我知道调动部队是要有严格的报批手续的，是政治性、纪律性很强的大事，红线是不能踩的。为了两全其美，我和师机关商量，把团员青年的组织生活日调整到这一天，与学校学生一块过，互相学习，共同拍摄。就这样，拍摄任务顺利完成。大导演也专门来到营里，给官兵上了一堂欣赏电影艺术的讲座。

后来，从这所艺术学校走出了几个著名演员。老百姓说这所学校条件差，学生少，时间短，但学校牌子响，校长名声响，出的明星响，在当时估计是独一无二的！

首长下班当兵

　　我在连队当班长期间，曾经有位首长下到我们班当兵，班里战友都说这是我们的幸运。

　　他是师副参谋长，四十四岁。他的历史非常光彩。当年，我们一军的前身改编成八路军一二〇师三五八旅时，转战在山西太行山一带，他那时就入伍了，当兵半年后给贺龙师长当警卫员。二十二岁时调到高级军事机关。后来参加抗美援朝，二十七岁升任军第一参谋（相当于后来的作训处长），并参加了板门店谈判，是中方较年轻的代表之一。之后，在这个级别上平调了五个位置，干了十七年。

　　首长上午到了我们班，班里八位同志立正敬礼，他一一同我们握手，示意大家坐下，我逐个向首长介绍班里同志的姓名，职务，年龄，籍贯和入伍时间。送他来的同志打开背包，整理好内务，同他告别。他说："我听了团里营里的领导介绍，就主动挑选到我们班，从现在开始我就是咱一班的一个兵，岁数大一点胡子多一点，算个老兵吧。我来向大家学习，请班长，副班长和其他战友不要把我当首长，不要当客人，更不能当外人啰。"接着他也简单介绍了他的个人情况。我们都拿着笔和本子准备记录，鼻尖上出了汗。

　　中午开饭前整队好，连长主动要向首长报告，他连忙摆手，大步走在队伍前方，腰板挺得直直的，一米八七的个头，英姿勃勃。他简单讲了话，与班里战士的发言大同小异。值班员见他回到队伍，指挥大家唱了一首《说打就打》

的歌。因首长站在我左侧，我听他声音特别洪亮。

第二天是星期天，吃好早饭，他让我陪他到营区走走看看，熟悉地形地物。我边走边介绍，四个营区，炮、车库，训练场，主要哨位，菜地猪圈，幼儿园，服务社等等。

在操场边上，首长看见有坐的地方，就说小陶班长我们歇会吧，顺便你把班里同志的思想状况再说说。我感到有点突然，好歹平时是掌握的，停顿了一会，就从自己开始一个一个同志讲，三个党员，我，副班长，还有瞄准手；班里总体思想是稳定的，有三人想法多一些，一个是刚从炊事班下来的饲养员，兵龄比我多两年，原来打算今年入党的，下半年就退伍。谁知母猪下的崽子死了两头。连队干部认为他缺乏责任心，就与我们的一个同志对换了。他认为入党泡汤了，思想负担比较重；第二个是入伍前结了婚的同志，当兵一年多，老婆来信都是诉苦的话，连眼泪都流在信纸上，用他的话说，别人是盼家信，他是怕家信，整天苦相挂在脸上，一有空就抽闷烟；再一个是今年刚入伍的新兵，广州市人，从工厂来的，嫌部队津贴太少，钱不够花，后悔不该来。连队干部认为我也是从大城市入伍的，就分到现在这个班。我也会经常找三位同志扯扯，经常开导，但也常感无能为力，我们只能尽力做工作，为连队领导分担忧愁。首长听得很认真，很仔细，眼睛一直看着远方……

首长天天与我们吃住工作在一起，从瞄准手、一炮手到六炮手，一个动作一个动作地学，先看一遍示范，再接着练习，一个星期下来全学会了。连续几天，晚饭后他约着那三位同志散步，我知道他是在谈心做工作，非常感动。真奇怪，他谈过后，那三位同志都像换了个人似的。到了开班务会时，首长第一个发言，把一周的工作、思想和对班里的建议讲得简明扼要。其他同志拿着本子却不敢讲了，因为好些话要么是讲了好多遍的老话，要么是抄报纸上别人的话。我马上想到首长对部队当时的情况很了解，第一个发言是给我们做示范。我也把本子合上，凭自己平时看到的，想到的，参照首长讲的话作了小结，还特别提醒大家要向首长学习，班务会要讲自己心里想的话！

这天车炮场日，擦拭好武器，还剩一个多小时，班里同志说去体育锻炼，首长让我留下。我俩坐在空弹药箱上。首长问我想不想听他为什么在一级上平调五次达十七年之久的经历。我说当然想听首长的传奇人生啰！首长意味深长地说：经历就是磨炼，是财富，错误、教训更是珍贵。他停了停，讲了一段令我震撼的故事。

首长家从爷爷辈做生意，供儿女读书，到他爸爸手里已是远近闻名的富豪，晋商会里有一把交椅。一些好吃懒做的地痞结伙抢劫他家财产。他爸爸让他去当八路军，当时他只有十四岁，读了七年书，到了部队算是很有文化的了，所以在部队里进步很快。中华人民共和国成立后，他去了朝鲜战场，却听说土改时父亲被批斗，心脏病发作当场死了。他从朝鲜战场回家探亲，回村没进家，先到了父亲的坟头，哭得死去活来，加上年轻气盛，从腰里拔出手枪，装上弹匣，朝天连放三发。三声枪响，惊动了村干部和公社干部，还传到了县里。县人武部、公安局来人了，要把他捆绑起来押送部队。

首长知道闯了大祸，主动承认错误，表示回部队自首。

到了部队关了禁闭。军长政委都是老红军，说他是个人才，从轻处理，给个撤职和留党察看处分，让他继续在军机关协助工作，一年半后又恢复了处长职务，不过，调整到工兵处，后来又换了两个处长岗位。去年才下到师里来。

这件事对他教训深刻，影响很大。他叙述完了接着说："小陶班长，从那以后，我对领导在台上的讲话很敏感。尤其听到说有的人处于后进怎么抽鞭子也赶不上，有的人表面怎么变也让人不放心，有的人身子像锈铁怎么也擦不干净。听到这些话，无论是不是说我的，我都感到很刺耳，很反感。你是班长，兵头将尾，也是个带兵的人。我觉得带兵的，无论官职大小，看人帮人要懂点辩证法。评判人是先进是后进没有具体的量化标准，讲不通的，再说也不能凭一时一事来画线。垃圾是放错了地方的宝贝。是金子总会发光的，但得有太阳照射才能发光。你说对不对？"

我顿时张大了嘴，呼地站起来，敬个礼："首长，这些话我一生都不会忘记的！"

首长也有幽默的时候。一年部队去皖南山区训练，全班住在一个光棍家里，光棍姓刘，三十出头，我们都叫他刘大哥。首长住里间，我们住外间，刘大哥临时住厨房。一天下雨，连队布置班里学专业理论。刘大哥说这天气最好抓泥鳅，我说小邓是广东人，会抓鱼，让他陪你去。不一会，他们满载而归，一个人端了一脸盆泥鳅，一个人提了一捆丝瓜，一捆青菜。一进门刘大哥就说：雨下太大了，今天中午就在家吃饭，我来做菜，你们到时打点饭回来就行。

刘大哥过惯了一个人自在的日子，丝瓜烧泥鳅和另外两个青菜烧得味道真不错。刘大哥边吃边和首长拉家常。

刘大哥问首长：你和班长谁的官大？

首长说：当然是班长大啰，班长也是首长，最早军委文件曾经写过班首长的。我们这些同志都要听班长的话，服从他的指挥！

首长在班里住了一个月，临走时我们一直送他到家。半年后，他调到一所学院去了。几年后晋升了将军！

妈妈的乳汁连队的饭

　　妈妈哟妈妈/亲爱的妈妈/你用那甘甜的乳汁把我喂养大/扶我学走路/教我学说话/唱着夜曲伴我入眠/心中时常把我牵挂/妈妈哟妈妈/亲爱的妈妈/你的品德多么朴实无华/妈妈哟妈妈/亲爱的妈妈/你激励我走上革命生涯/亲爱的妈妈；

　　党啊党啊/亲爱的党啊/你就像妈妈一样把我培养大/教育我爱祖国/鼓励我学文化/幸福的明天向我招手/四化美景你描画/党啊党啊/亲爱的党啊/你的形象多么崇高伟大/党啊党啊亲爱的党啊/你就是我最亲爱的妈妈/亲爱的妈妈/亲爱的妈妈啊……

我们经常唱《党啊，亲爱的妈妈》这首歌，总会想起妈妈。

我离开连队几十年了，还念念不忘连队的饭菜，回味起来，觉得越发像妈妈的乳汁。

连队的饭有如妈妈的乳汁，这种深切的感受和体会，只有当过兵、在连队生活三年以上的军人可能才有。

"吃饱饭不想家""炊事班长顶半个指导员""饭菜不香，惦记爹娘"……当兵到连队，我们就常会听到这样的说法。可见连队与家、与妈的联系和相互作用有多么紧密。

我在连队生活了五年，后来当干部进了机关，虽然在外面吃了不少美味佳肴，但总感觉比不上连队战士做的饭菜鲜香、可口，对连队饭菜有种特殊的情结。

在师、集团军机关工作时，我常下部队蹲点调研考察。操课看表情，吃饭看份量，睡觉看动静，这是部队做思想工作、发现官兵"病"状的基本方法，针对性强，也很管用。虽然住在招待所，但我还是习惯经常去连队走一走，看看炊事班、伙房、菜地、猪圈，听听官兵们开饭前的歌声，看看战士们吃饭时的表情。一圈走下来，我对这个连队，甚至这个营、这个团的情况心里就有数了，即使不听汇报，也能判断个八九不离十；同时，识别考察干部，心中也有了一个大概的判断。

我们有一个全军闻名的连队，选配连长、指导员时，要求至少要有一人有过炊事班长的经历，这不是文件规定的，而是约定俗成的。首先，这个人在战斗班排当兵时军政素质要全优，且是全连拔尖的战士，才能被选到炊事班当副班长，一年后当班长；如果干得好，再回到战斗班当班长，提干部，一步一步晋升到连队主官岗位。这种培养干部的模式可谓一举多得，既提升了炊事班班长岗位的吸引力和班长的地位，又有助于补齐炊事员军事技术偏弱的短板，更可以提高连队全面建设的层次。这种做法当时还被许多连队效仿。

连队战士来自五湖四海，家庭环境、成长经历不尽相同，饮食口味也各式各样，正所谓众口难调。而一个出色的炊事班长，就在于肯在这个"难"字上动脑筋想点子，在大众化的前提下特别照顾到个性化需求，比如为同月出生的战士做"生日饭"，为身体不舒服的战士提供"病号饭"，为来队的战士家属准备"迎亲饭"……一事一做，一人一做，尽力让战友满意、家属舒心。

同样的饭菜食材，各连做的样式、菜色、味道不尽相同，这全凭炊事班长烹饪时把握的"度"，如火候、调色、佐料、着盐……这些都是通过反复实践所积累的丰富经验。

连队称赞炊事班长是老黄牛，真是一点也不假。连队的炊事班长每天起得最早，却睡得最晚，任劳任怨，特别能吃苦。他们在连队的时间一般都比较长，有的年龄、兵龄比连长、指导员都要大、要长，对连队的传统和官兵情况可能更熟悉。所以，炊事班长通常都是连队干部的得力助手和好参谋。这样的炊事班长日后当了连队主官，也就更能和战士打成一片，带出连队的精气神。

连队的饭同妈妈的乳汁一样，我们都深深爱恋，充满深情。所以，一个连队干部爱不爱兵，有时从一顿饭就能看得出来。

有一个这样的故事。一位连长与妻子刚领了结婚证，并约好了时间拍婚纱照。妻子好不容易请假来连队，正好赶上老兵即将退伍。连长忙里忙外安排退伍事项，还亲自下厨为老兵离别会餐烧拿手菜，就把拍婚纱照的事给忘了。新婚的妻子感觉受到了冷落，想着是不是领完证就不重视我了？就有点生气，有点后悔。

开饭了，战士们邀请连长妻子一块儿参加。开始，妻子以为就是一顿普通的午饭，没当一回事。但当妻子看到退伍的战士轮流来给自己的丈夫敬酒、拥抱，把他们的连长高高抬起，还有的扑在连长怀里哭时，她才终于明白丈夫为什么会把拍婚纱照这么重大的事给忘记了。连长脸上挂满了泪水，妻子也落泪了。她一下子明白了丈夫在战士心目中的地位，之前还为嫁给军人而时有后悔，从此之后只为嫁了这样的丈夫而深深自豪！事后，妻子常说：拍婚纱照可以再找时间拍，但与退伍老兵的离别会餐可就这一次。

她的丈夫当了五年连长。五年里，每到战士退伍，她必来队，帮助战士洗衣刷鞋，到伙房帮厨。后来，连长提升当了副团长。在命令宣布大会上，妻子代表所有被提拔的副团职干部的家属上台发言，她又一次讲到了这个故事，说就是这件事彻底转变了她对军人的认识！

还有一位任职四年多的连长，团党委推荐他提升副营长，程序差不多都过了，就等下午师党委常委会研究确定了，命令文件也早拟好，准备第二天下发。连长前一天听到这个好消息，兴奋了一晚上。

第二天出早操，我到了连队，想再次看看。连队官兵都五公里越野训练去了。我习惯性地在连队里里外外一到三楼转了一遍。官兵训练回来了，解散洗漱，但我没看到连长。我问指导员，指导员支支吾吾。我转身上到二楼，在连长宿舍门上用力敲了几下。一会儿，连长开了门，手还在揉着眼睛。跟在我后面的指导员大声说："师里陶政委来啦！"连长一听，赶紧回房间穿上外衣，搓了几把脸，然后立在门口。我问他是不是听到提拔的消息，以为自己已经是营首长，可以不带队出操了？连长低着头红了脸。

连值班员吹哨整队开饭了。我同官兵一同走进食堂，从队部饭桌开始，逐桌看了一遍。食堂中间放了一桶白米稀饭，每张桌上一个盘子，装了十多根油条，用手摸摸是凉的；另一个盘子里装的是鸡蛋，一人一个。没有炒菜。我问炊事班长油条是自己做的还是小店买？班长说是从外面买的。

我回到队部桌上，不一会儿就听到战士用盛稀饭的勺子敲铝合金桶发出的当当声，很明显是故意的，是敲给连队干部听的，更是敲给我听的。战士们草草地吃好，洗碗时又继续弄出些不正常的声音来。

我知道战士这顿早饭没吃好，肚子里憋着一股火。我把连长和指导员叫到一块儿，严肃地说："你们应该看到了，也听到了吧？这是战士在抗议你们，也是在向我提意见！今天周五，早操安排的是高强度的体能训练，这是周计划早就确定了的。战士出汗多、体力消耗大，饭菜品种肯定要更多些，稀饭、面食，再炒几个菜，有肉的、辣的，有煮白水鸡蛋、咸鸭蛋，盐分重一点。这些都是带兵的基本常识。你们昨天就应该把今天的早餐安排好。"我面对连长继续说："没有让你交班，你还是连长，就要履行连长职责。睡懒觉，不按时起床，撂担子也太急了点吧！你想过没有，提升你难道都是因为你个人有能耐吗？告诉你，不是的，主要是连队全体官兵辛劳的结果，是他们的付出铺垫了你成长进步的台阶。你颠倒主次，缺乏感恩之心，少了爱兵之情。"

我转向指导员说："上午，你组织召开一次党支部民主生活会，就连长的表现和早餐的问题，好好检查各自的责任，反思问题原因！对连长要'真枪实弹'地进行批评；你作为党支部书记，更要深刻地解剖自己。会后，再召开连队军人大会，你们要当面向战士们作检查，给他们一个满意的交代！"

回到机关，我找到师长，通报了情况，建议取消提升这位连长，并将其调离岗位。征求了其他师党委常委意见后，师里立即将决议通知到团里。

对这位连长的处理使广大干部明白，对战士缺乏感情，不关心爱护战士的干部就是不称职、不合格的干部。同时，将处理情况通报部队全体官兵，也起到了鲜明的导向作用。

我到江西工作后，发现省军区带兵的连队不多，加上几个仓库、维护队和一个农场，总共就那么几个。因此，我常对机关的同志们说：我们更应把这些连队看作宝贝疙瘩、心头肉，要让战友健康快乐地生活工作、成长进步。

直属队距机关近，我经常会轮流到连队去吃顿饭；那些远离机关的小、散单位，我每逢节假日都会专门去看一看，同战士们聊聊天，吃顿饭。有一次去新兵营，聊天过程中认识了新战士小陈。他入伍前在酒店打工，身体胖，体重超标，现在有点苦闷。我先列举了很多体重超标官兵减肥的例子，并告诉他只要能坚定决心，控制主食，尤其减少晚饭量，加强锻炼，多运动，就一定能把体重降下来。小陈说他有决心。我们约定好，我说我会再来看他的。

一个多月后，小陈减肥就有了明显效果，下连队后分到了樟树市清江农场（也叫副食品基地）。春节期间，我到农场去给大家拜年，又见到了小陈，我们聊得很开心。我很欣赏他减肥的毅力，并鼓励他坚持下去。我在农场住了两个晚上，每天同农场的一个干部、十来个兵玩扑克、打篮球，与每个同志谈心，照张合影照。那天晚上，我还专门把基地主任和炊事员招呼到一块，叮嘱他们帮助小陈继续减肥，督促他多吃蔬菜和水果，控制好主食的摄入量。每个月他们汇报情况时，都会介绍小陈减肥的情况。一年多后，小陈瘦了二十多斤，基本达到了军人的合格体重。小陈也成了小、散、远单位励志教育的典型。

在我们老家农村，常形容亲兄弟是"吸一个奶头乳汁长大的"；在连队，官兵也常歌唱"战友战友亲如兄弟"，因为我们是吃同一口锅的饭菜成长的。

吃妈妈的乳汁，我们成人，"站"起来；吃连队的饭，我们成才，"壮"起来。

同样的亲情，同样有营养。妈妈的乳汁，连队的饭，是我一辈子的念想！

治"粗"偏法

有一位连长，军事技能、生产劳动都是一把好手，就是有些"口脏"，说话习惯带"你他妈的"，不仅本连官兵对此反感，全团官兵也有反映。团、营首长批评过他数次，但连长常说："习惯了，改不掉。"

师里调来一个新领导，听说了这件事，不太相信治不了他。

一天，师领导来到连队，问连长是不是有这回事。连长洋洋自得地说："首长，我这是从小养成的，习惯了，不容易改。"

师领导拉长了脸，质问连长："当着你老子、你妈的面，你也是这样的吗？"

连长小声说："那不！"

"今天跟我说话，怎么不带脏话了？"师领导继续问。

连长低头答："不敢！"

领导下令全连官兵集合。连长吹响集合哨声，百余官兵迅速列队。

连长向师领导报告，请求指示。

师领导走到队列前，立正站稳，大声问："你们连长是不是说话常带粗话脏话？请大家说实话！"

"是！"队伍齐声回答。

师领导说："今天我们就帮连长治一治，请他长个记性。现在请连长自己用手捆自己的嘴巴三次，必须捆响，肿了、流血了，那更好！"

连长愣了一下，看了一下师领导，师领导脸色铁青，毫无开玩笑之意。连长挥起右手，朝自己嘴巴掴了三下，第二下血就出来了，第三下，血流不止。

师领导最后说："打骂下级是违反军纪军法的。连长自己打自己是惩罚自己，如果是我骂他打他，那也是违反军纪军法，我做不出来。"

连长自己掴嘴巴的事，马上在全团传开了。从此，再也没听说连长说话带"把子"，变相骂人了。

一年多后，连长被提拔了！

一块钱的婚礼

冀仓珍，甘肃静宁县人，与我同一年当兵，在另一个团。我在师报道组认识了他。后来他立了一等功，从师营房科助理员任上转业回老家。

我第一次听说他的许许多多怪事，很是好奇。

在部队，每年发军装，夏天、冬天各一套，胶鞋布鞋各一双。步兵天天摸爬滚打，不多时，衣服鞋子磨破了，团里军需股的缝纫机忙个不停，灯光经常亮到深夜，连队补鞋机也是人停机不停，连值日每天一项重要工作也是帮战友补鞋，战士的衣服、鞋子是补丁连补丁，补丁盖补丁，有的补丁和衣服原来不一致，远远看去有点像现在的迷彩服，外出时，挑一件没补丁或补丁少一点的。许多同志盼望发新衣服的日子。

可冀仓珍同志却与众不同，主动提出每年少要一套衣服，如果去年少领了夏装，今年就少领冬装。别人不解地问他为什么？他说："你们不知道，我们老家那地方穷得很，乡亲们几年做不起一件新衣服，部队年年发两套新衣服，我穿不完，节省一套吧。"可衣服少了，他身上衣服和脚上鞋子补丁多了。为了方便，他的针线包比发的时候鼓多了，里面装着旧缝纫针，用铁钉磨成的补鞋针，他不光给自己用，还经常帮战友补。熟能生巧，冀仓珍打的补丁线路整齐，线缝用军用瓷缸装上开水，烫得平整，比其他人补的好看多了。后来，换发棉衣、绒衣、被子时他也不要，当兵五年多，这后三样他一直没有换新的。

当兵第五年，他破格提了干部，家里给他定了亲，他回去相中了，家里打算把婚礼办了，他说回部队办，一是让战友们看看，他们大多数是光棍，难得见到大姑娘，再说部队年轻人多，办婚礼热闹。他就把对象带到了部队，连队干部很高兴，帮他策划方案。他说不用那么复杂，我早想好了，简朴简单。他把打算给领导做了汇报：婚礼就用一块钱，其中六角是领结婚证的手续费，二角买红糖，二角买茶叶，晚饭后请炊事班烧一大锅糖茶水，大家拿自己的搪瓷杯来。婚房把两张单人床一并，一边放草垫子，上面铺白床单，一边放棉褥子，让媳妇睡有褥子的那边，我的棉裤给她当枕头，战备衣物包我枕惯了，还是我自己用。我还给电影组讲了，请他们用红纸写上两个"囍"字，门上和床头墙上各贴一张。

听说冀仓珍要举办婚礼，不仅本连干部战士来了，其他连队也来了不少人，把饭堂挤得满满当当的，只好临时把饭桌搬到外面去了。这个婚礼有说有笑，甚是热闹。第二天有战友问他："老冀呀，大冬天的，你们床上垫的、盖的那么单薄，不冷吗？"他正儿八经地回答："年轻人本来就火气旺，加上两人抱着睡，还会冷？每天夜里都要出汗！"战友听了哈哈大笑，他说："笑什么，现在你不懂，今后你肯定能体会到的！"

冀仓珍一心为公，管家理财出了名。师后勤部选拔他到营房科管物资，他把这个岗位看得很神圣，很光荣，履职尽责分毫不差。有的同志想去讨点便宜，那是不可能的。于是有人发起了牢骚：在冀助理眼里，什么都是宝贝，看得比他家的东西还严实。

有一天，一位师首长家里修理家具，缺少一块板子，师首长让公务员去营房科拿一块。冀仓珍连声说那不行。师首长来了气，亲自到仓库，看中了一块，让公务员去扛。冀仓珍一见急了，大声对首长说："这些物品都是公家的，我只有管理的责任，没有随便送人的权力。我是替师里保管的，请首长理解我！如果首长需要，请让部里领导签个字，办好手续。否则这块木板我不能让它出这个门的。"说着，他真的站在门中间，两手一伸做了个拦阻的架势。首长一看，无言以对，点了点头说："我早就听说过你的事迹，今天故意来探个虚实，真是名副其实，了不起！你这个小伙子真像根无缝钢管，你管得严，做得对，真是一个红管家，我们要号召全师官兵，职工家属向你学习！"回到办公室，师首长就给后勤部长打电话，激动地说："你们营房科那个冀助理员选得好，不仅后勤部门的同志要带头向他学习，全师官兵都要以他为榜样，争取人人都当红管家，看好公家的一草一木！"

不久，解放军报社著名记者听说后，专程到部队采访了冀仓珍，用《他真是一根无缝钢管》为题，写了一篇人物特写，登上了报纸的显著位置！

四十多年来，我经常想到老战友冀仓珍，不时也想到另外一些老战友的一些事，会心跳加快，脸发红！人与人啊，怎么就是不一样，怎么差距就那么大呢？

记得那年春节

　　军人春节不能同家人团圆，那是家常便饭。令我印象深刻的除在老山战场过春节外，还有一次也终生难忘。

　　这一次是二十世纪八十年代初，我在军机关工作，为了迎接军区基层建设先进代表会，我带两个干事去写一个团的材料。这个团党委是军党委唯一上报的基层先进团党委，要在大会上作重点发言。军首长很重视，指示我们下去调查总结，争取以最快的速度拿出稿子来。受领任务时已经是腊月中旬，去的路上我们说争取写好材料回家过春节。

　　下到团里，我们先看材料，从团党委的总结，军事、政治、后勤、装备工作、行政管理一个方面一个方面看。材料大致看完了，就座谈了解，从团的领导到班长骨干，一级不少，从军人到家属，优秀的，中不溜的，所谓后进的，另外，还到友邻部队，地方市区镇村的领导处进行了解，吃过早饭就开始，一直到晚上十点，马不停蹄连轴转。

　　看了书面材料，听了口头反映，就进入"爬格子"阶段，按照定路子，搭架子，分例子，凑文字的流程开始集体作业，一人主讲，一人补充，一人记录，补充和记录的也可以添油加醋。紧赶慢赶，日夜奋战，到了腊月二十八，我们自己读了几遍，感觉不够味，就把团长，政委，政治处主任请来，把初稿念给他们听，征求他们的意见。他们听了，说你们很辛苦，马上要过春节了，先这样吧。把不满意的态度表达得很委婉。怎么办？我说春节就在团里过，一直写到你们满意我们再离开。

接下来，我们反复分析材料究竟缺了什么？发现原来是少了鲜活生动的事例，整篇材料话都对，但听了提不起精神，打动不了人。我们又翻阅笔记本，有几个事情我们没有细问，一个是主任说他们每年春节排演一台节目，团长政委都参加；一个是团长的木工活有点名声。我们问主任今年春节演不演节目，主任说已有安排，大年初一上午在大礼堂。于是，年夜饭我们分头在连队吃，第二天上午我们去看演出，团长政委演了猪八戒背媳妇，他俩演得很投入，怪相百出，逗得观众笑得前倾后仰。还有团常委的群口快板，团领导的夫人集体舞蹈和独跳独唱。这台节目团领导和夫人当了主角。散场后，主任领着我们看团长带着木工组战士制作的长条靠背椅和修好的门窗，还有连队的小板凳。主任说："其他团领导都有一门部队适用的技能，副团长会种菜，参谋长步兵战技在师里数第一，副政委会拉二胡吹笛子。"我问主任你的拿手戏是什么，他说会做大锅菜，面食会七八种。

看了演出，听了主任一席话，我们顿时茅塞顿开，当即决定，三人分头重新再座谈，请他们专讲具体事，只一天时间，我们都装了满满一脑子，很兴奋很激动，当晚趁热打铁，重起炉灶另开张。第二天专从团党委一班人团结入手，以"亲密无间一班人"为主题，分了四个部分，把听到的生动事例摆进去，夹带着官兵的朴实语言，以事明理，以理寓事，一鼓作气很顺溜就写出来了，先在干部战士代表的座谈会上念出来，大家听得很专心，他们说：这才像我们团的样子，把我们平时感觉到的味道写出来了。

虽然这个春节没与亲人团聚，但在连队收获了基层官兵的真情，学到了工作的真经，这个春节过得充实，有意义，有价值！

一件往事

　　这件事，一直藏在我心里。

　　那是我在军里当处长时，到一个单位蹲点。上面规定战士的床头柜不能上锁，个人一些比较贵重的东西只好请文书打开储藏室，放入留守包（箱）里。

　　一天晚上，一名战士报告班长，说妈妈刚寄来的一支进口钢笔不见了。班长准备向排长报告，因时间不长，估计钢笔还放在拿笔人身上的口袋里，如果马上一个人一个人地搜口袋，估计能找到拿笔人。

　　我对班长说："不用啦，你把班里同志全带到俱乐部。"

　　大家到了之后，我叫大家都面向墙壁站着，包括正副班长，鼻子必须碰到墙面，眼睛紧闭，不准左右晃动。然后我一个战士一个战士检查裤子的口袋。我摸到第三位战士，从裤子左边口袋里搜出了钢笔。我连忙将钢笔装进上衣口袋，手却没有停下来，继续朝前摸，直到把九名战士全摸完了，我才让战士们转身，解散回房间。然后，我把钢笔还给了原主。

　　我没有把那个拿钢笔的战士说出来，估计班里多数战士已经明白我为什么要这样做。第二天，那位拿钢笔的战士给我写了一封信，除了承认错误外，还说从处长这里学到了好东西！说如果班长，排长采取批评威逼的办法，他会当众交出来，也定会受到严厉的训斥甚至严肃处理，从此出了丑，以后在人前抬不起头，整个人生留下深刻的耻辱和永恒的创伤……

　　"可是处长，为了战友之间能保持良好关系，为了不造成战友对我的坏印象，您想出这种独特的办法来处理，我会终身铭记，永远不做这种蠢事，傻事！"打那以后，那位战士与我长期保持联系，情谊如同兄弟，经常交流人生的经历和感悟，无话不说。他现在是个处级干部，前几天来看我，又聊起那件事，摇摇头，笑了笑，说你是救了我的人生，给足了我面子！

同样一件事有多种处理方法，就是坏事，也更应该考虑如何缩小当事人的负面效应，尽量把坏事变成好事，这是处理事情的底线。一定要三思而后行，选择最佳的方法！给人容身的空间，给人转身的台阶，给人改过的机会，这不仅是善良和智慧，更是一种崇高的慈悲境界和人格魅力。

遥忆招待所

遥忆招待所，
老兵感慨多。
久别鹊桥会，
陋室胜金窝。
军嫂未驾到，
全连已开锅。
人间真情在，
心头流蜜河。

★ 第二篇

西子湖畔

1984年11月，我在南部边疆

　　历经了从一军（第一集团军）到十二集团军的磨炼，我于2005年7月担任浙江省军区副政委，结束了三十二年的野战部队生活，来到了相对较为轻松的大机关工作，我也从更宽广的角度对于战友、对于军人有了更多的认识。

　　而杭州，这座美丽的城市，对于我是再熟悉不过了。我粗粗统计了一下，当兵四十年，我有将近一半的时间，是在杭州度过的。现在退休了，我依然喜欢住在杭州。杭州，是我这个湖北人的第二故乡。

第二故乡

到东方的风中闯荡，
是我的向往。
养育我的老屋，
却成了思念的地方。
我吃着东边的海鱼，
思念老家的藕汤。
我以老家的热烈，
感受东方的情长！

听惯了东方人说话，
像多种鸟在歌唱，
便想起父老乡亲们，
用长江号子喊出的粗犷。
在没有寒冷没有季节的城市奔走，
更想在下雪的时候，
回一趟自己的故乡！

惊叹汹涌滔天的海潮，

回首荆楚多湖的风光，

多姿多彩的故乡啊，

让我喜悦也让我忧伤。

尽管家乡有养育我童年的土床，

东方却是我一生奋斗的疆场。

我的青春已化作东边的山水，

我的爱已在东边生长。

今天我的家安在了东方，

老屋仍然住着我年迈的亲娘！

也曾多次回到故乡，

却再也回不到我第一次出门的那个早上。

我像一只候鸟，

曾栖息在大地的四面八方，

心却如风筝般地，

系着思念和梦想。

也许我们的后代，

也像我们一样闯荡，

可我的灵魂，

却只能在两地之间来来往往。

我在这陌生而又熟悉的第二故乡，

心中仍然装着那亲切而又遥远的地方……

张力雄将军一百零七岁了

开国少将张力雄，福建省龙岩市上杭县才溪镇人。张将军生于1913年11月21日，2020年已迈入一百零七岁。

我认识张将军是在2005年9月。那是到浙江省军区报到后的第三天，我去看望省军区离退休老干部，事先我详细阅看了老干部名册，知道张将军岁数大、资历老，就先去他家。

敬礼，握手！

首长个头高，手劲大，嗓门也特别洪亮。

我说首长是个大帅哥。首长夫人笑呵呵地说：首长年轻时更帅，文工团的同事经常背地里评论、夸赞他！首长摆摆手，连声说老啦老啦。

一般人到九十多岁，的确是老了，但在我看来首长气色好，有精神，如同六七十岁人的样子，好像比我大不了多少岁。

首长问我是哪里人、从哪里调来的。我回答说是湖北大悟人，从十二军过来的。首长一听我说是大悟人，就打开了话匣子。

首长说："大悟县在大别山区。大别山也是老区，红四方面军和红二十五军就是从那块土地上诞生的。'中原突围'时，我当旅政委，与我搭班子当旅长的就是皮定均（1955年授予中将军衔）。我们在那里打了好多仗。你知道吗，你们县还出了个大将徐海东，那可是中央红军的救命恩人啦。

"中央红军长征已经走了百分之九十的路程，但那时还不知道往哪里去。

毛主席从缴获的敌人报纸上得知徐海东率领的红二十五军已经先期到达陕北，与刘志丹的部队会合了，有一块根据地。毛主席顿时兴奋地说'我们到家了，找刘志丹、徐海东他们去'。毛主席住在瓦窑堡，徐海东来找党中央，见到毛主席，问候毛主席，请示主席分配任务。毛主席说'海东啊，向你借点钱吧'。徐海东说他们账上有五千块大洋，全送给中央。通过这件事，主席了解了徐海东。他多次讲，徐海东是对中国革命有大功的人。还有的传得更玄的，说毛主席说过'没有徐海东，就没有毛泽东'！这一句话是千真万确的，我们红军官兵人人都知道。

"十二军也是一支老部队、好部队，很能打仗，出了很多战将。我也在二野干过。"

……

原本我上午还要走访几家的，哪知首长一见如故，讲个不停；我也听得津津有味，竟忘了时间。

我查过有关资料，由于张国焘的错误决策，长征中首长所在部队曾三过草地，历经了千难万险。有一次，我专门去向首长讨教长征给他留下最深刻的印象是什么，首长不假思索地说是"三多三少"，即吃苦多、跑路多、死人多，流泪少、吃得少、睡觉少。开始我不大明白为什么说"流泪少"。他说开始打仗时，看到战友牺牲了就伤心得哭；后来天天打仗，几乎天天死人，身边的战友越来越少，眼泪流干了，对死人也习以为常了，有时间还掩埋一下尸体，没时间就鞠个躬继续往前冲。后人在教育年轻人时常说"苦不苦，想想长征二万五；累不累，比比革命老前辈"，真是那么回事。

我注意到首长的一双手就是因为每天要紧握枪把子——不是手枪就是半自动步枪，多数时间睡觉也不放下——如此习惯了，手劲也就练大了。

实践出真知。虽然首长只读了六十六天私塾，但是他对长征经历的概括太准确、太精辟了！

首长还说，他一当红军就开始做政治工作，从少年政工员干起，一辈子没改过行。他当司号员，不识乐谱，听老战友吹几遍，也就会吹了；过少数民族地区时，为便于搞好军民关系，他学着哼，跟着扭，又会唱会跳了。我说那都是因为首长长得帅、魅力足、吸引力超强。他哈哈大笑。

浙江省文化系统举办活动，邀请老红军、老八路参加。我们征求首长意见问能否到场，首长二话没说就来了。演出中间，主持人欢迎当时九十五岁的老将军上台演个节目，首长健步走上台，话筒也不要，便高声唱起了闽南家乡山歌：

> 当兵就要当红军，
>
> 处处人民来欢迎。
>
> 新打草鞋四道杠，
>
> 打好新鞋送亲郎。
>
> 亲郎哥哥去打仗，
>
> 消灭白匪一扫光。

真是耳听为虚，眼见为实。首长一边唱，还不时摆手，晃脚，腰板前后摇、两边闪，很有节奏感。

一曲唱毕，下面高声叫："老红军，再来一首！老首长，再唱一首！"

首长保持军人立姿，又唱了《中国人民解放军军歌》，声音洪亮，精神饱满，不过额头露出了闪闪发光的汗珠。唱完，首长喘着气，慢慢走下台——他毕竟是近百岁高龄的老人了。

有一年，我陪首长去医院体检。医生护士都与他熟悉，见各项指标没有多大变化，就开玩笑说首长更年轻了，还为国家节省了不少医疗保健费。坐在休息室内，我好奇地问首长是用什么办法养生的。他说简单得很，就是心里乐、手脚动、张口笑、保持好心态，再大的事不往心里去，不折磨自己；该吃吃，该喝喝，不影响情绪。即使"文革"时期，被押送到湖南洞庭湖农场劳动三十个月，他也保持着不温不火的性格。还有就是"一磨一搓"。看我似乎没听太懂，他就一边比画一边给我讲解。

长征时，大多数时间官兵都在跑路，要么追敌人，要么躲敌人，双脚经常在石子路、沼泽地、灌木丛中受磨，皮破血流也顾不上，时间一长，练就了"铁脚掌"，同时带动小腿大腿都有力气。不打仗了，他发明了一套"红军操"，就是用手搓。每天早上五点醒来不下床，用手从头顶到耳、脸、胳膊、腹部、大小腿，直到脚掌心，反复搓，有的部位还要用劲捏，大约半小时后，冒汗了才下床。如此把睡床当场地，手脚当器材，简单又实用。

最后他说要保持饮食清淡，戒烟酒，少去外面应酬，吃饭半小时。听起来简单，但能坚持几十年，天天不间断，那真是太难了。

老首长能长命百岁，应归功于他这种滴水穿石、涓涓细流的真功夫！

首长一辈子不忘自己是组织的人。

九十四岁时，他腰椎上出了问题，不仅行动不便，还异常疼痛。联系了多家医院，都因岁数大不敢给他手术。他女儿在南京鼓楼医院工作，她们院长到国外留过学，是这方面的专家。女儿跟院长说好了，且家人经商量也同意在鼓楼医院做手术。我把这个决定报告首长，首长说："他们的意见只作参考，我听组织的，请陶副政委做主。"

首长这么大岁数，好多军内大医院都不敢做手术，现在要到一家地方医院去动手术，万一有个三长两短谁负得起这个责啊！首长仿佛看出了我的心思，说："这就如同打仗，哪有百分之百的取胜把握。做成功了是经验，失败了也是难得的教训。不要怕，我们去。"

做手术前要签字。"就请陶副政委签，他是代表省军区的，我一辈子就相信组织。"首长坚定地对家人说。

首长说得对！我就按医院要求，公公正正地签上了名字。手术时，中饭、晚饭我都不敢吃，一直等到晚上八时二十二分首长醒过来。我上前双手握住他的手，好像看到坚强慈祥的老父亲一样。

"谢谢省军区领导！谢谢陶副政委！"首长面带笑容，用微弱的声音对我说。

我在南京陪首长直到拆线，然后送他到他女儿家休养。

首长职务是副大军区级，他在杭州干休所的房子面积小，不够副大区级应享受的标准，但他一直将就住着。南京军区党委特别关心他，盖新房子时把他考虑进去了。2009年他从杭州搬到南京新家，是我送他去的。

2010年7月，我到江西省军区任政委，军区主要领导在南京找我谈话，晚上我又登门看望老首长，顺便告诉他这个消息。首长戴上助听器，认真听我说完，然后说："江西是老区、苏区、红土地，是个好地方，对中国共产党、新中国、解放军的贡献比其他地方都大，但老百姓的日子还不富裕，你去那里一定要知恩报恩，好好工作，平平安安。"

首长顺手递给我两个苹果，接着说："长征时，我二十一岁，当团政委，是从赣州石城县出发的；1975年，我又回到江西工作了五年。那里也是我的家，我很想去看看乡亲们，看看陶政委。我俩真有缘分！"首长边说边摸着我的双手。

我大声对他说："请首长放心！欢迎首长常到江西看看，祝首长健康长寿！"

后来，到了江西，我了解到，原来张力雄将军也当过江西省军区政委职务，是中华人民共和国成立以后的第八任江西省军区政委，而我，是第二十任。

出访拉丁美洲

2007年10月，我在浙江省军区任副政委时，组织上安排我参加解放军外事代表团，出访古巴、智利、阿根廷，经停加拿大和法国。代表团共六人，国防部外事办一位同志任团长，我任党支部书记，其他成员还有三个大军区的外办主任和一位参谋兼翻译，行程近二十天。

尽管之前我也出访过几次，但对这次访问尤为深刻，因为刚刚相识的战友对我特别关心关照。

第一站经停加拿大多伦多。到达多伦多的第二天，武官处安排我们参观尼亚加拉大瀑布。在去景点的路上，我得知另五位战友都曾参观过这个瀑布，这次他们放弃休息，不顾旅程劳累，特意陪我一起参观。我甚为感动。

尼亚加拉瀑布位于加拿大安大略省和美国纽约州交界处，是世界第一大跨国瀑布，也被称为世界七大奇景之一，它与伊瓜苏瀑布、维多利亚瀑布并称为世界三大跨国瀑布。其源头为尼亚加拉河。尼亚加拉河的水流冲击悬崖至下游重新汇合，在不足两公里长的河段里以35.4千米/时的时速跌宕而下，15.8米的落差，演绎出世界上最狂野的漩涡急流，经过左岸加拿大的昆斯顿、右岸美国的利维斯顿的夹击碰撞，再冲过"魔鬼洞急流"，沿着最后的"利维斯顿支流峡谷"，由西向东进入安大略湖。

尼亚加拉瀑布由三部分组成：马蹄形瀑布、美利坚瀑布和新娘面纱瀑布。主瀑布位于加拿大境内，是瀑布的最佳观赏地；在美国境内的瀑布由月亮岛隔开，观赏的是瀑布侧面。我们观赏的是马蹄形瀑布，人还未走近，就已被震耳欲聋的咆哮声震撼，不禁感叹大自然的巨大力量和神奇魅力！

历史上，为争夺尼亚加拉河，美、加（当时属英国）两国曾在1812—1814年间进行过激烈的战争。战争结束后，两国签订了"根特协定"，规定尼亚加拉河为两国共有，主航道中心线为两国边界。从那时起，两国在瀑布两侧各建了一个尼亚加拉瀑布城，一个隶属安大略省，一个隶属纽约州。两城隔河相望，由彩虹桥连接，桥中央飘扬着美国、加拿大和联合国的旗帜，"星条旗"在南，"枫叶旗"在北，联合国旗居中。两国在此不设一兵一卒，人民自由往来，无须办理过境手续。武官告诉我，游客在河中坐船可以过界去对方观赏瀑布。和平的环境也使尼亚加拉瀑布丰富的旅游资源为两国带来了更多的回报。

到了智利，团长指派武官处专门派人陪我参观了复活节岛。复活节岛位于南太平洋东部南纬27度，西经109度，向东距离智利大陆本土约三千六百公里，因荷兰航海家罗赫芬于1722年4月5日复活节发现并登上该岛而得名，当地人则称其为拉帕努伊岛。这个岛在地理上属于波利尼西亚群岛，位于群岛东端，是世界上最偏僻的岛。我们在岛上住了一晚。

我们在阿根廷看了阿根廷和巴西接壤的伊瓜苏大瀑布。

在古巴，因商谈工作，我与中国驻古巴大使馆武官处孙武官聊得比较多。

得知我曾在驻浙部队和第十二集团军工作过，孙武官主动介绍说他是绍兴嵊州人，他的弟弟还在第十二集团军任炮兵指挥部主任，大校副师职，原来我和他弟弟是老战友！他特意打电话找到弟弟，万里之遥，我与老战友孙主任通了话，甚是亲切。

驻古巴武官处编制两人，孙武官是正师职，大校军衔；妻子是武官处秘书，上校军衔。我开玩笑地对孙武官说："你们俩这是开夫妻店啦！"

在古巴的两天时间，孙武官帮了我不少忙。出访前，我没按行程提醒带上古巴特有的手机充电接头，充值卡充的五百元话费也用光了。我不好意思跟其他人说这些洋相事，只给孙武官讲了。他说这好办。他让秘书借了一个充电器给我，并把我房间的电话开通了国际长途功能，让我在古巴有事就打座机。

中古两国两军关系长期友好。到古巴访问的主要任务是完成军委首长安排的经济援助的后续工作，所以古巴军方对代表团特别热情。由于古巴长期受美国打压封锁，经济状况不好，军费更为紧缩，与我们见面的将军们穿的是我们淘汰下来的"的确良"衣服。

团长告知晚上古巴国防部要举行隆重的欢迎宴会，军方歌舞团要演出，可能会拉我们跳舞，大家都要有所准备。晚宴主菜有三个，粗糙面包、其他小吃、水果摆了几盘，气氛很热烈。参谋兼翻译介绍说我是带兵出身的将军，上过前线打过仗，于是对方将军们轮换敬我那杯酒。坐在长条桌对面的孙武官向我使了几次眼色，用手指了指端酒的服务员和酒杯，我发现了，服务员给我们倒的酒是桌子上酒桶里的，给他们领导倒的是从里间拿出来的。我估计他们喝的不是酒，于是通过翻译对他们说：咱们兄弟把酒杯换一换。翻译说可以的，我立即从服务员端的盘子里把杯子拿过来尝了一口，果然是纯净水。我把他们的小把戏揭穿了，古巴一位中将说这些招也是向"老大哥"学的。大家哈哈大笑。

估计他们是想给我面子，演出时，歌舞团的姑娘没有拉我上去跳舞，实际上我还真想跟她们学一学拉丁舞。

从阿根廷回国要经停法国，正遇上法国航空工人大罢工，飞机飞不了，我们只好在阿根廷又多停留了一天。因为我们是军事代表团，不能随便改变活动区域，增加活动内容，所以就在酒店等候。团长担心我们闲得无聊，就请武官处送来电视机和碟盘，还有中文图书、扑克和象棋，让我们打发时间。我感觉这一天，好像是在部队的连队俱乐部似的，过得很亲切，很愉悦。

第二天，通知说法航工会停止了罢工。晚上，飞机从布宜诺斯艾利斯国际机场起飞，飞往巴黎。好事多磨，途中一位乘客突然患急腹症，需要就近医治。飞机在大海上空抛洒了航油，降落在德国法兰克福机场，等候病人做完手术，大约四个小时，旅客下机在机场休息。参谋知道我的女儿在德国慕尼黑工作，于是问了我女儿的电话，拨通了，把手机递给我，我们父女俩通了几分钟话！

名差半字

在"八尺沟人"公众号上看到陈正明写的"水鬼的故事"，使我回忆起与他的一连串往事。

刚任一师政治部主任不久后的一天早上，我到直属连队转转看看，走到通信营，看到一个穿空军制服的干部，戴着一副眼镜，与战士一块儿扫地。怎么我们陆军来了空军干部？我心生好奇，便上前询问。他看见我的军衔，连忙敬礼，喊"首长好"！战士们也都停下了手中的扫把。

他的军衔是"一杠两星"，中尉。我问他怎么回事，他说他叫陈正明，高中毕业考上军校，学空军气象专业，因他们那届学这个专业人多，空军用不完，有的就要交流到其他军种。他是浙江义乌人，所以填报毕业分配意愿时就填了驻浙陆军，分到了一师通信营。当时排长人多，他还没定岗定位，暂时在一个排当第二排长。部队还没到换装的时间，所以他仍然穿着空军服装。这是我与陈正明的第一次接触。

第二次与他见面，是在我的办公室。

上次了解到陈正明的情况后，我就到干部科查看了他的档案。他就读于空军院校，四年成绩优良，取得学士学位。当时，我就想，部队本科生不多，而他学的专业又没有用上，加之眼睛近视，在基层工作不方便。但他既然能考上军校，说明文化底子还是厚实的，应该找个合适的岗位，发挥他的作用。

我打算把小陈放在宣传科报道组，于是让通信员去请他到我办公室好好聊聊。

他读了不少书，知识面较宽，思想活跃，思考问题较深，性格直爽，敢于发表自己的见解。我征求了他的意见，他很愿意，就到报道组上班了，编制在连里，任排长，吃住也在连队。

我这人特别不喜欢晚上加班，但刚上任不久，事情很多，加之还没宿舍，临时借住招待所一间房，所以晚上经常到办公室去，有事就做事，空闲就看看书。报道组办公室就在我的斜对面，我来回都要经过，多数时间能见到小陈在那里看书看报，弄剪贴，抄写东西。在省报、市报和南京军区报纸上常能见到他写的稿子，我每篇必读，看故事情节，看逻辑观点，看语法表述，觉得他文字有功底，上路也很快。

我去炮团调研时，听说有个同志在搞技术革新，还有成果。我把情况简单记在本子上，回到师里，直接给小陈交代任务，到炮团去采访，把那个同志的事迹写篇稿子。他马上就去了。

炮团距师部只有一公里多路，他天天来回，一周下来，稿子就写出来了。他送给我看，我从头到尾一字不漏地看了几遍。文化水平高的写的稿子就是大不一样！小陈把革新器材的科学原理、应用价值、改进方法和当事人刻苦学习、钻研过程都交代得明明白白，读起来蛮生动的。这件事使我进一步认识、了解了小陈。

由于小陈有思想，敢于发表不同见解，属于"不入流"的另类，机关有些人容不下他，趁我住校学习期间，第二年就把他赶回了连队。我培训一年后回到部队，知道了小陈的遭遇，也没指责谁，又让干部科通知小陈回到报道组，并把他提升为副连职。

陈正明很珍惜在报道组的时光，全身心地投入采访、写稿工作。为了搜集资料素材，他一有空就到师部四个机关科室里去转悠，加之他长得精瘦，又戴副眼镜，别人开他玩笑，说他像极了电影里的情报处长。谁知这个诨名马上传开了，以至有些战友不叫他陈正明，直接喊他"情报处长"。他只笑笑。

不要看陈正明人瘦，他酒量可不小。十八大之前，有一次上面报社来了工作组，我们政治部负责接待。午饭时，我带宣传科长和报道组三个同志到招待所陪他们。我说下午大家都还要工作，中饭我们就随意喝点吃点，等晚上再找个地方好好干一场。小陈听我这么一说，就说他陪各位首长、老师喝几杯。一两的杯子，他一口菜未吃，给四位客人每人敬了一杯。我有点担心，劝小陈吃点菜，杯子不要倒满了。他说没事，呼呼地喝了一碗汤，又拿起二两多的杯子给客人敬酒。除一人实在不能喝外，其他三个客人都喝了。小陈又倒一杯要敬客人，我怕客人出洋相，阻挡住了小陈，就再没喝了。

下午上班，我有意进报道组看了看，大吃一惊，小陈竟然坐在那里翻报纸。我开玩笑地说："小陈，你身体这么单薄，酒都到哪里去了？"

他说："主任，我没事。下次有客人需要我陪，我一定陪好。"

小陈的协调办事能力也让我佩服。1994年1月22日，是"硬骨头六连"命名三十周年纪念日，南京军区提前半年下通知要隆重举行庆祝活动。有六项活动内容：一场六连官兵的军事比武汇报，一场纪念大会，一套经验事迹材料，一台晚会，一部录像片和按惯例给与会代表每人一份有特色的纪念品。除了第一项和与会代表的接送、食宿外，其他五项都由政治部负责。这么多事项，经费也全由政治部承担。那时，一年的政工费连订报刊都不够，这么大的开支真是愁死人了。

我抽人组织成立了五个筹备组，另外还找了两个干部去"化缘"。我拟派陈正明去龙泉宝剑厂协商，让他们赠送三百把剑，剑上刻上"剑胆雄风"四个字，作为纪念品。而事前，我们谁也不认识龙泉县或宝剑厂的任何领导。

陈正明带着一台解放牌大卡车，拿着政治部的公函就去了，尽管费了不少口舌，最终还是把事办成了。他打回电话进行了报告，准备返回。那时正逢严冬季节，返回时山路弯曲不平，雨雪结冰，车子走走停停，还有两顿饭饿着，真是饥寒交迫。他知道领导们焦急万分，但那时又没有手机更别提微信了，没法联系，大家心急如焚。等到深夜，我们还没见他回来，也没音讯，正准备实施应急方案时，陈正明带着车，腿一瘸一拐地回来了。驾驶员讲起小陈与厂方协调、路上遇险的经过，说陈干事真是了不起。我紧紧握住小陈的手，说："小陈，你们这一趟吃了大苦，万幸人没事，我们放心了，也要谢谢你！"

陈正明与我的名字陶正明，仅差姓的半边不同，他"东"我"匋"。就因为这半边不同，还引起了一场误会。他写了某部一位连长的事迹，两千多字，登在报纸显眼位置。一位首长看到了，打电话批评我，说："你一个师政治部主任怎么能随便写一个连长的稿子？让其他干部怎么看？简直是不务正业！"

我还没有看过这篇报道，一时没有反应过来，丈二和尚摸不到头脑，不知什么缘由，只好听着批评。放下电话，我找来报纸一看，原来印刷时把"陈"字半边"东"印得模糊，使别人误以为是"陶"字。弄清楚了，我赶紧打电话向首长作了解释。

陈正明笔头来得快，文字也干净，在师里小有名气。参谋长与我商量，想调小陈过去。我说，反正还在师里，去你那里可以让小陈多历练，长进更快。就这样"陈干事"变成了"陈参谋"。

我也批评过陈正明一次。他的工作岗位调整了，年底领导带着科长和他下部队考评基层建设情况，一个单位一天。各单位都很重视，方方面面精心准备。第二天要到下一个团考评，陈正明就正式通知打电话告诉团机关。没想到团机关干事又问他考评组在团里住不住、吃什么菜。小陈就如实把当天在上个单位的有关情况讲了。机关在呈报通知给他们团长看时，团长说，可不能马虎，要想得更细一些，做得更好一些。当时我正好在那位团长旁边，就问什么事，团长把呈批件递给我，我看了一遍，回到机关就批评陈正明：机关正式通知，关于生活方面的事情怎么能讲呢，还讲得那么详细。机关干部做事情，只要涉及领导和部队，都要三思而行。他说今后注意！

陈正明在军区报纸上上稿多，早被报社社长看上了。社长要从基层部队调几个干部到报社，改善编辑的结构，让我推荐三个同志，我按要求选了两个指导员和参谋陈正明，其中一个博士生、一个研究生，唯有小陈是本科生。

我本希望三个人都能被选上，到大机关工作会有更大发展机遇，结果只有陈正明被选上了。他在报社干了几年后要求转业，打电话告诉我，这时我已离开老部队，我问他，干得好好的，怎么有转业的想法。他说："老领导，不瞒你说，因生了双胞胎儿子，我家里生活开支大，而部队干部待遇低，在师里时写稿子，虽然能从报社拿点稿费，贴补家里，但压力很大，那时就有转业的想法了，只是因年龄小走不了，到报社来转业容易多了。对不起，辜负了你的期望。"

人各有志。陈正明讲得在理在情，我很能理解。他到地方工作生活也很顺心。我退休后专门去看望过，在他办公室，看到他获得的许多奖状、证书、证章，浏览了他在许多报刊上发表的千余篇稿子，心中充满无比的喜悦和自豪！

"硬骨雄风"群雕

2020年1月22日，是"硬骨头六连"第五十六个命名纪念日。每逢此时，我们都会忆起许多六连的英雄和有关故事，许多战友和百姓也会相约再去六连展览馆感受"硬骨头"精神。

凡是参观过六连展览馆的人们，都会在前厅见到一座用炮弹筒、枪弹壳为元素精心制作的"硬骨雄风"群雕，剽悍、威武、刚强……带给观众强大的视觉冲击和精神震撼！想当初，制作这个很费了我一番脑筋。

师部旁边的六连展览馆建于二十世纪七十年代，是专门为了迎接到六连视察的南斯拉夫领导人铁托元帅而建，由浙江美院设计、浙江省委出资四十万元，突击建造的。到1993年筹备庆祝六连命名三十周年活动时，展览馆已非常破旧，基本不能对外开放使用了。于是，一团就在团大礼堂前新加了一个两层展厅，准备重新设计、布置六连展览馆，同时在一侧还建了官兵之家，赶潮流地设置了休闲区。记得六连有个指导员在里面举办婚礼，我还受邀当了证婚人。

展览馆正在布展，我去看进展和质量，一团郭政委陪着我。里里外外、楼上楼下，整体看还凑合，可来到前厅，这里却没有任何布置。郭政委说：至今还没考虑过前厅的布展方案，主要是没有这方面的人才，更没有相应经费，看看师里能不能支持一下。

在集团军工作时，郭政委和我同在组织处，我们两家还是邻居，私人感情较深。现在我们又同到一师任职，且都还是上任不多久，无论从哪方面讲，他们团遇到的困难就是我们师的困难，我都得帮他一把。

尽管之前我也布置过一些展览馆，但就技术角度而言终究还是外行，专业的事情还是得交给专业的人办，不能想当然。我首先想到了杭州市群众艺术馆的几位专家，他们曾帮助设计规划过师部幼儿园，很有水平。我当即派车把他们接到一团，介绍了情况，并说了我的几点想法：一是"硬骨头六连"是全国、全军独一无二的被两次命名的一级英模连队，是军队基层单位中的一个钢铁集体，六连展览馆建设政治性很强；二是缺资金，但前厅整体效果又必须凸显出来，要吊顶，有灯光，四周装饰协调；三是前厅是展览馆的最核心地带，是门面，要让观众一走进前厅就能眼睛一亮，热血沸腾，激情澎湃！

群众艺术馆的刘馆长、朱副馆长、王副馆长等几位领导是我的老朋友，都知道我的性格。他们听明白了我所讲的，又看了看前厅建筑架构，顿感压力山大。刘馆长慎重地对我说事关重大，他们得回去开个会认真研究，商量好后再答复。

第二天，刘馆长就来了，介绍了馆里商量的意见：一是邀请雕塑专家张海洲工程师设计前厅；二是派朱副馆长住在部队组织施工直到完工；三是希望部队能从其他方面想办法给予支持与配合。

雕塑专家张海洲很快就来了，他问我有什么思路。这期间，我又上下左右把前厅反复细看了几遍，有了大体的思路。我把自己的想法告诉了工程师：吊顶、灯光等都要服从展品所体现的精神内涵；要把国防部授予六连的"硬骨头六连"奖状制作成和"英雄硬六连"式样相同的奖旗，两面奖旗再放大，旗两边镶框，要有立体感，分别挂在前厅左右侧墙上；前厅正前方墙面上书写连队简介（代前言），下方安个雕塑基座，但雕塑什么内容、什么样式，我们酝酿了好几天，也没想好，还到上海、南京、宁波等地去参观过不少雕像。那些雕像要么与六连展览馆的内容不匹配，要么价格太贵，材质有金的、铜的、铝的、不锈钢的、生铁浇铸的、名贵木头的，有的价值几千万元、上亿元，少的也要几十万元、几百万元。我们望尘莫及，只好再想想其他土办法了。

张工程师听了我的介绍后，开始在展览馆里转悠，思索，找灵感。他看到六连缴获的一堆枪炮展品时，思考了一会儿，自言自语："如果这些家伙多一些，焊到一块也挺壮观的……"

"首长，你们部队射击训练时，不是有许多大大小小的空炮弹筒、子弹壳吗，如果能弄些来，难题就解决了。"张工程师转头对我说。

我立即找到周元华副师长，把困难告诉他，请他帮忙。因为他当过坦克团长、集团军装甲兵处长，找这些个物什应该不在话下。果然，周副师长满口答应，并立即给军区装备部首长打电话要了两吨枪炮弹壳，军区装备部首长说需要的话还可以多拉一些。放下电话，周副师长就指示机关把呈批文件带上，派了一台车和两个干部赶到南京去拉。至于要什么型号的，张工程师说从口径最大的炮弹筒到最小的手枪弹壳，都拉一些，到时如果用不完就退给他们，免得不够还要跑第二趟，反而耽误时间。

第二天下午，枪炮弹壳拉回来了，摆了一地，有地炮的、高炮的、坦克炮的、轻重机枪的、冲锋枪的、步枪的、手枪的，各式各样，好几十种规格，好多我之前都没见过，真是开了眼界。我们大家开心地围着这堆宝贝，欣赏评论了好一阵子。

材料有了，做什么造型呢？

大家都说我对部队熟悉，见识也多，让我出主意。

我围着废旧枪炮弹壳转了好几圈，边走边想，就有了大体构思：做一座能展示六连官兵精气神的集体群塑，用材一百三十八枚大大小小的枪炮弹壳，既是全体官兵的化身，又代表六连从诞生以来打的大大小小一百三十八次战斗；四脚支柱选用最大的炮弹壳，象征连队干部；高低错落分列四排，分别表示连队三个排和连部。朱馆长建议中间要有一个战士头像，头戴钢盔，身材高大，魁梧挺拔，眼睛炯炯有神，浓眉似剑，脸部肌肉感要强，一看就是硬骨头战士；还可以考虑雕塑大体成型后，找个冶炼厂加工，烧上硝烟色，与战场环境更贴近；下面做个基座，贴上枣红色大理石，平整，庄重，下方正面镶上金黄字，表达对六连烈士的祭奠，文字要体现出六连的形和魂。我说那就是六连的老精神、老传统，文字就镶上"硬骨雄风"或"辉煌永驻"，大家说"硬骨雄风"好！

我真佩服艺术家的丰富想象力，大家七嘴八舌就统一了认识。我鼓励他们在制作过程中思想不要受束缚，可以大胆想象，不断加以改动，标准就是六连代表看了满意就行。虽然这么说，但艺术家们知道这件雕塑的政治分量和巨大影响，每处都很谨慎，所以经常打电话给我，请示这个商量那个，我也去了现场好多次。

三十一天后，他们说基本成型了，要派一台吊车一台大车从加工厂拉回部队。我早早地等在展览馆前。

卸下来了！我带着六连官兵代表从前到后、从左至右细细地端详了一遍，我问官兵感觉怎么样，他们异口同声地说"太好了"。我上前紧紧握着朱馆长和张工程师的手，激动地说："官兵很满意。谢谢！谢谢你们！辛苦了！"

朱馆长把我拉到一边说："首长，铜料还多了一些，你干脆送给我们吧，我们也不收前厅装修费了，你看行不行？"

我正为付艺术家们的费用这事发愁呢，没想到朱馆长一句话就把工钱免了，真是一举两得的好事！我调侃地说："行，行，你们怎么说都行！如果赚了，就去买几瓶酒几条烟，只当我们犒劳你们了！"

从此，展览馆前厅成了亮点，雕塑成了点睛之笔，经常见观众排队与它合影。

六连官兵对它更是情有独钟，每逢战友、亲人来队时，总会带他们到此留个影，官兵退役时更是恋恋不舍。

一师还把这个铜雕等比例缩小做成袖珍模型，用金丝绒布包着，外面再加一个精制木盒，当作纪念品，送给四面八方的贵宾好友。

有个地方老板看了雕塑很是震撼，想按照图纸和模型，把"硬骨雄风"改成"中流砥柱"，用不锈钢仿造一座，放在他的办公楼中央大厅作为公司的镇馆之宝，同我们商谈，开出一百万元价钱！我没同意。我对他说："老朋友，我知道你很有钱，但有的东西不是有钱就能买得到的。这座雕塑象征着人民军队的英雄连队，也象征着无数烈士不朽的生命，在我们心目中是无价的，是我们心中一座永远的丰碑！"

二十七年过去了，六连营房、驻地搬了五次，"硬骨雄风"雕塑也搬了五个地方，现在又随同六连去了广东惠州，永远和六连官兵在一起。

虽然我和这尊铜雕见面少了，但我经常在回忆里、在梦中见到它，它还是那个老样子！

地方大学生军官

2019年3月，纪念"过河卒"地方大学生军官到一师工作二十周年：

一批秀才进军营，

一股清风沐透心。

一路奋进二十年，

一腔热血留下情。

赣鄱圣地

1998年8月，一师九江抗洪，我（右一）在长江趸船上的师指

江西，是一块圣地！

人民军队的军旗在南昌升起！

中国共产党的第一个农村革命根据地在井冈山建立！

中华人民共和国的摇篮在瑞金孕育！

伟大的中央红军长征从于都集结出发！

正是因为有了红色江西的巨大贡献，才有了我的从军经历，我才有了那么多可爱的、伟大的战友！

战友们，我不会忘记

战友们，
我不会忘记，
当兵的日日夜夜，
我们在火热的军营；
多少个寒冬酷暑，
我们在与苦累抗争:
汗水，泪水，血水；
我们在抒发豪情！

战友们，
我永远不会忘记，
第一次扛枪的情景，
首长说它是第二生命，
我们把脸贴着亲了又亲，
离别时，我们抱在怀里，
哭得地黑天昏！
现在梦中看见它，
眼睛仍然会湿润。

战友们，

我永远不会忘记，

每当过年过节，

大家都思念远方的亲人，

你来劝我，

我去劝他，

说的都是一句话，

祖国是个大家庭，

我们保卫着全体百姓！

战友们，

我永远不会忘记，

大家来自五湖四海，

操着不同的乡音，

分开了，时常在耳边鸣；

无论到了什么岁数，

还是军营那个样，

浑身充满了青春；

无论是在干什么，

争第一，站排头，

既敢拼又能赢，

这就是我们的个性！

弋阳"成功三号"

1993年初，我赴任第一集团军第一师政治部主任。

一师是甲种师，历史悠久，人员齐全，装备精良，自1975年从中原移防江浙一带后，一直作为中央军委战备值班部队，战备任务十分繁重。

年初的南京军区党委扩大会上，命令我师进行一次军事演习，具体而言，就是通过一年训练，年底完成"成功三号"演习任务。此次演习，由第一集团军首长机关负责组织实施，南京军区全程检查指导，监督考核验收。

为了保密需要，当时演习都编有代号，如"东海"系列、"成功"系列。随着部队的高科技装备越来越多，后来又增加了"砺剑"系列。"成功三号"演习，主要演练登岛部队完成渡海登岛后，向陆上发起进攻，直捣敌军指挥部这个战役科目。

南京军区通过多次勘察选点，决定将演习地域放在江西省上饶市弋阳县境内。假想敌蓝军由兄弟师某团担任，加强军直属分队，我后来在江西工作时的搭档郑水成同志当时就是蓝军指挥官之一。蓝军部队提前好几个月就到了演习场，构筑模拟阵地，修建堑壕、坑道、地堡、铁丝网，主要演练敌军的拦阻、反击、反复争夺等科目。

时任第一集团军军长陈炳德，刚从南昌陆军学院院长岗位上调回野战军，之前他在一军任过副军长兼参谋长，四年多前升任陆军学院院长。当时的江西省军区司令员冯金茂也是一军的老首长，几年前从一军副军长岗位平调任江西省军区任副司令员，后来升任司令员。

把演习地点选在弋阳，当时的传言很多。一说弋阳是当年红十军军长方志敏烈士的故乡，是红土圣地，便于部队开展思想教育、政治动员，能够大大激发官兵不怕苦、不怕死的杀敌斗志；二说陈炳德和冯金茂两位首长都在江西工作生活过，对红土地有着深厚的感情；三说我师是贺龙的老红军部队，参加过南昌起义，在弋阳训练演习，一定能旗开得胜，顺利、圆满、成功！

集团军要求参演部队必须做到战斗队、工作队、宣传队一肩挑，同时组建一支业余演出队，慰问沿途和当地的党政领导和人民群众，感谢他们的大力支持。我师没有宣传队，临时组建队伍，定购道具、编写排练，要达到一定水准不是一件容易的事情。

我立即召集政治部的科长们开会研究。有人建议去找浙江省文化厅一个熟悉的领导，请他帮助从省市文艺团体抽调一些才艺特长鲜明、能独当一面的演员，临时成立一支队伍，对外打"某师战士业余宣传队"旗帜，或叫"某师军民共建演出队"。我抽空去找了文化厅这个领导，他表示大力支持，说这件事容易办，临时抽调十来天时间，一个文工团少几个人也不影响他们的演出任务。

演员们提前一天到了，共十八人，自己戏称"十八棵青松"。我把他们召集起来，简单地作了动员，提了要求，特别明确了保密规定，给他们发了被装、迷彩服、帽子、胶鞋、腰带。他们非常高兴，当场拿出照相机拍照留念。当晚他们就在大礼堂演出了一场，各有绝活高招，让我们大喜过望。

向弋阳开进是隐蔽行动，不得暴露部队行踪。我派宣传科长到演出队当队长兼党支部书记，全程负责协调工作。我担心演员们吃不消，又不能严守秘密，就让科长带着他们先行出发，吃住在弋阳县委招待所，和上级派下来的新闻报道人员同样待遇。

我们万人千车，分南北两路，夜行昼息，晚上多数时间也是闭灯驾驶，非常隐秘。两天后的凌晨，我们到达演习地域。部队以连为单位，一律住帐篷和伪装的掩体工事。师团司令部、政治部、后勤部和装备部自己动手构筑地下工事，既住人又兼作战指挥室。政治部没有直属连队，只有三名炊事员，两名放映员，一名通信员，干部们人人上阵，用镐头、铁锹挖土，垒成小丘，上面用树枝、茅草铺盖，和周围的背景高度相似，达到"敌机"侦察识别不了的标准。因工程量大，时间紧，大家日夜加班，吃饭都是轮流在现场吃的。

弋阳县地方领导对部队这次行动高度重视，专门成立了班子，做好保障工作。他们还制定了"六个不准"：食品供应不准涨价；没有经过检验的食品不准出售给部队；个人不准私自到部队叫卖货物；不准随意到部队周围走动；捡到部队的物品要立即上交，不准私藏或转交；民兵演练支前行动统一由县人武部指挥，其他单位不准插手。这为部队顺利完成演习创造了良好的条件。

意想不到的事很快就发生了。第三天，集团军政治部副主任打来电话，说我们部队有人在县城调戏妇女，军长指示，由一师政治部陶主任亲自查处，如果情况属实，扣除演习政治工作分数。

我一听头就蒙了，扔下铁锹，坐上吉普车就往县城赶。一路上我都在想，全师官兵辛辛苦苦拼搏了一年，上了考场马上就要见分晓了，却让个别人搞砸了，全师官兵的汗水将付诸东流。想着想着，心里特别难受！

我师在县城驻扎的就只有住在县招待所的新闻单位和部队业余演出队。我直接找到招待所，见到科长了解情况。原来，前一天晚上，县民政部门和文化部门组织军地联欢，邀请新闻单位和部队业余演出队的同志参加。地方一个女同志与记者跳舞时不小心滑倒了，她急得叫了一声，可别人以为是记者故意的，是要流氓，传来传去，传到军机关就走了样、变了味，军长听说，大发雷霆，下令追查到底，严肃处理。

我了解清楚情况，把利害关系给大家讲了。记者、演出队和弋阳民政局的同志都感到事态严重，知道是军长听到了不实传言发的脾气，得赶紧去消除误会。那个记者说，他与军长熟悉，他去当面给军长解释清楚。

我们赶紧上了吉普车往军指赶。见到军长，记者说："军长呀，你听到的调戏之事完全是添油加醋，我是当事人之一，这事与一师同志没有一点关系。你要处分就加在我的头上。"

军长听了，哈哈大笑，说："你这个大记者，今后跳舞动作要温柔一点，一师这回差点背了黑锅！"

一波刚平，一浪又起。正式演练的前两天，集团军指挥部召开作战会议，南京军区工作组到会指导，红蓝双方团以上主官参加会议。会上军参谋长明确了演习方案，军长下达了命令，政委作了动员。这次会议的文件、记录被列入绝密范围，传达时要严格控制范围，保管好文字记录。没想到，当天深夜，弋阳县公安局长紧急赶来见我，交给我一个笔记本，说是一个老乡在路边拾到的。事先他们对老百姓进行过保密教育，捡到部队的物品要立即上交，不准留存或转交。这位老乡觉悟很高，捡到后就交到乡政府，乡政府马上交给了县公安局。

我一看笔记本封面上写的名字，是一个营教导员的，里面记录的是团党委扩大会议精神，全是有关这次演习的传达内容，很详细。我一看，冷汗都下来了，定了定心神，连忙向局长表示感谢。

送走局长，我立即向上级报告，又打电话给那个营的团政委，问他有没有接到有人报告丢失笔记本的事。团政委支支吾吾的。我叫他把团长也叫到他那儿，我马上赶去他们团。

团长、政委见到我就说，教导员丢了笔记本就报上来了，但当时他们存有侥幸心理，打算先找一找，如果找不到第二天再上报。我一听就来火了，说："演习如打仗，丢密就是丢命，就会失败。你们对上级欺骗，对部属欺骗，对老百姓欺骗，他们最终会理解原谅的。但如果泄密给敌人，敌人会置我们于死地的！教导员的笔记本保管不好，丢了，是错误，但他及时报告了，你们却不报，这个问题的性质很严重，等演习总结时，要好好反思，挖挖这里面的东西！"我一边说一边指了指他们的头。

演习即将结束，军区和集团军首长给予我们充分的肯定！离开弋阳的前一天晚上，部队在弋阳大会堂组织慰问演出。演出进行了十多分钟，电源突然出了故障，需要抢修。就在这尴尬的时候，突然有十几个人站起来，一人手里拿着一支手电筒，照射在舞台上。演员们明白了，感动了，歌唱得更响，舞跳得更欢。

演出结束，大家才知道，县里电压一直不稳，礼堂断电是常有的事。为此，县里事先就安排了人，准备了手电筒。

那次演习后，我坐火车、乘汽车经过弋阳周边数十次，每每见到路牌上的"弋阳"字样，总会情不自禁地想起"成功三号"那一幕幕军爱民、民拥军的感人故事！

九八九江

1998年8月7日，对于江西名城九江来说，面临一场塌天之灾——

长江干堤九江段四号、五号闸口之间的大堤被洪峰冲破三十多米长！"九江决堤！"这个爆炸性新闻迅即震惊了党中央最高决策层。最高层立即命令南京军区调动部队赶往九江堵决口，救灾民。

8月7日17时，我们一军一师作战值班室接到救灾命令，马上电话传达到各团作战值班室，命令做好随时开赴九江的准备。师领导在作战室碰头，决定让二团担任第一梯队，分乘两列火车向九江开进。第一列必须在一小时内出发。让二团打头阵，师领导的意见很统一。二团是老红军部队，拼杀出了百余名将军。两位团主官素质全面过硬：团长王宏上过老山战场，一等功臣，曾任"硬骨头六连"连长，当过机关参谋、团参谋长；政委魏殿举担任连队指导员、营教导员、团政委时，都是军区、集团军树立的典型，有团、师、集团军三级机关工作经历。一师共六个团，他在其中四个团任过职。二团其他领导，也人人是典型，个个立过功；二十四个连队的建制比较齐整。节骨眼上就要把二团这把钢刀插上去！

四十分钟时间，二团第一列车人员已整装待发。

我们属于第二波赶赴九江救灾的部队。大堤决口以来，先前投入战斗的第一波约四个团官兵已人困马乏，相当疲劳。

二团刚赶到现场，现场总指挥、南京军区副司令员董万瑞中将便下达了部队换防的命令，二团接下全部阵地。两个小时后，二团第二列车千余名官兵也赶到了。之后，其他五个团的官兵乘专列也陆续到达各自阵地。

九江全城受灾，赶赴九江的部队有几万人，官兵开始几天几夜都没觉睡，也没吃的没喝的，中暑的就躺在大堤上挂水，针头一拔就又冲了上去。

封堵决口的关键时刻到了。由于水流凶猛，一个一个大铁笼一投下就被洪水冲走。紧要关头，团长王宏第一个跳入急流中，试图用身体死命顶住大铁笼。营长、连长、排长见状纷纷也往下跳，战士们一排一排地跟着跳……站在铁架上的官兵则用大锤死劲地把钢筋往下砸。

一个干部一根桩，一个单位一堵墙，洪魔被降服了！官兵从水中被拉起来，累倒在堤坡上。军区、集团军首长走过，低下身子查看一个个被江水浸泡成紫铜色的裸露身体，噙着热泪说："个个都是硬骨头！"在医护人员的急救下，累倒的官兵苏醒过来，第一句话就是"决口堵结实了吗"！

九江大堤五天五夜堵口决战、四十余天的抢险救灾，给伟大的中华民族留下了"万众一心，众志成城，不怕困难，顽强拼搏，坚韧不拔，敢于胜利"的抗洪精神，这段壮举也载入了共和国的史册！事后，二团被中央军委授予"抗洪抢险模范团"荣誉称号。他们当之无愧！

抗洪救灾过程中，全师官兵与九江人民同生死、共患难，战天斗地，结下了鱼水深情。决战胜利后，部队返营准备时，我到各团征求意见，看看给九江人民留个什么有纪念价值的实物。有人说立个抗洪纪念碑，但有人提出了不同意见，说参加抗洪的部队这么多，就我们一个部队立碑不太妥当，修纪念场所地方上出面比较合适。最后，大家认为还是建所学校比较好，因为我们部队有一个老做法，每逢完成重大任务，都要在住得比较久的地方，建一所学校。

全师万余名官兵听说要给九江灾区捐款建学校，热情十分高涨，人人都把身上仅有的钱都拿出来，共捐献了十二万多元，加上杭州市的慰问金二十万元，便开工建设希望小学。奠基礼那天，参加仪式的有戚建国师长、我和各团一名主官，九江市副市长和浔阳区区委书记、区长、区人大常委会副主任、区政协主席、分管教育的副区长，校名定为"硬骨头六连"学校，专门请全国著名书法家、浙江美院院长、退役军人郭仲先教授题写了校名，还制作成铜牌，由戚师长和九江市副市长授予校长。

过了一段时间，九江市浔阳区教育局长给我打来电话，说经费不太够，缺二十来万元。放下电话，我就到浙江省教育厅和杭州市教育局商请资助。他们非常支持，说帮助灾区人民是应该的。几天后，浔阳区委政法委洪书记、区政府刘副区长到部队来，我陪着他们到浙江省教育厅和杭州市教育局表示感谢！

浔阳区领导还提议在学校里专门拿出一间房子布置成展览室，展示"硬骨头六连"所在部队的简要历史、光荣传统和九江的抗洪壮举，让九江的孩子们从小接受国防教育，热爱人民军队，牢记军队恩情。随后，我立即安排两位同志赶赴九江，量好房子面积，又回到部队制作展板。为了节约经费，安装时那两位同志就住在刚刚完工的毛坯房里，和民工一块儿搭伙吃饭。封堵决口胜利一周年时，学校落成，我又陪着省市区三级教育部门的负责同志和杭州电子工业学院党委书记前去祝贺，送去了二十万元慰问金。大家一处一处设施、一间一间房间地察看参观。看到崭新的校园和欢声笑语的学生，我们非常高兴，心中充满希望！

时任九江市委刘书记在庆贺学校落成的讲话稿中有这么一段话：人民解放军在九江危难之时从天而降，解救百姓，封堵决口，保卫了大堤，这是留给九江人民抗击自然灾害的生命之堤。你们修建了希望学校，这是留给九江孩子们在人生之路上抵御愚昧和无知的智慧之堤。这两座大堤，一座物质的，一座精神的，必将在九江大地上永远矗立，必将被九江人民永远铭记！

事实也是这样，希望学校从此成了一师与九江的连心桥。九江浔阳区的同志与我们常通电话，互致问候，介绍情况；他们也常来我们部队驻地看望慰问。"硬骨头六连"还与学校结成共建对子，经常互相走动联络。

抗洪决战时，一师郭金华副政委在后方留守。抗洪刚结束，他提升为九江军分区政委，成了我们军地两家联络的纽带，主动上门帮助学校办了许多事。

后来，九江籍干部小熊到六连任副指导员、指导员，有次到江西省军区我的宿舍看望我，我甚是高兴，并一再叮嘱他，连队要关心学校的建设，官兵要继续当好校外辅导员。小熊每年探亲回九江，都要到学校去几次给师生们上课。

2020年初，九江军分区余文生政委一上任，就和宋朝阳司令员商量，虽然他们的部队没有到九江抗洪，但希望学校是解放军帮助建成的，军分区作为九江的最高军事机关，理应把帮助学校作为分内职责。当了解到学校设施需要添加时，军分区党委研究后拿出十万元资助了学校。

2018年，部队编制改革调整，虽然一师和所属各团番号不存在了，但一些转业退伍在当地的官兵并没有忘记九江抗洪的伟大壮举，他们建议在抗洪胜利二十周年之际，举办一场以弘扬抗洪精神为主题的座谈会以示纪念。我把大家的想法分别报告了曾任副总长的戚建国上将和曾任南京军区政委的雷鸣球上将，他们都说这个主意好。

为了把纪念活动办得有特色、有深意，筹备组计划出一本书、建议九江市重新整修纪念场合、隆重举办一场纪念会议。我召集从浙江省军区政治部副主任岗位上退下来的魏殿举同志，转业待安置的浙江省军区宣保处原处长葛羽哲同志研究撰写书稿大纲。我们又请雷鸣球上将作序，他欣然同意，并做了重要指示：写的书不仅是文学作品，更是南京军区一件大事的文字记载，具有史料价值。要实事求是，大的单位尽量将材料收集齐全，文章要照顾到方方面面，文字表述要留有余地，不要说满话、过头话。要突出董万瑞副司令员，他是九江抗洪总指挥，是吃了大苦，出了大力的，他儿子当时也在一线抗洪，九江百姓都记得他的。

初稿出来后，我们快递给雷政委。他从头到尾，一字一句地看，有些词句反复推敲，几乎每天夜晚都会用电话把要修改的文字甚至标点符号，让我对着文稿，一页一页，一段一段，一句一句地说给我听，让我改在书稿上，一连几个晚上，每次都过了午夜十二点。我多次在电话里听到首长夫人催他休息，他说快了快了，还有几页、几个字。近八十岁的老人，真使我好感动。

　　书名定为《九八·九江》，联系地处江西的百花洲文艺出版社出版。第三稿出来后，在送出版社之前，我背着书稿和相关照片，又到南京雷政委家里，再次请他审定。他一张一张地看着照片，拿掉了他的两张，还是那些话："多宣传董万瑞同志，多宣传基层官兵，多宣传九江人民群众。"晚上，他又用毛笔写了三个字"雷鸣球"，让我们挑选，作为序言的落款签名。

　　2018年8月12日，纪念活动在杭州大华饭店隆重举行，原一师六个团每团各十人、师首长和四个机关四十人、当时随部队行动的省市新闻单位及江西方面特邀代表二十人共一百二十余人参加了活动。

　　戚建国上将把《九八·九江》新书发给大家后，满怀激情地说："二十年前的今天，我们在九江堵住了决口，创造了人间奇迹。这本书是汗水和血水的结晶，它是留给后人的一笔宝贵的精神财富。今天我们追往抚今，就是为了不忘初心，践行使命……"

　　说着说着，上将的声音哽咽了。他忆起的不光有成功的喜悦，可能还有些许不便多说的心酸吧……当时我们几乎天天吃住在一起，我是知道的，也是清楚的！

五个大校睡钢板

又一个夏天来临了。

二十多年前的那个夏天，我们在长江流域抗洪抢险的一段往事又历历在目。

1998年8月，正是炎日酷暑，九江大堤大决口，情况十分危急，我师奉命赶赴九江参加封堵决口的战斗。地方领导听说了，专门腾出一个单位招待所的十来间房子给师指挥所，师领导一人一间，其他几间住机关干部。我们下午四点来钟到了九江火车站，机关同志立即报告了此事。我们婉谢了地方领导的好意，说这会儿吃住是小事，不能让你们操心，我们会自己想办法的！紧接着，我们分头去看六个团和师直属队的任务区段。因路况差，不能行车，我们都是步行，一直忙到晚上九点多还没吃饭。按提前预定的地点陆续会合了，大家把情况简单地汇报并提出了建议。师长说肚皮在闹意见了，把带来的方便面和矿泉水拿来，不一会儿大家就吃完了。

师指挥所设哪里？大家异口同声说应该尽量放在离部队近的地方，今天就在大堤上搭帐篷将就下。这天晚上，十几个人分住两个帐篷内，按现在年轻人流行的话说，就是"混帐"。人多空间小，帐篷里异常闷热。尽管不停地摇扇子，身上还是不停地流汗。实在受不了，大家都走到外面吹吹江风。这一夜谁也没合眼。

早上天一放亮，师长就带着我们找地方，在大堤上来来回回好几趟，可离部队近的地方实在找不出来可供容纳十几个人的房子。不知谁说了一句，那儿有条趸船，过去看看能不能住？趸船有两层，上面有几间小房子，下层是一个几十平方米的钢板，是供船靠岸用的，有一个简易厕所。因洪水袭击，趸船好长时间没用，四周停了数十条小船，多数是一户渔家一艘船，有机械的，但手摇的占多数。我们当即决定师指挥部安在这里，因为四个团都在一公里范围内，联系很方便，也省去了架设几部无线电台和几条有线电话的麻烦。

我们当即着手布置作战室，趸船一侧挂上早准备好的红布，正反两面印上黄字"部队指挥部"，下方挂着九江抗洪军用地图，图上标有上级、友邻单位和各团指挥所的位置、危险地段和责任营连。钢板一边并排铺了五张单人草席，每张草席一个枕头，一条毛巾被，算是师长、两个副师长、参谋长和我五位师领导的床铺。我们五个都是大校军衔，这就是网上炒得很热的"五个大校睡钢板"的故事。趸船没有厕所的另一头空地放两张演习指挥桌，上面放一部电话、一部电台、若干对讲机，算是作战值班室，每天由师领导和机关干部轮流值班。不值班的就下部队了解情况，晚上碰头汇总，安排第二天的工作。

睡在趸船上，有三大煎熬。第一是热。钢板经太阳一天火烤，温度要到凌晨才有所下降，睡觉时人穿个裤头躺在草席上，只感觉到热浪阵阵。有的同志自嘲：我们简直是"烙烧饼""烤鱼片"；第二是吵。五个人有的实在熬不住好不容易睡着了，那呼噜声可真是响，有人开玩笑说把趸船都震动了，我听见感到很心疼，也很欣慰。另外，还有夜里上级指示和紧急情况的电话声，长江中来往船只的汽笛声，没有一刻能安静下来；第三是蚊子叮。晚上洗澡等天黑用桶系着绳子到江里提水，到简易厕所里从头向下浇，厕所的墙全是用铁皮包的，温度更高，洗一次澡出一身臭汗。这时身上的味道特招蚊子，水边蚊虫又多。不一会儿，红包就一个一个冒出来！

可就是这个简陋的趸船指挥部，却很不平凡，不仅多次召开过师常委会、党委会、政工会，还接待过南京军区、总部的首长、工作组以及地方领导带队的慰问团、文艺团队等名角大家。大家都是以床铺当凳子。记得杭州市的慰问团到了，非要在指挥部和我们共进午餐不可。我们除了机关炊事班送来的饭菜外，还通知附近各团送一两个菜来。吃着吃着，不一会儿我们就听到哽咽声。一位领导站起来说："你们也都快五十岁的人了，住在这样的地方，不来难以想象，来了看了，难以形容！什么叫军人，平时军人干什么，为什么叫伟大，今天我们全明白了！"

时间住久了，附近小船的渔民胆大的也与我们熟悉了。一天下午，一个渔民送来一条鱼，自报家门说姓熊，送的鱼叫雄鱼（又叫胖头鱼，学名鳙鱼），是长江边的特产，好不容易才捕到一条，专门送来让首长们尝尝鲜，补补身子！推让谢绝不掉，盛情难却只好收下。戚师长说："老陶，你是湖北人，江的上游就是你老家，你肯定会做鱼，晚上看你手艺啦，别忘了给机关干部战士送去啊。"我带着金干事，就用老熊船上的灶台，烧了一大锅鱼汤，那味道真叫鲜啦！

有个战友吃了鱼，拍拍肚皮，来了句很棒的顺口溜：老熊送雄鱼，犒劳雄师兵。喝了雄鱼汤，老熊喜洋洋！

前不久，我和戚建国师长在长江边又遇见了，他早晋升上将，还是那样熟悉亲热。他紧握着我的手，深情地说："老陶呀，我们到了长江边，就想起了九江抗洪，一晃二十年过去了，你还记得吗？"我说这么大的事是终生难忘的！他在大堤上面对官兵说的豪情壮语又在耳边响起："同志们，我们用血肉之躯为九江人民堵住了生命之堤，我们成功了、胜利了，巍巍庐山可以作证，滚滚长江可以作证，伟大的九江人民更可以作证！历史将永远证明人民解放军是无敌于天下的！"

井冈红歌听不够

"同志哥，请喝一杯茶呀，请喝一杯茶，井冈山上的茶叶甜又香啊，甜又香啊……"四月中旬，当我们一行坐上开往井冈山的汽车时，井冈山市委党史办的李副主任就说："上山还有三个来小时车程，给大家解解闷，活跃一下气氛，我给大家讲井冈山的故事，唱井冈山的歌，这个季节正好是杜鹃花开，翠绿茶香的好时光，我先唱一首《请茶歌》。"

我们一行鼓掌喝彩！大家的思绪随着动人心弦的歌声和讲解员娓娓道来的故事，就奔上了战斗之山、胜利之山、英雄之山、敬仰之山。

一

在井冈山革命历史博物馆，我们见到了毛泽东亲自撰写的入党誓词的保存件。这是中国共产党人的第一份入党誓词，是毛泽东1927年秋天以中央特派员的身份，着眼巩固纯洁革命队伍而制定的，他亲自点名发展了六名新党员，并主持入党宣誓仪式。新党员中就包括开国中将赖毅。

那时入党只有宣誓书，从右到左竖写六句话："牺牲个人，努力革命，阶级斗争，服从组织，严守秘密，永不叛党。"现存实物属于贺页朵，他是井冈山下永新县人，和毛泽东第二任妻子贺子珍是同乡。他于1931年1月25日宣誓入党，亲手制作了入党誓词，他记得六条内容，但因识字不多，二十四个字出现了六个错别字。但这没有影响他坚定的革命信念。1934年他作战负伤，不能随红军长征，便留在家乡坚持地下斗争，在白色恐怖下与党组织失去了联系。

他为了日后革命胜利能证明自己的党员身份，就把入党宣誓书用油纸包好，藏在榨油坊的屋檐下。敌人抓住他，要他承认是共产党，敲掉他的门牙，挑断他的腿筋，他坚贞不屈。直到中华人民共和国成立后，他找到了党组织，才将这份珍贵的入党宣誓书献出来。

1956年，中央人民政府内务部部长谢觉哉老人看到这个故事非常感动，专门写文章给予高度赞扬，"贺同志是熟记这几句话的，虽然有几个错别字，倒使人们看到它的可信，可贵，可敬！"

二

夜半三更哟盼天明，寒冬腊月哟盼春风，若要盼得哟红军来，岭上开遍哟映山红。

井冈山新城镇，一个山清水秀的地方，自2008年10月1日开始，每年有八个月的时间，每天晚上8时，大型红色实景剧《井冈山》准时演出，时长一小时。富有井冈山斗争时期特色的民歌的动人优美旋律，响彻苍穹夜空，打动着每一位观众。六百多名演员都是当地农民，多数还是红军的后代，他们演祖爷爷辈，演爷爷辈，演父辈峥嵘岁月的生动故事，感情是那样的真挚投入。演出强烈地震撼着所有观众的心灵，带来极大的冲击力。有个演员叫严瑞华，1966年出生，他扮演红军团长。团长的孩子才刚出生一个月，夫妻俩都要去山下打仗，无奈之下，出发前忍痛将婴儿送给邻居抚养。严瑞华深情演绎这一段寒夜托孤的悲伤场面，夫妻两人把婴儿三次送给寄养人，又舍不得抱过来亲了又亲，队伍快走了，团长单腿下跪，双手颤抖地把孩子交给了乡亲，妻子在一旁哭弯了腰。团长拉着妻子的手，双双跑步跟上了队伍。此情此景，令众多观众忍不住流下了热泪。严瑞华说我俩每天演，每天都要哭几回，我真把自己当成团长了！演员岁数最大的快八十岁，最小的才十岁，也有一家四五人全部参演的。演出结束后，他们分列道路两旁，目送观众离开。好似当年井冈百姓深情不舍送别红军远行的场景。许多游客说，这场演出不仅给井冈山人民创了收，致了富，更是给广大观众补了钙，定了魂。

三

　　三送红军到拿山，山上苞谷金灿灿，苞谷种子红军种，苞谷棒棒咱们穷人掰，紧紧拉住红军手，红军撒下的种子红了天。

井冈山人民为中国革命做出了巨大牺牲，几十年还生活在贫困之中。我们驻在老区的人民子弟兵看在眼里，急在心上，反复思考寻找发展之策。在我将退休的2013年，我更是焦急，日夜苦思冥想，终于有了一个新想法。当时南京军区下辖五省一市，大多数省市都很富裕。是否可以让上海、江苏、浙江、福建等省的一个区（市、县），对口帮扶井冈山的一个乡，从百姓吃住行学医的基础设施，到宜工宜农宜游宜商的发展项目，发挥富裕地区的经济、资源、技术优势，一对一地结对帮助，由省军区、警备区、军分区、人武部具体对口协调，具体抓落实。我们把建议汇报上去后，立即得到了原南京军区党委和首长的大力支持，召开部署会，下达任务，明确要求。各地领导和群众把帮助老区人民当作自己的事对待，区（市、县）的党委书记、政府主要领导、部队首长带着机关、企业到了帮扶乡村，现场察看，确定项目，分轻重缓急，定出时间段和责任人，抓质量、赶进度，一年一年地按规划推进，抢速度、抓落实，使这项工作制度化、规范化、长期化，更重要的是惠民生、管长远。

经过艰苦奋斗，不懈努力，井冈山市终于在2018年宣布脱贫。百姓听了这个特大喜讯，就像战争年代打了大胜仗一样，山川沸腾了，百姓喜悦了。他们说，解放军永远是我们井冈山人民的大靠山，最亲的人。

山歌红，是共和国的底色，是井冈山先烈们的鲜血浸染的！井冈山的红，比清泉圣洁，比山花热烈，比彩霞鲜艳。井冈山的红，红得壮怀激烈，红得执着坚定，红得荡气回肠，红得永垂不朽！在中华人民共和国成立七十周年前夕，我们走遍了井冈山的红色景点，目睹了欣欣向荣的新面貌，看到了百姓脸上健康快乐的笑容，我们的心也红透了！

从"第一渡"到"第一门"

"第一渡"在赣南的于都县，1934年10月，中央红军从这里集结渡河出发，开始二万五千里长征；"第一门"是北京天安门，1949年10月1日，毛泽东在门楼上主持了中华人民共和国开国大典。

2020年上半年，于都县脱贫"摘帽"。为了纪念这个来之不易的日子，于都县委、县政府策划出版了一套《红色于都》丛书，分小学低年级版、小学高年级版和初中生版，图文并茂，全县近二十万中小学生人手一册。朋友快递给了我一套。

我如获至宝，认真地读文字，看插图，仿佛穿越在于都的沉重历史中，行进在于都的辽阔大地上，切身感受到了于都的沧桑巨变。我认为，这是扎根、铬印、注魂的大好事，是富有远见卓识的大视野，是影响世世代代、四面八方的大工程。

于都人民为人民军队的壮大，为新中国的成立是做出了巨大牺牲和奉献的。

"献人头"

据统计，从1932年到1934年10月红军长征出发，于都共有68519人参加红军，已考证的烈士有16336人，还有许多人连名字都没留下。有历史资料形容，当时于都县相当于献出了二十个师的子弟兵。

于都县银坑镇有个农民叫钟招子，她把自己八个儿子都送去当了红军。临走时，八个儿子并排跪下，用客家人的习俗向妈妈作揖磕头告别。他们怕妈妈伤心，不敢大声哭，只好紧紧地咬着牙，不停地用袖子抹眼擦脸。钟妈妈从老大开始，一个儿子一个儿子摸了他们的头几下。摸完第八个儿子，她忽然大声喊："都给我起来！男人就要顶天立地，如果当兵怕死当孬种，妈就不认你们这些儿子。"后来，钟妈妈的八个儿子都牺牲了，丈夫早逝也离她而去。每当深夜，她就坐在老屋门前，点起马灯，逐个喊着八个儿子的乳名。后来，她眼睛哭瞎了，却仍然守着马灯，不让熄灭，说要让儿子看清回家的路。政府送来八张烈士证，她天天一张一张地数，抚摸着，仍然喊着儿子的乳名，还不停地讲"当红军就要当英雄"。村里特意为八兄弟修了一座墓，树了碑，上面刻着烈士的名字、出生年月、牺牲地点和时间。1960年，钟妈妈病倒了，她留下最后的话："把我埋在儿子们的旁边，我要沾沾他们的光，毕竟他们都是从我身上掉下来的亲骨肉啊！"

从1934年到1996年，每年农历九月十一日傍晚，于都河边的老榕树下都有一位妇女站在那里，顺着于都河望向远方。六十二年来风雨无阻，从没有断过。这位妇女叫刘淑芬。那天夜晚的情景，她记得清清楚楚，刻骨铭心。

结婚三个月，刚有了身孕的她正在纳鞋底，丈夫肖文董急匆匆地进了屋，对她说："淑芬，我要走了！"

"去哪儿？"

"不知道！"

"怎么走？"

"跟大部队！"

"什么时候？"

"现在，就是现在！"

刘淑芬两腿发抖，拣了两件衣服、一双鞋子，把头上的方巾扯下来，打个包袱递给丈夫。两人相拥，热泪直流，打湿了衬衣。肖文董用手轻轻地拍了拍妻子隆起的腹部，然后扭头就跨出了门，消失在夜幕中。刘淑芬再也控制不住自己，倒在床上放声大哭起来！

自从那晚，丈夫再也没有回来……

"送被头"

1934年7月，考虑到中央红军主力即将突围转移的战略需要，中革军委决定设立赣南省，下辖于都附近七个县，省委就设在于都县城，城里的天主教堂成了赣南省的临时指挥部。赣南省的主要任务是领导全省人民开展大规模的筹粮筹款筹物品工作，负责"扩红""支前"任务。

当时苏区人民有粮出粮，有布献布，几乎是倾尽家当，连最后一个银圆都主动拿出来支援红军。邓小平同志当时任中央红军《红星报》的主编，他借住的房东发现他的被子破成数十块絮片，就将自家的棉被拆开，重新洗净晒干，再弹松，做了一床四斤重的被子给邓小平。邓小平后来说："就是这床于都乡亲们送的棉被，陪着我走了二万五千里，到达了延安。一床薄棉被，万里情意长！"

红军走了，国民党的军队来了，对苏区人民进行了报复性清剿扫荡。红军留下的过日子的物品被敌人抢夺毁灭得一干二净。赣南省——中央苏区最后一个省，也因主要领导人在与敌人拼杀中先后壮烈牺牲而解体，仅存九个多月。

拆"棺头"

1934年秋，中央红军准备渡过于都河长征，时间非常紧迫，武器装备又多，于是中央决定多路渡河。经过反复勘察，选定了八个地方作为渡口，这八个渡口分别是于都县城东门渡口、南门渡口、西门渡口，梓山镇山峰坝渡口、罗坳镇石尾渡口、鲤鱼渡口、孟口渡口及靖石乡渔翁埠渡口。

从10月17日开始，红军连续四天从八大渡口过河，平均每个渡口要过一万多人。有的渡口用船只，有的原本河上就有桥，有的则要临时搭桥。乡亲们为了把桥搭得结实，把家里准备盖房子的木头拉来了，把接媳妇、嫁女儿做家具的木料拉来了……木头还是不够。不知谁喊了一句"走，卸门板、床板去"，乡亲们二话没说，回到家，把大门、侧门、床板卸下拉来了。

于都县城的曾大伯年老多病，躺在床上，听说红军过河搭桥的木头不够，就请乡亲们把已经做好的自己的寿棺劈开送到渡口。乡亲们谁也不肯下手，说："老伯，这个还是留给你将来用吧。"

曾大伯双手支撑起身子，边咳嗽边喘气地吼着："请把斧头拿来，让我自己劈。红军渡河是大事，一口棺木算什么！今后我死了，用我盖的被子卷着，选块高点的地埋下，让我天天看着红军回来的路就行了。"

周恩来知道这件事后，题词写下了"于都人民真好，苏区人民真亲"。

为了纪念红军第一渡，前些年还专门命名了一座"于都长征大桥"，这也是中国唯一叫"长征"的大桥！

湿枕头

那年秋天，我到了于都，瞻仰了主要的革命遗址和烈士陵园，走在于都河边，细看了每个渡口旧址。我记得一个战友的老家就在于都附近，于是计划去看望他的老母亲。

这位战友入伍是在驻闽的一支英雄部队。我俩相识在一次重大海上演习之时，当时他任副师长。后来我们先后到了浙江省军区，他当过两个军分区司令员，后到机关任部长。我到江西省军区工作后，一直记着这位战友家在赣南苏区。

吃过早饭，我就打电话给老战友，说马上要去他老家看望老妈妈，请他把村庄地址告诉我。他开始还有些推辞，说首长您刚到江西，工作忙，不用耽误时间，心意领了。我说早就有计划的，就这么定了。

走了一段省道，拐进一条山路，不一会就进了村庄。战友事先打电话告诉了家里人，战友的姐姐和嫂子扶着老妈妈在村口迎接我。我连忙下了车，扶着老妈妈。进了战友家，只见墙上挂满了奖状、证书。

老妈妈得知她和我母亲同岁，一下子同我更亲近了。她让我同坐一条板凳，翻看战友送给她的相册：当兵戴大红花的、提干穿四个兜军装的、接媳妇的、着新式军装礼服的、两杠四星四排胸章的（大校正师）、到南京、北京出席表彰会的……她一张一张向我介绍，她女儿在旁当翻译。

吃中饭时，老妈妈不停地往我盘子里夹菜，并不停地说："这是生儿喜欢吃的""这是媳妇、孙女喜欢吃的"。其间，老妈妈还一点一点地往我身旁挪动。刚开始我以为是她坐得不舒服，后面才觉察出她是把我当成了亲儿子。那时，我仿佛觉得她就是我的亲妈妈。边吃，我不时紧握老妈妈伸过来的手，一句话也说不出来！

老战友比我小四岁，后来突患心梗不幸去世。老来丧子，是人生的一大悲痛之事，担心老妈妈受不了打击，没有人告诉她。

我再次去看望老战友妈妈，她比初次见时衰老了许多。从老妈妈的面容和眼神中，我感觉她可能已经知道儿子先她而走了。我不敢久留，强忍眼中的泪水，与老妈妈相拥而别！

返程中，想起一首歌：

晚霞映红于都河/渡口有一支难忘的歌/唱的是咱长征源/当年送走我的红军哥哥哟/万水千山多坎坷/心随亲人一起走过/胜利不忘哪里来哟/红色源头记心窝/河水静静地流淌着/斑斑渡船没有停泊/载的是咱未了情/从这里划向我的新中国

慈祥的战友妈妈、伟大的苏区人民，你们经历和目睹过与红军生死离别的场景，一直珍藏和传承着纯朴坚毅的品质，这是无比强大的力量！

第四篇

红土深情

2011年8月，我和爱人在南昌象湖

戎马生涯的最后几年在江西度过，于我，既意外，又不意外。意外的是，当时的确没有想到会调动到江西；不意外的是，我是陶渊明的后裔，祖先就是江西九江德安县人，大约是明初江西填湖广的时候，从赣北瓦屑坝移民湖北大悟的。而且，我的爱人也是江西上饶人。与江西，我是有很深的缘分了。

在江西的三年多经历，我不仅度过了军旅生涯的最后几年愉快的光阴，而且，结识了一大批江西的战友，他们的淳朴和才华给我留下了深刻的印象，我也深深地爱上了这块红土地！

我爱红土地

我爱红土地，

你红透了军队的根，

南昌城头举义旗，

从此就是中国共产党的兵，

绝对领导永远是军队的魂！

我爱红土地，

你红透了军人的心，

九十年漫漫岁月，

前赴后继，天下无敌，

你们的嘱托刻骨铭记！

我爱红土地，

你红透了军人的梦，

我们从这儿出征，

不忘初衷敢拼又敢赢，

因为身后有老区人民做后盾！

两把号一个调

我在江西工作时的司令员是郑水成同志。

在南昌市，我们两家住房门挨门，他家97号，我家99号。退休后，我们又同住一个院子，他在东我在西，中间只隔了两家。外出散步、办事或到食堂吃饭，我们经常碰见，只要照面，就有说有笑，聊个没完。他夫人一见这情景，就开玩笑地说我和水成真是"夫妻"，小心成了同性恋啰！我说：她和老郑是自由恋爱选上的，我俩是组织决定配上的，我们是"同心连"。

我和水成成为搭档，还真是很有缘分的。我俩都是湖北人，我大悟县，他仙桃市，年龄同岁，只是隔了年份，我大他几个月；同年入伍，入伍同在一军老部队，我二师他三师；两次做同学，一次是在南京陆军指挥学院，一次是在长沙国防科技大学。我们三次共事，第一次在军机关，他在司令部作训处，我在政治部组织处，乘一列火车上云南老山前线；第二次在一师，他任参谋长，我任政治部主任，只是他当了不长时间的参谋长就调到南京军区去了；第三次就是在江西红土地上，共同主政军政工作，他早几个月上任，也早几个月调走，所以我两在江西工作的时间也是差不多长的。

水成不仅在国防大学读过后备干部研究生，还到俄罗斯总参谋部军事学院留学过两年。他素质全面，尤其是军事才能突出，但脾气也有点大，在第一集团军也是很有名气的。我与他配班子，就有人说，这两只"九头鸟"放在一个笼子里，咱等着看好戏吧。这话倒是对我们的及时提醒。实践证明，想看笑话的人会大失所望，水成和我共事很愉快，连一次脸也没红过。我俩经常分析说，到了一定岁数，越活越明白，是缘分到了。

部队流行口头禅：部队行不行，先看一班人；班子行不行，就看前两名。看什么？看团结，团结是生命，团结是形象，团结是力量。无论是在机关工作，还是进班子带部队，我总结过许多单位的经验教训，搞好班子的团结，离不开四句话：事业是团结的轴心，素质是团结的基础，感情是团结的纽带，制度是团结的保证。

因为我与水成知根知底，我们很快达成了工作共识。由于省军区主要领导换得勤，积累的重难点问题比较多，我们准备先啃"硬骨头"，解决棘手的问题。

熟悉的同志好心劝我俩："一些大坑大沟等着呢，你们千万要三思而后行啊！别人能绕道过去，你们也不要直着走。"话听进了，好心也领了，但我俩没有打退堂鼓。在征求班子其他成员和机关干部、下属官兵的意见基础上，我俩又彻夜交谈多个晚上，反复掂量肩上的责任、部队的期盼、百姓的观望、领导的嘱托，毅然下定了决心，研究明确了工作思路：梳理难题、心中有底，排定顺序、预测后果，多方施策、逐一突破，凝聚人心、取得信任。

较大的难题有十三个，亟待解决的是三件事：第一件是大家都踮起脚尖睁大眼睛，急切期盼的机关干部住房分配。三百零九套房子中的四分之一已经分给了不符合条件的人员，必须收回才能继续分配，但分到房子的那些人员，有的是我们的上级领导，有的是同部队来的战友。百余名职工相互攀比，拒绝搬入给他们新建的房子，说要同机关干部标准一样，不时到省军区、省委大门口上访诉求，造成不良影响；第二件是多年来退休的师职干部还没有移交地方安置，共有十七名，其中正师职占多数，上行下效，团级退休干部也有滞留部队的，给现职干部带来很大压力。军区首长机关多次点名批评，限期全部移交，但无济于事；第三件事是临街一百余个军产店面的管理问题。这些店面租金普遍过低，有的逾期数年，租户还不肯退还，严重损害了部队利益，少数人占了大便宜。这三件事不仅涉及部队利益，还涉及军政军民和上下级之间的关系。我和水成决定，第一战役便选准这三个难题作为主攻的突破口！

我们常委会统一好思想，迅速召开电视电话会，军师团三级机关干部参加。先由郑司令讲话，明确任务、决心、标准、时限。接着我着重就如何破解难题讲了八条：破解难题要有敏锐的政治眼光和强烈的责任意识；破解难题要建立在深入调研，刨根问底的基础上；破解难题要挺起手腕，敢于较真碰硬；破解难题要注重抓根本，抓要害，抓关键；破解难题要让多数人形成共识，形成气候，形成力量；破解难题要坚持一心为公，与人为善，充分调动积极因素；破解难题要创新思维，顺势而为，多法并用；破解难题要善于趁热打铁，拓展成果，力争牵一发而动全身。

任务下达了，思想也动员了。新房测量清理，退休干部移交，街面店铺收回三个小组立即开展工作。

新房测量清理工作进展比较顺利，一些违规分到房子的同志主动退回，有的老领导、老部下也很理解，体谅。

移交老同志的工作遇到阻力。有个同志自恃资格老，认识上级首长多，关系硬，摆出多条理由，多次推迟时间移交，其他人纷纷效仿。我和司令员事先通气，统一口径。我请这个老同志到办公室来谈。他夫妇两人来了，一人讲理由，一人哭着闹。老同志说，上面某某主要领导同意推迟，前任某某主官也说过的。我当着他俩面，直接拨通了两位领导的电话，他们明确说没有这回事，请按政策规定办。这下这位老同志蔫了。我其实知道，就是有人讲了这话，这下也不敢承认的。有的老同志凭着与郑司令员的老感情去求情，郑司令回答，陶政委讲的话是常委的决定，也是我的话，一下子就顶了回去。当然，老同志提的有些要求，只要不违反政策规定，我们按照就高不就低的原则，尽力给予满足。移交工作总体比较顺利，超额完成了任务，在南京军区名列第一。

在清退街面房时，我们坚持底线思维，对事不对人，刚柔并举，应对不测，不看后台背景，做好了上法庭打官司的准备。五户有来头的钉子户天天到省军区门口吵闹，甚至往自己身上浇汽油，以自焚相威胁，但我们事先做好了防备，救护车、消防车、防暴车等都停放在附近。看到我们毫无松动的态度，五天过去了，钉子户也就悄悄自动腾出房子，交出了过期的租用合同。我们再通过公开招标经营，省军区的收入翻了数倍！

几场硬仗打下来，大大地提升了省军区党委班子的威信，下面照着干，一个个难题迎刃而解了。

当领导有时要当恶人，难免会得罪人。先后有人向上级写匿名举报信，"揭发"司令员和我的违法违纪问题。我们相信组织相信群众，不解释不猜测，也不后悔，一如既往。上级非常重视，多名常委包括主官带工作组下来调查，有的是专题的，有些是附带的，最后结论一致。一位副司令找我俩谈话，说：你俩都是最后一站了，还把整个身心都投进了红土地上的部队，有的分区说你们两个老家伙"来晚了，干短了，抓狠了"！这九个字看得准，做了那么多难事，真是不容易呀。

党的十八大以后，江西省军区广大党员干部中虽有少数人因违纪受了处分，但没有一个因违法进监狱的，听说这在全国国防后备力量系统中是为数不多的。形成这种好的局面，与那几年省军区党委抓风气建设敢于举大锤、砸得重是有很大关系的，这也挽救了一大批干部！我和水成司令员听了，感到莫大的欣慰和踏实！

这就是我

新年伊始，新冠肺炎疫情席卷而来，举国上下一盘棋，社会各界众志成城，打响了一场疫情防控的人民战争、总体战、阻击战。

始料不及的疫情有如照妖镜、放大镜，照出了众生相。"战争"中涌现出了无数最美的"逆行者"和热心人，可歌可泣！同时，疫情也终结了许多干部的美好仕途，这有个人能力不足、自身放松等内在原因，也有上级领导官僚主义盛行、失之于宽失之于软和下属形式主义、溜须拍马等外在因素，教训极为深刻！这让我想起在江西省工作时几件严肃问责的小事，事后说起来给人感觉好像不近人情，但为了干部日后的健康成长，当领导的有时该出手时就得出手，问心无愧，不要怕得罪人。

我是2010年7月到江西省军区工作的。就在我上任前的一个月，江西抚州市发洪水，临川区唱凯堤决堤，省军区部队和民兵迅速投入抢险救灾中。同时，鄱阳湖四周也遭受了洪水威胁。在党中央、中央军委的统一指挥下，南京军区官兵立即奔赴抗洪抢险救灾一线，军民团结如一人，险情迅速得以控制。

对于这场重大行动，省军区当然要总结工作，宣扬典型。司令员决定结合每周一上午机关大交班的时机进行。我没有参加那次抚州抗洪抢险任务，我的前任政委参加指挥了，但他已经调走了。可在总结中，负责交班的副处长不仅口头提到了我，还在大屏幕上播放了我和司令员坐冲锋舟指挥、巡视大堤的照片——副处长把我在其他部队的抗洪老照片"PS"上去了！

我大吃一惊，顿时感觉浑身起鸡皮疙瘩，如坐针毡，立即责令副处长停下，并严肃地说："抚州抗洪是前任政委参加的，我那时还没上任。你们移花接木，把功劳栽在我的头上，作为省军区机关干部，这种错误很低级，也很不应该！这是变相讨好领导、巴结领导的不良行为，必须坚决反对，严厉批评。这种事绝不允许在我们机关再出现！"

那天是我到任后第一次参加交班，而且是听取打胜仗后的工作总结与表彰，原本没打算讲话的，更不会发火，但如果明知下属犯错却不吭气，心安理得地接受奉承，我认为那必定会造成非常严重的后果，甚至恶果。所以，我认真严肃地讲了一番话：重大工作、重大事件是要记入史册的，历史不是泥巴团，将主要领导的行动记错，随心任意捏造，篡改省军区的历史，这是非常不严肃的。再说，往自己的首长脸上贴金，对整理情况的机关干部来说，可能认为是小事一桩，是好心，但从思想深处分析，众目睽睽之下，为了讨好领导，张冠李戴，我认为这是官德、人品出了大毛病，这是挖坑让领导往下跳啊！贪人功为己有的事情，我过去没做过，今后永远也不会做。

一上任，就被忽悠，我脸上好像被狠狠地捆了几巴掌，这是对我人格品行的莫大侮辱，参谋、处长、部门领导都有责任！我让负责的同志交班后一五一十地说清楚。

事后，我又与做课件的参谋和处长、参谋长逐个谈心，告诫他们对首长最好的尊重、爱戴就是务实、诚实，老实做人，诚实做事，不要给领导帮倒忙，坏名声；要举一反三，转变作风，小中见大，从思想意识上认识到事情的严重性。

从那以后，在我的任期内，省军区机关再也没出现过类似的事情。几年后，有个单位空缺一个正团职参谋长，我推荐提升那个副处长去接任。我退休五年多后，我们俩见面有叙不完的战友情。他说，从那件事后，自己好像一下子成长了许多，一辈子也不会忘记。

福建省有个军分区政委打电话给我，说他有个亲戚在我们江西的一个人武部，副营职，让我多留心培养。

一次，我下部队调研正好路过那个人武部，就拐了进去想看一看。营职干部住的家属房，一排旧屋，每家两间平房，外面再临时搭间伙房。伙房外有条敞开的小水沟，供各家排污水用。尽管人武部提前得知我要去，也把排污沟冲刷了几遍，但还是散发着异味。我走了几家，每家生活环境都差不多，条件很简陋。

到了人武部会议室，我准备和部长聊聊部里的情况。我下基层了解情况，从不喜欢听人念稿子，更何况一个人武部都是些具体事，没有什么可以长篇大论的。部长是从省军区机关下去的，对我的习惯可能听说一些，他没有念稿子，拿了一张小报纸呈递给我。他说这是他们人武部办的报纸，一周一期，主要刊登县里、部里的大事动态和干部职工个人的学习工作体会，还有一些军事方面的常识，向上寄给省军区、军分区首长，部门领导和各处办；向下分发给县委、人大、政府、政协领导和各部委办局、乡镇干部，一直到民兵连长。

我翻看了一下小报，上面没什么有价值的东西，都是一些摘抄的内容，包括过时的动态和质量不高的体会，编辑水平也一般，错漏处不少，没有什么可读性。

我问他这张小报纸办了多长时间了。他说他下来快五年了，报纸办了四年，并指着墙角码成一堆的报纸说都在这，一张不少。

我又问，这一年要花多少钱，钱从哪里来？他答，不到十万，都是从县里拨的民兵事业费中开支。他还告诉我说，来过的上级首长都充分肯定这件事办得好，县里领导也经常表扬他们。

听着听着，我感觉非常不舒服，脑子里闪着的全是调研时见到的贫穷场景和部里破旧的家属房、排污沟。听到说又是肯定又是表扬，我没忍住，站起来，把手中的小报撕得粉碎，揉成一团，扔向墙角报纸堆，静了静气，说：

"江西是老区，你们县还是贫困县。你人武部每年用十来万元钱办什么报纸啊，典型的形式主义，没有任何价值，这就是浪费。乱用民兵事业费，对不起人民群众，严重说这是极大的犯罪。从今往后不准再办，有多的钱就退回县里，用到扶贫帮困上。另外，要把心思精力多用在解决实际问题上，赶紧想方设法把干部住的房子整修起来，不要搞得像贫民窟。你们天天看着，不寒心、不害臊吗？"

部长意识到问题严重，连忙说："首长，我们错了，马上改。"

回到办公室，我就让省军区机关专门下发通知，不准办刊物，精算开支，为老区人民办实事。在后勤部的紧盯下，那个人武部干部家属房也迅速整修一新。

发现问题，就应当立即纠正，不能有过多犹豫，态度上更不能暧昧。当时也许会产生一些尴尬，令人难堪，但这才是真正地关心干部的成长进步，否则小问题会变成大问题，小错误铸成大错误，违规会滑向违纪违法，这对干部是一种误导，甚至伤害。

还有一次，我要去一个人武部了解情况，提前一天让机关通知了人武部，并特别明确午餐就和大家一块在人武部吃。

可那天到了午饭时候，军分区政委和县委书记都来了，说首长难得来一次，县里接待办已安排好在规定的接待宾馆用餐。我感谢他们的好意，说昨天已经同人武部说好了，就在部里同干部职工一块儿吃。

人武部政委马上接过话说，他们人武部一直吃的是自助餐，每顿都是按人头做的饭，一人一个分餐盘，当天没多余的。部长在旁边附和着。

我马上看出了部长政委很会来事，或许他们早就商量好了的。我说："昨天已明确通知过，你们为什么不听招呼？真会狡辩！这样吧，那就给我们来的三人一人一份。你们对县里情况熟悉，吃饭的事自己去想办法解决。"

他们只管与我说话，却不见有人去给我们拿餐盘，我估摸着又有新情况。果不其然，大约半个小时，来了一辆面包车，下来几个姑娘，每人双手端着一只托盘，有菜、有酒、有水果，样样俱全。

我立即出了门，找到厨房，端着一只餐盘，打了饭菜站在那里，几分钟就吃光了，然后叫上机关干部和驾驶员，上车就走了。

那个军分区政委后来转业回到地方，有次见到我，谈到午餐的事，说那次真弄得他们下不了台，也算是领教了我的脾气。接待办几个姑娘当时还在那里笑嘻嘻的，县委书记正好找不到出气的地方，就把她们狠狠责骂了一顿！

在江西工作期间，我批评过很多干部，也得罪了不少人。绝大部分干部得以警醒，个人成长发展较好；也有个别当时没怎么长记性，把我的话当成耳旁风，若干年后出了事情，悔恨不已。我感到很惋惜。

天下第一人武部

　　我国各区、县（市）都有人武部，而天下第一人武部还要数井冈山市人武部。

　　首先，它成立的时间最早，历史悠久，是由毛泽东等老一辈无产阶级革命家在1928年5月亲自创建的，当时叫赣湘边界政府防务委员会，可以说是首个红军人武部，毛泽东点名王佐当该委员会主任；其次，它做出的贡献最大，井冈山市在全国第一个宣布脱贫，过上小康生活，离不开人武部的奉献。正因为如此，当地老百姓逢人就说："为了我们致富，武装部一茬一茬人脱了几层皮，都是出了大力的。"百姓的口碑就是最好的肯定！再者，朱德元帅曾给井冈山题词"天下第一山"，用井冈山命名的武装部自然可以说是"天下第一人武部"。

　　我去江西省军区工作，南京军区主官找我谈话，特别明确要继续举起井冈山人武部这面旗帜，传承好苏区干部的好作风。为此，井冈山人武部便成为我上任后的第一个工作联系点。也是从那时起，我对井冈山精神有了更透彻的理解，点点滴滴，至今记忆犹新。

　　为了摸清人武部的情况，理清继承发挥好作风的思路，我首先召集机关的同志开座谈会，而后又到吉安市征求地方领导、干休所老红军、老八路、分区同志、曾在人武部工作过的同志的建议意见，这样便有了初步的印象和想法。接着下发通知，动员人武部的现任军官、职工家属、民兵围绕"当好排头兵，发扬好作风"主题，开展学习、调研与思考活动，共同出谋献策，为调研提前做些准备，梳理出一些有特色、又实用、能坚持的具体工作举措和标准。过了一段时间，我便带机关的同志上山深入人武部一线，参加他们的日常工作、找他们谈心。他们准备都挺认真的，提纲大都写在纸上。我们把他们讲的、写的进行了综合归纳，比较集中的建议有十六条：

一、组织干部职工、家属学习井冈山精神，每个家庭都有一套反映井冈山精神的图书；

二、组织干部职工与井冈山革命博物馆讲解员结成对子，学习井冈山斗争历史等知识，掌握讲解技巧和艺术，部领导要达到与讲解员相近的水平；

三、干部职工、特别是部领导要非常熟悉井冈山的人文历史、民风社情等，对井冈山斗争时期的主要人物、历史故事、红军歌谣等耳熟能详。干部职工人人都能当"红色导游"；

四、井冈山市所有烈士、老红军的家庭，人武部领导都必须走到，干部职工要熟悉烈士后代、老红军的近况；编辑一本烈士后代通讯录，干部职工随身携带，以便顺访；

五、新调入（调出）人武部的干部职工、首次到人武部探亲的家属小孩，都必须到革命烈士陵园凭吊革命烈士、到毛主席雕像前宣誓、到井冈山革命博物馆参观、吃一顿红军饭（必有红米饭、南瓜汤）；

六、当年红军在井冈山地区战斗、行军的主要路线，干部职工要重走一趟；

七、新进的干部职工要在最短的时间内学会井冈山方言，更快地融入当地群众。井冈山市的每个自然村，人武部干部职工都要走到，看谁去的村寨多、结交的农民朋友多、给老百姓办的实事好事多、为群众排忧解难多，要有一本记事本；

八、每位干部职工要资助一名贫困学生、建立一个脱贫致富的联系点，帮扶对象主要从家庭困难的烈士、老红军后代中选定。革命先烈让井冈山人民站起来，人武部要帮助井冈山人民富起来、井冈山人民的后代强起来；

九、要能举办一场全部由干部职工、家属当演员的，时长一小时左右的，反映井冈山精神的文艺演出；人人都要熟知红军菜谱、会做红军饭；探亲时要"把井冈山精神带回家"，给家乡人民上井冈山革命传统课；

十、建设一支过硬的"井冈山民兵连"，使之成为能完成急难险重任务的突击队、主力军，做到有旗帜、有标志（执行任务时人人挂"井冈民兵"臂章、胸牌），有作为、有影响；

十一、组织每年从井冈山征集的新兵到革命烈士陵园凭吊一次革命先烈、吃一顿红军饭，每人赠送一本反映井冈山精神的书。号召他们入党、立功、提干后给井冈山人民报一次喜；退伍回乡进行预备役登记时再到革命烈士陵园凭吊一次革命先烈、吃一顿红军饭，并在毛主席雕像前宣誓，做到退伍不褪色；

十二、以学习、实践、传承井冈山精神为主题，突出井冈山精神元素的运用，抓好人武部营区环境建设，使人武部营院成为学习、传承井冈山精神的阵地和课堂；

十三、与吉安军分区干休所建立共建关系，人武部干部职工与老红军（老八路）、遗属结成敬、学、帮对子。新调入干部职工要逐户登门拜访干休所老干部和遗属。每年一次集体到干休所听老红军老八路做光荣传统报告；干部职工要非常熟悉敬、学、帮对子的光荣经历、家庭情况，并积极帮助他们解决生活困难，在他们去世时，要参加悼念活动；

十四、组织编写《井冈山红军人武部部谱》《井冈山人武部红色菜谱》，收集整理反映人武部和民兵风采的故事；

十五、按照"编、装、训、管、用"的标准，加强"民兵应急连"规范化建设，努力提升应急救灾能力；

十六、成立"女子民兵解说排"，使女民兵成为井冈山精神的宣传员、风景线。

综合归类好大家的建议意见，然后召开干部职工会，逐人询问能不能做到，有没有强人所难的条款。大家都说能做到，没有强人所难的条款，并认为许多工作过去就是这样干的，只是没有系统梳理规范过。

当天晚上，我就去观看由民兵为主体演出的大型情景剧《井冈山》。到了现场，看到场外数百辆摩托车排得整整齐齐。人武部杨部长介绍说，三百多名演员，七成都是民兵，每一个角色都有三人演，确保万一有人因事参加不了当晚的演出，另外的人能顶上。他们白天干活，晚上八时开演，非常投入，基本风雨无阻。一小时真情实感的演出，使得观众的眼眶一直湿润着。演出结束后，扮演毛泽东、朱德的演员率领众演员走进观众席，边演行走长征路，边与大家挥手打招呼。大家掌声不断，久久不愿离席！

提及井冈山民兵，我还清晰地记得龙潭景区有个清洁工，是个女民兵。她十分热爱这项工作，她边捡垃圾，边当导游、唱红歌，会唱几十首，如《十送红军》《八角楼的灯光》《老妹等你好心痛》等，一遍又一遍地唱。她嗓子特别亮，老远就听得到，且井冈韵味特别纯，很多游客就冲着她的歌声当了回头客。有个事业单位想招录她到办公室工作，她没去，说她爱于捡垃圾这个活，而且每天有八方客人能听她唱歌，她心里就像喝了井冈山的清泉，甜蜜蜜的，一点也不觉得苦和累！

在井冈山上，我还碰到过一位李姓女民兵，大学毕业，文采激扬口才好，近四十岁了还没找对象。但为了把先烈的事迹材料整理准确完整，她自掏腰包到过全国很多地方，去寻找求证与井冈山有关的事和人。许多人听过她的讲解都赞不绝口，说小李快成了史学专家了，怎么还没找到那一半？不可思议。小李告诉我说，学校毕业后她就请求分回到了山上，一直从事着有关井冈山斗争的党史、军史研究，许多大城市的政府机关也有意调她去，但她离不开井冈山！她长期找先烈，写先烈，讲先烈，他们是她人生的参照系。她也想找到那一半，但他必须首先承诺永远落户井冈山。小李一直在等着那份属于她的缘分！

　　自从梳理规范十六条工作举措后，一有机会我便要打听了解工作落实情况。有一次坐人武部的车，是一个小伙子开的，我先和他聊了起来。他是当地人，入伍去了野战军，五年后退役回家考录为人武部职工，在部队时学习抓得紧，他养成了爱学习的习惯，车里总会放上书、笔记本，有空学一点、记一点，在接送客人的途中，喜欢主动当讲解。谁不说俺家乡美呢，何况他的家乡又是井冈山。他说他能讲好多故事，今天讲两个。先讲苏区干部好作风的来历，先给我唱唱，"苏区干部好作风，自带干粮去办公。日穿草鞋干革命，夜打灯笼访贫农"。唱完了，他接着说歌曲创作来自真人真事。这个人叫刘启耀，当时是中华苏维埃共和国临时中央政府江西省政府主席。他妻子担心他下乡饿着，就给他送粮食，并开玩笑说："老公老公，饭要我供"。刘主席回答"革命成功，吃穿不穷"。夫妻俩的俏皮话很快被传开了。其实当时刘主席保管了好多钱。部队突围时，他背着公家的一麻袋银圆，自己却靠沿街乞讨生存，最后把银圆一块不少地交给了组织，被人称为腰缠万贯的讨饭人。再讲毛主席，那时他天天夜里批阅文件、写文章，经常熬夜到天明。按规定他的油灯芯可以用三根，但他为了节省油，一直只用一根。小伙子说：一想到这些故事，就有要讲出来的冲动，平时我们用故事来互相问一问、照一照，相比的确差得太远了，挺惭愧的！

　　这就是天下第一人武部，这就是天下第一人武部的人，这就是代代相传的井冈山精神！

石城县鱼水情

江西石城县，因"环山多石，耸峙如城"而得名，是赣江的发源地，地处江西赣州、抚州和福建三明、龙岩四地市交汇处，自古以来都是江西进入闽西粤东必经之地，故又有"赣江源头，闽粤通衢"之美誉。

石城县是中央苏区时期全国二十一个全红县之一，是中央苏区的核心区域，中央红军长征重要的出发地。石城人民在创建和保卫中央苏区斗争中做出了重大的贡献和牺牲。石城阻击战是红一方面军长征前夕在中央苏区战场进行的最后一次规模较大的战斗，为中央领导机关和红军主力战略转移赢得了宝贵时间。毛泽东同志曾九进石城，并写下了"石城是很要紧的"。

我在江西工作时，省军区与石城县建立了紧密的联系，培育了浓浓的鱼水情。

记得前些年，党中央做出支持赣南等原中央苏区振兴发展的决定，江西省委研究出台了系列落实举措，省级领导还一人建立了一个扶贫帮困联系点。当时，我兼任省委常委。我请机关的同志找来各县的经济发展现状统计表加以分析，发现百个县（市）中，石城排在倒数第一。于是我就对机关同志说，省军区联系点就定在石城县，"紧紧心系石城县，一任接着一任干"。

省军区党委很快统一了思想，决定召开誓师动员大会，发动全区官兵与驻地同呼吸共命运。会前，连以上单位进行了动员教育，传达学习了中央、省委有关文件精神，并给每名官兵发了一只空信封，用于爱心捐款。捐不捐，不强求；捐多少，不规定，完全依据个人的实际情况自愿捐助。

誓师大会地点设在省军区大楼前的广场上。最后一项议程是爱心捐款，司令员第一个捐，后面依次是部门以上领导、干休所代表、机关干部、分队官兵。因事先同部门以上领导打了招呼，军级捐一万元、师级捐五千元，不用装信封，统一从工资里扣除，所以那天部门以上领导都是将很薄的空信封投进捐款箱里的，这样既不给其他官兵增加捐款的思想压力，避免不必要的攀比，又要求领导多捐一些。各师团级单位动员会是与省军区同步进行的，不一会儿全军区的捐款数额上报汇总出来，共三百多万元。驻老区、红区、贫困地区的官兵捐款不用上交到省军区，直接用于本地区扶贫项目，其他由省军区考察确立投向后集中支出。

那天动员大会上，官兵们表情凝重，个个深感扶贫责任重大。听说各地捐款现场没有收到一个空信封，人人都捐了款。干休所一百余位遗孀阿姨也参加了捐款；七个老红军，有坐轮椅亲自来的，有委托子女送来的……誓师动员活动在军内外反响强烈，不少省里领导见到我说："省军区官兵真是老区人民的亲人。你们这个头带得好，影响很大！"

誓师动员大会后，我就带着机关干部去石城现场调研，查看了学校、乡镇医院、养老院和一些贫困村寨。我认为这些地方最能反映真实情况。其中，白家寨留给我的印象极其深刻。

那天到白家寨，我们先坐车，再步行。路上，同车的县领导告诉我们，这个寨子有三十多户人家，祖辈都是四百多年前逃避战乱躲进高山丛林，开地造房生存下来的。

我们一家一家地走访了解，先到了村支书家里，只见歪倒的土坯房用几根木头支撑着，村支书病倒在床上。再到第二家，家里有个儿子在广东打工，凭着一张巧嘴谈了个女朋友，年关时打制了几件新家具，买了新床新被褥，带着女朋友回家，女友一进村庄就大哭起来，连家都未进就返回了。第三家是个孤寡老太太，进屋后我揭开锅，里面黑乎乎的，我问是什么，她说是红薯，三天前煮的，今天还要吃两顿。第四家，兄弟三个，一个女人，四个人都低着头不吱声。旁边有人告诉我，他们家穷，找不到媳妇，三兄弟共一个老婆。我听不下去，赶忙离开，越走心里越难受……

下午，我们走进县人武部，这也是我第三次到这个人武部。第一次是认认路、认认门、认认人；第二次是陪领导看红色旧址；这一次是带着扶贫帮困任务来的。我同部长政委一块儿交流，请他们谈了想法。我们认为，人武部除了要当好县委的参谋助手，还要发挥省军区与县里的桥梁纽带作用，特别是要在脱贫攻坚中扛起排头兵、突击队的旗帜，人武部要开荒拓地，自己种菜养猪养鸡，节约经费开支，减轻县里的负担。

回到省军区，我们结合调研情况，又进行了认真研究，拿出具体落实举措。治懒治愚，增智增志，这是帮扶的根本之策。我们联系好江浙的企业家，建议县里领导组织乡镇干部到这些企业去参观学习，开阔视野，转换思路；我们用捐款建了一所小学，着眼长远发展，希望将全红县的后代都培养成才；县里拟从琴江两岸规划，带动全县发展，这需要协调土地审批事项，我们又去了省国土资源厅，向他们介绍有关情况，请他们提供帮助。厅领导很重视，特事急办，在设计上还帮忙出了很多好主意，使规划既合乎政策法规，又拿到了建设用地指标。

春节一过，我们又动员组织机关各处室，到省军区对口联系的石城县横江镇开展定户帮扶活动，结农家亲、吃农家饭、干农家活。处室人员轮流进村住户，个个献计尽力。乡亲们见面就夸赞说：你们真是老红军的好后代！

为了加大扶贫帮困力度，省里又指定省卫生厅、机场管理集团加入到石城县扶贫工作中。我和卫生厅李利厅长经常碰头商量，李厅长非常重视扶贫工作，特意选派了一位处长长年住在石城县，帮助整合了基层卫生院，并抽选了一些县乡（镇）的卫生骨干人员到省里专科学校、大医院学习培训；到国家部委申请经费，建造了拥有近五百张床位的县中医院，给县乡医院添置了医疗仪器设备。

　　近几年，石城县经济得到了飞速发展，在赣州18个县、区（市）中跃到了中等水平。2019年4月，石城县正式退出贫困县。现在，白家寨的农民搬迁到了移民安置点，从根本上改善了生活条件。县里还招商引进了十余家企业，有的还是国内外知名的大企业，生产名牌产品，许多出省打工的石城年轻人纷纷返乡，到这些企业工作。

　　省军区几任领导每到石城，必会到援建的第五小学参观走访。几年来，省军区向五小共出资三百八十万元，引资四十万元，资助共计一千三百人次家庭困难子女上学。校长感激地说：五小就是省军区的一部分！五小现共有四十二个班级，一千二百多名学生。通过几年努力，学校跨进了省级先进示范学校的行列。吃水不忘挖井人，上学不忘解放军。学校给四栋教学楼分别命名为拥军楼、崇军楼、敬军楼、爱军楼；他们还用战斗模范英雄的名字给各班命名，如张思德班、黄继光班、刘胡兰班、雷锋班、李向群班等；还专门编印了石城五小军队文化读本，创作了校歌《做个五小好儿郎》。

　　我认真阅读了这本九十二页的军队文化读本，联想曾经走过的石城山山水水、村村寨寨，看到百姓张张笑脸，我坚信，石城的子弟一代更比一代强，石城的未来发展一年更比一年好！

刘国强的瑞金缘

瑞金市人武部原政委刘国强曾是我任第一集团军纪委办公室主任时的干事。他早前在一师组织科工作，给我的印象是有才气、有骨气，人也长得帅气。1985年底，我一上任纪委办公室主任就把他调了过来。一年多后，我又推荐他去了南京军区机关。听说他正干得顺风顺水时，却主动要求回老家江西新余军分区当了组干科长，打电话问其原因，他说主要是家里有困难。2000年3月，刘国强因工作出色，被提升到瑞金市人武部任政委，上校军衔。

我到江西省军区工作时，刘国强已经转业，又回到新余市，当了一个机关局长。当时，我就很想见见他，同他聊一聊从纪委办公室分别之后的工作和生活情况。后来我见过他好几次，每次都聊得很开心；我还常看到他写的散文、诗歌和回忆文章。我对他在瑞金人武部的工作产生了浓厚兴趣，了解之后，非常感动。

刘国强到任瑞金市人武部政委不到三天，便接到上级通知要来两批客人，请部里给予接待。由于当时人武部食堂条件简陋，只能保障单身干部和值班人员吃饭，刘国强就让后勤科的同志安排到人武部营院附近的一家土菜馆就餐。后勤科的同志先后两次回话都说土菜馆没空位了。第一次回话时，刘国强还没在意；第二次回话还是没空位，引起了他的注意：一个不怎么起眼的土菜馆真有这么好的生意？他隐约感觉其中有蹊跷，便只身去实地察看情况。

到现场一看，除大厅里有些散客外，所有包厢都敞着门，空无一人！刘国强顿生不快，心想自己刚上任，手下人就敢糊弄，胆子真不小。回到部里，他严厉批评后勤科的同志说假话。

"是……是……店子里不……不让我们吃。"后勤科同志看政委发大火了，支支吾吾地辩解说。

"不让我们吃？开餐馆的哪有来了生意不接单的道理？我倒要听一听是为什么？"刘国强感觉非常奇怪，口气稍微平和了一些。

"部里欠了菜馆好几年饭钱，到现在还没结，人家就拒绝接我们的单了。"后勤科的同志低声说，一双手不停地搓弄着。

刘国强感到情况不妙，继续问："类似这种情况，还有多少家？"

"附近十多家酒店、饭店基本上都不让我们进了。"

说起革命老区，大家的第一反应是联想到"穷"字，刘国强在报到上任前就有这方面的心理准备。但一个人武部穷到几近关门的地步，在外面竟然连一餐饭都订不到，他是始料不及的，这哪还有什么地位、形象？更无从谈起建设与发展。

接待是一项重要的日常工作，间断不得，马虎不得，更何况是在瑞金这样全国闻名的地方。刘国强与部长碰了头，商讨如何解决接待之事！部长毫无保留地向他抖搂了家底："部里账上早就没钱了，这个月的职工工资还没着落。这些年，部里经常会接到上级电话通知，有谁谁谁来瑞金参观革命旧址，要求热情接待，安排好食宿，可钱却一分也不拨。每年接待经费支出不少，光支付门票就是一大笔钱。部里每年正常开支四五十万元，除上级拨付的人头经费外，收入只有开支的一半，赤字达二十多万元。客人几乎天天有，隔餐但从未隔天，部领导和机关干部职工都成了'三陪'接待员。忙的时候，还要抽调乡镇专武干部当参观向导。常常寅吃卯粮，历年欠下的接待费不少。每到过年时我们就要想着法子去躲债。"

部长还告诉刘国强，瑞金既是老区又是客家人聚居地，来寻访的人多，而且很多都是第一次来。客家人有好客的传统，让客人"高兴而来，满意而归"

是正常的待客之道。

听了情况介绍，刘国强知道自己被"逼上梁山"了，必须拿出破解办法，躲是躲不过去的。

但凡用钱的事情，无非开源与节流。循着这个思路，刘国强经过反复思考后有了主意。首先须解燃眉之急。他让后勤科写个通知给挂账的酒店，并逐一上门说明，从现在起每月的接待费在下月五日前结清，历年旧账视部里财力情况逐步清偿，力争在三四年内全部还清。之后，再研究改进接待办法，区分接待对象、明确接待标准，减少陪餐人员，用餐体现地方特色，住宿尽量安排在人武部招待所。刘国强还与省军区后勤部联系，拉了几车接待用品用来改善招待所条件。最后，寻求军地支持，向市委市政府请示，将来访的师职（含）以上的干部和离休干部由市里统一接待，免除人武部接待客人的参观门票。

通过这些举措，接待问题马上得以解决，干部职工的福利逐渐得到了提高，困惑人武部发展的"瓶颈"也缓解了。但在工作接触中，刘国强发现干部职工的精神状态不佳，工作提不起劲，像霜打的茄子软不拉几。于是，他从激发内动力入手，要求大家牢固树立"基础不牢不争先，思着长远干当前""功成不必在我任，奋斗当以我为先""查找问题补弱项，埋头苦干树形象"的理念，相应制订明确了一些原则措施，强调抓好落实。

一些干部职工对此感到费解。有人说，新政委上任一不提目标口号，二不提争创先进，反而要揭短亮丑，像这样的领导少见。话传到刘国强耳朵里，他知道不理解的人不光有干部职工，党委班子成员也不一定人人都真正形成共识。为了让大家认清发展形势，认识部里不足，从而心服口服地将部党委的决策变成自己的自觉行动，刘国强组织部里的同志到全省五个标杆人武部参观学习。一个多星期的见闻，大家看到了差距，眼界开阔了，方向明确了，回来后对照全省人武部建设标准，翻箱倒柜找出了一大堆问题，然后针对问题列出了具体整改措施和努力方向，抓学习、抓教育、抓管理、抓训练，热情似火，一步一个脚印。

一个月、两个月、三个月……半年下来，干部职工敬礼标准了、军姿端正了、学习上进了、办事踏实了、作风严谨了。部里营院整洁了、办公秩序规范了、内部关系纯洁了……

一次省军区工作组不打招呼到人武部随机检查，临走时对人武部工作给予高度肯定，说："才几个月，变化真是很大！"

还有位老首长给省军区领导打电话，专门表扬了瑞金人武部，说人武部有个职工陪他参观，当时找不到讲解员，这个职工就自己讲解，讲得头头是道，言谈举止也很得体，显得很有素质，比有的专业讲解员还强！

刘国强上任两年多后进入了瑞金市委常委班子，但他始终能摆正自己的位置，与部长还有个"君子协议"：大事按规矩办，难事合力去办，急事边办边商量，小事谁先说的按谁的办。

人武部是市委的军事部门，地方上需要部里支持的工作，部里从不含糊，尤其是在遇到急难险重任务时，更是冲在一线打头阵、当先锋。

一天深夜，刘国强检查完武器库值班情况后，正准备就寝，手机突然响了，他神经骤然绷紧——在人武部当主官就担心电话半夜响铃。此时差四分钟到十二点，电话是市委书记打来的，说辖区南面一个乡发生了山林火灾，要刘国强同他一块到现场去指挥灭火。

瑞金四周皆山，山林火灾时有发生，前两年就有一名市领导因指挥救灾不力，造成大面积毁林而受到处分。灾情就是命令。放下电话，刘国强立即指示部作战值班室紧急调度，不到十分钟，他一身迷彩戎装，带了一名机关干部就向书记报到了。在赶赴火灾现场的路上，他一边了解火情，一边命令火灾所在乡和附近乡镇人武部，以最快速度组织民兵到指定地点集结。到达现场，只见浓烟滚滚，火光冲天，漆黑的夜晚如同白昼。

大火借着风势，越烧越旺。书记和刘国强心急如焚，担心火势蔓延威胁下风方向近万亩经济商业林的安全。刘国强迅速攀登到高处察看地形，并综合扑火力量、装备和火势等情况，建议以开辟防火隔离带的方式进行救灾。书记表示赞同。

一个小时左右，三个乡镇的两百多名民兵陆续赶到现场。刘国强迅速明确任务，指挥民兵投入战斗。随后而来的乡镇干部和群众也加入到救火行列之中。经过近一个半小时的激战，一条两公里多长、五米宽的防火隔离带被劈出来了。此时大火已烧到距隔离带不足一百米处。

大火被扑灭了。救火队伍返回市区时，天已大亮。书记在归途中问刘国强，出发时他在车上指挥调度，没听刘国强要民兵带扑火工具，但民兵到现场却个个腰别砍刀、手带铁锹，这是怎么回事？刘国强告诉书记，扑灭山火是民兵日常必训课目之一，有过演练。书记对人武部民兵训练工作非常满意。

瑞金是拥军传统发祥地，红军时期就是支前模范县，但进入新的历史时期，也有一些基层年轻干部在处理经济建设与国防建设关系上，存在认识误区，摆位不正，个别基层党政领导干部在党管武装问题上，出现了不协调音符。

一次，刘国强参加一个乡的民兵集结点验，发现乡党委书记兼民兵营教导员缺席，立即追问去向。乡长说他请假去赣州了。刘国强再问向谁请的假，得到回答说是市委办。

这事听起来不算事，放过了也就过去了，可刘国强总觉得不对劲，民兵点验一年就一次，教导员确实有急事要处理，可以请假，但必须同时向军事机关和市委办请假。于是，刘国强向第一书记做了报告，市委办以文件形式通知该乡，要求乡党委书记向人武部党委做出深刻检讨。

还有一次征兵期间，一个镇党委书记叫专武干部传话，说某某某应征青年如果没被征上，该镇就不交民兵训练费了。刘国强一听就火了，把不相干的两件事扯到一起，充分反映了这个党委书记不光政治水平低，武装意识也淡薄，还有藐视军事机关之嫌。他叫机关干部通知镇党委书记立即到部里来说清事情。后来，这位镇党委书记向刘国强和部长作了深刻检查。

经历了这些事情，人武部提议每年年底进行一次基层党管武装工作述职，这一举措收到很好效果，党管武装的工作环境越来越好，全区涌现了一批叫得响的能抓经济又不忘国防的好领导。

瑞金红色资源丰富，是共和国摇篮，今天的国家和军队的大部分部委机构，在这里都可以找到其前身。刘国强从到瑞金工作的第一天起，就对瑞金的红色文化产生了浓厚兴趣。平时一有空，他就会到现场考证感受，去纪念馆翻阅资料，找老红军回忆核实。自己的床头也总是摆放着红色历史书籍。

开始，刘国强学习了解这段历史的主要目的是陪同上级领导和来客参观时作一些补充介绍、讲解。后来，他发现一些国家机关部委陆陆续续在瑞金修复了旧址，而军队系统唯一挂牌的"中华苏维埃共和国中央革命军事委员会旧址"却破败不堪，无人问津。他坐不住了。虽然上级没有给人武部下达革命旧址的修复和保护任务，这也不属于人武部的职能，但作为当地军事指挥机关，主动提出建议，力争高层重视，切实保护、开发和利用这些旧址，责无旁贷。

刘国强跟部长商量，要主动找一件有意义的事做做。部长听了他的想法，一拍即合。从此，刘国强开始针对中央苏区时期军事机关的编成、住处和活动情况，进行探索与研究。

在瑞金，军事革命旧址有多处，先修哪处，向谁报告，以谁的名义报告，是送达还是寄发……随着研究工作的深入开展，一连串的问题也跟着出来了。经过认真思考，刘国强觉得应先急后缓，首先建议修复"中革军委"旧址，这件事如能实施，带有很强的导向意义。于是，人武部决定以军队和地方联名行文的方式上报。2002年4月，瑞金市政府和市人武部联合给中央军委办公厅发函请示修复"中华苏维埃共和国中央革命军事委员会"旧址，同时也提出了修复总政治部旧址，还附了一些历史资料及旧址现状图片，联系人为刘国强。

三个多月后，上级通知刘国强带上有关资料去北京详细汇报。后经总政批复，在全军留用党费中拨款八十万元用来修复中革军委和红军总政治部旧址，要求修旧如旧。竣工揭幕剪彩时，上级首长表扬瑞金市人武部做了一件功在当代、利在千秋的好事！

修复"中革军委"旧址起到了良好的示范作用。一天,刘国强听说总参管理保障部部长要路过瑞金,他立马找出该部前身"中革军委管理科"的所有历史资料,做足了功课。部长到达后,刘国强请部长去参观军委保障部的前身旧址。部长半信半疑。到了一处凋敝坍塌的民房前,刘国强拿出"中革军委"当时的机构设置、负责人等史料的影印件给部长看,部长边看资料边对照实地,非常认真地看了好一阵子,突然激动地紧握刘国强的手,说:"谢谢你!你把我们部史提前了五年。原来一直以为源头在延安,没想到在瑞金。"

总参管理保障部经过两次考察后,来了一名师职干部,带着图纸,长驻瑞金,全程指导参与军委保障部旧址的修复工作。军委其他部门也紧随其后组织实施相应的旧址修复。人武部里能派出的干部职工全派出去做了监工,专武干部也全被发动起来到乡下收购同时代的老旧桌椅板凳等物品。

刘国强在任期间,积极参与修复、保护的军事革命旧址共有七处,并全都布展完毕,开放参观。

抓了软件再上硬件。

人武部营院是解放初期县中队的旧址,房屋破旧、设施老化、功能不全等问题相当突出,已经很不适应当今人武部工作任务的需要。每天进出这个饱经沧桑的院子,刘国强多次想改变。可每次见到与人武部营院同龄的市委楼院依然矗立其边上,他又实在不忍心向市委市政府提出营院修建的事情。

没有在老区工作生活过的人,也许很难体会到刘国强这种复杂的心情,毕竟人武部只是一个管十几个人吃饭的地方,瑞金红土地上还有许多学生仍旧在危房校舍里上课,许多红军烈士遗属在等着政府的生活补助,连当年苏维埃政府的一些"国字头"的文物还寄放在人武部仓库里……

想想这些,刘国强宁可舍弃政绩,也不愿伸手向地方政府要钱建营院。但每逢上级首长来人武部检查指导工作,面对营院窘况,刘国强总是欲言又止。市委书记常陪上级首长来人武部检查,总是夸奖人武部的工作,有时还会恳请上级能否考虑给人武部评先进。时间一长,市委书记觉察到了刘国强的难言之隐，便询问缘由。刘国强只好如实相告，同时说了自己的想法。书记听得很认真，说他来想办法！

没过多久，市委召开常委会议，第一个议题就是研究人武部的营院建设事宜。书记说："人武部是我市最高军事指挥机关。拥军是我们瑞金市的光荣传统。前期，人武部在争创全省先进人武部中，万事俱备，只是因营院建设滞后而失之交臂。我认为，这个弱项主要是我们地方党委政府的责任。我们再难也必须优先帮助解决人武部的困难。"

经过充分研究讨论，会议决定：对人武部现有营院土地实施整体拍卖，拍卖全部所得用于新营院建设；从市里准备建设行政大楼的经费中，拿出两百万元给人武部建新营院，如果不够，视情追加；新营院选址由人武部领导确定后，采用行政划拨方式办理相关手续；新营院建设规模和用地数量，按全省一流标准设计和建设。

说干就干！部里立即成立了营建指挥部。营建的总体要求是"瞄准一流、注重特色、功能配套、高效节俭、确保质量"。副部长具体组织实施，其余人员按照任务分工抓落实。在营院设计、施工、装修的每个环节，刘国强全程参与把关，甚至办公楼所有房间的规格布局和附属设施，都源于他画的草图。他把这项工程看作是自己毕生的杰作。

营院落成了，人武部搬了新家，一些同志终于明白了"不争是为争"的哲理。

刘国强戎马半生，对部队对军营对战友的感情无以言表。当他决定告别军旗、告别瑞金、告别自己的军旅生涯时，内心十分矛盾和痛苦，有时挣扎着，情绪几乎失控。在任五年，刘国强除了因部里的干部提拔晋升会端起一小杯以示祝贺外，其他场合从没喝过白酒，即使上级领导来了陪餐，他最多是以一杯啤酒相敬。可那天晚上，他在宿舍独酌了差不多半斤白酒，回忆起自己入伍以来曾经工作过的杭州西子湖畔的老红军部队、湖州太湖边的第一集团军机关、金陵城玄武湖旁的南京战区指挥中枢、新余市仙女湖邻近的军分区和最后脱下军装的中央苏区瑞金人武部的点点滴滴，不禁感慨万千，遂不拘平仄，醉笔撰写一联以自遣：

戎马廿余载，一晃而过。忆军校论兵、南疆鏖战、金陵挥笔、红都施政，何等风光意气！只剩得残梦永结。释怀写清风，是何时春辞桃李、秋已缤纷？

尘世一辈子，几人看透？想平民谋生、学者追名、商贾逐利、官吏求达，多少酸甜苦辣！到头来殊途同归。引杯观闲云，从今日情寄诗书、心随山水。

请来红土地

我离开野战军调到省军区工作后，对曾经工作过的老部队、老战友念念不忘，有时会电话里问一问，偶尔还见面聊一聊，对一些有专长的人、有特点的事更是记忆犹新。

一师的新闻干事邱柏星调到集团军宣传处，当上了处长，我经常在报纸上阅读到他写的文章。他思想敏锐、见解独到，对我很有启发帮助，给我留下深刻印象。有一天，我又看到他写的《别让老实人在视线里走失》一文，没过几天，人民日报还以《领导干部要格外关心老实人》为题加以刊登，很是醒目。我不仅把这篇文章读了多遍，还把主要观点摘抄在了笔记本上。

"什么是老实人？一是不和你套近乎但又能积极配合你工作的人。二是不和你多走动但又能体谅你良苦用心的人。三是不往你家里跑却常往基层跑的人。他们想得更多的是基层疾苦和群众困难。他们能记住老百姓的门朝东还是朝西开，却记不住领导家的门牌号码。四是不关心你生活私事却帮下层排忧解难的人。他们对领导私事没兴趣，对群众需求很在意；他们对领导的生活习性、兴趣爱好知之不多，对老百姓的需求、困难倒背如流。五是不当面恭维你但又能树立你威信的人。他们不说客套话，更不拍马屁。六是不向你表态但又能高标准完成工作任务的人。他们有一个重要特征，就是不声不响，认为干的要比说的实用。七是不爱表功但又能创造性工作的人。八是不爱提个人要求但又能积极工作的人。他们为了事业可以受常人难以忍受的委屈和痛苦。九是不看你脸色行事但又能公事公办的人。十是不喜欢给在职领导烧香但能给离职领导送温暖的人。人前人后一个样，即使领导离开了岗位了，依然尊重关心。"

我经常把这篇文章作为镜子，对照过去工作的得失；用作标尺，确定未来努力的方向。为此，我还打电话给邱柏星，谈了我的读后感。我对他说："文章写得很好，现在我应该称你为老师了，有时间，我要好好听你讲一讲了。"邱柏星谦虚地说："我永远是您的学生，谢谢老首长的栽培！"

初次见邱柏星，那时他还是炮兵团的一名排长。我在一师当政委，到炮兵团蹲点。

一天下午，军区报社龚社长通过师总机打电话给我，说他那里有一篇写我的稿子，题目叫《政委下连静悄悄》，稿子主要说我蹲点扎实，不给基层添麻烦，如不带随员一个人、来回步行走路不坐车、自己带着碗筷到连队吃碰饭，等等。社长说稿子写的事情很具体很实在，报社已排出大样了，准备安排在第二天头版头条，为了慎重起见，特意打电话征求一下我的意见。

龚社长当编辑时我们相互就熟悉，有二十多年的交情，可以说，他也是我学新闻入门的启蒙老师之一。我对社长的肯定连声说谢谢，但请他们不要刊发这篇稿子，不要宣传我个人，因为我觉得这本来就是我应该做的。龚社长停了片刻，也就同意了。我非常感谢社长的理解和关心。

事后，我寻思这篇稿子肯定不是师机关干部写的，可能是炮兵团哪个同志写的，因为我们师机关有规定，不准写师领导个人的事迹稿件。不久就查出来了，是我蹲点的那个营的一位排长写的，他就是邱柏星。

晚上，我请邱柏星到房间来坐坐。他开始很紧张，不说话，差不多就是我问一句他答一句。就这样我了解了他的一些基本情况，然后说："小邱，我俩都对新闻报道感兴趣，喜欢写写画画，也算是我们的缘分吧。你写的关于我下连队蹲点的稿子得到了报社社长的充分肯定和高度赞扬，他们准备明天登头版头条，很了不起啊！"

邱柏星的眼睛好像顿时亮了许多，一闪一闪的。

　　"可惜我没同意刊登。因为你写的那些事是我应该做的，没有什么了不起，不值得写。另外，你在连队可能不知道，我们师党委立有规矩，不能写师团领导个人的报道。"见小邱头又低下了，我继续说，"虽然你的稿子没登报，我也没出名，但我还是很感谢你。通过这篇文章，我发现你适合干新闻、做宣传工作，因为你善于观察细节，会根据形势抓问题抓关键。如果你愿意的话，就到宣传科报道组去锻炼三个月，有兴趣、能适应就留下来。"

　　邱柏星显然很激动，立马站了起来，不知说什么好，给我敬了个礼。

　　后来，邱柏星同战友们常"吹"，虽然师陶政委把他写的稿子给"枪毙"了，但首长很赏识他。

　　不可否认，通过这篇稿子，邱柏星给我留下了深刻的印象。

　　前几年，部队进行重大改革，编制调整，人员要大量精简，组织上准备让邱柏星交流到省军区系统的县人武部去工作。去哪里好呢？当时他犹豫不决，打电话征求我的意见。我没加思索地说："来我们江西省军区，江西红土地上大有用武之地。再说你老家在湖南，新家安在杭州，江西刚好在中间，正如同一根扁担，老家新家各一头。江西人是湖南人的正宗老表，你来了是亲上加亲。现在高铁也通了，交通很方便的。"

　　第二天，邱柏星就填报了江西省军区。到了省军区，开始见习阶段，他分在抚州崇仁县，半年多后定岗在金溪县。无论是在崇仁还是在金溪，邱柏星都把人武部当家来爱，当家来建，当家来管，军区上下对他的口碑不错。

　　后来，邱柏星送给了我一本他的言论作品选《给思想加油》，里面有一百六十九篇文章，共十七万字。我全部认真读过。一字一句都是他的心血，全是他的思想。"思考是行为的种子，思想是行为的先驱"，这是自序的开头，我很认同，也相信他的思考会越来越深，思想越来越正，行动越来越远！

合影风波

我到江西省军区工作后不久，听省军区机关的同志说，地处赣南的信丰县乡镇人武部的民兵工作抓得比较扎实，制订的应急预案、筹集的战备物资等比较完备，且对人员的训练能长年坚持，能够做到"招之能来，来之能干"。我记在心上了。

不久之后，我去赣州军分区参加当地的工作推进会，抽时间专门到信丰县查看了几个乡镇人武部的情况。我没按县人武部指引的线路走，而是自己在地图上选了几个点。

到了第一个乡政府所在地，我让司机稍等我一下，自己径直走到人武部办公点。部长姓曾，不在办公室，说是去村里办事了。人武部条件比较简陋，但很整齐干净，墙上挂的表格大小与房子比例适当，也蛮实用。桌子上、抽屉里井井有条地摆放着各种用具，战备仓库里的物资码在铁架上，比较规范……

等我差不多看完三间房，就听见有人喊"报告"，声音特别洪亮，原来是曾部长回来了。已是初冬时节，却见他头上冒热气，脸上汗珠直往下滚。

没等我问话，曾部长就大声说："首长好，真不知道您会来我们人武部！昨天接到预告，说首长要来我们县到乡镇检查指导工作，之前我推测您是不会来我们乡的，因为这儿比较偏僻，村庄小路难走，条件也是中不溜秋的。征兵工作开始了，所以我一早就去了村里，看看预选对象，跟老乡拉拉家常。这可是你们各级首长教导我们的！首长您可能不认识我，我可记得首长。我当兵同首长在一个部队，有一年老兵退伍期间，您还在我们连队住了半个多月。那时我刚当兵。"

听曾部长说他是一军老部队的，我也很激动，就说再坐坐叙叙情。我问他当兵在哪个连队，他说在天下第一团第一连第一班，当兵第三年就当了一班班长！

哪有这么巧？我有点不相信，再问他当时的连长叫什么、长什么样，他说出了连长的名字，并说连长个子不高，一米六八，皮肤有点黑，很多人背后叫他"黑连长"，后来连长提升了，还当过副团长，之后转业去了地方，当年"黑连长"快三十岁了还没找到老婆。

"我还听说首长您帮'黑连长'做过媒牵过线，只是两人没缘分，没对上眼，是有这事吧？'黑连长'后来找的老婆可贤惠了，也比他白多了，蛮漂亮的。连长整天乐呵呵的，嫂子说他天天早晨起床就唱《我们是英雄的第一团》，开始她听不习惯，现在是不听不习惯，说那是吹起床号。去年我又去看过他们。"小曾谈起老连长、老连队、老团队显得特别来劲。

我被小曾的一席话感动了，于是对军分区政委说，今天不去县人武部吃午饭了，就在乡人武部陪老战友吃顿饭，再听他谈谈工作。

"这下太好了，太好了！我让我老婆带菜来帮着一块烧。"小曾马上站起来给我敬礼，说他早就有这个想法，只是不敢讲，"前几天，我在深圳打工的表弟送我一瓶好酒，一直没舍得喝，想放着等贵人。老部队的首长到江西工作，又是我们省的领导，是真正的贵人。我让老婆一块儿带来。"

小曾走到一旁，对着手机同他老婆大声嚷开了："去地里拔些新鲜菜，再捉两只鸡，拿十几个蛋……你看清楚啊，是'茅台酒'，'茅'字上头是'草'字头，台湾的'台'，盖上有红带子，对、对、对，就是我经常拿出来看的那瓶酒。对了，首长不怕辣，还有辣豆腐……"

小曾说得满脸通红，不停地用袖子擦脸上的汗水。

我招呼他停下来，歇一歇。他说没有想到能在家乡见到老部队首长，退伍回来十多年了，没给老部队丢脸，干什么事都不忘"第一"这个标准。通过招考，他成了县人武部职工，后来当上乡人武部干事、副部长、部长，就像在部队跑四百米障碍，是一个坎一个坎地跨过来的。在军分区比武中夺了好几个第一，两次被省军区树立为标兵。这些全靠在老部队打下的好基础和军分区、县人武部首长的教育培养。首长这次来了，更要继续干好工作，不能给首长和老部队丢脸……"

小曾越说越兴奋，说见到首长不容易，想跟我合张影，放大挂在家里。我连说好，想照几张就照几张。

他拿着手机，反复翻看照片，突然冒出一句："首长，您知不知道，我们'七个第一'照了一张合影，差点惹出大事情。"

我身子为之一震，他的话一下子搅动了我的记忆。

若干年前，也是这个季度，部队进行年度考核，集团军军长到步兵第一团蹲点指导工作。一天上午，在团会议室召开座谈会，师长、团长，还有几位营长、连长参加。中间休息时，团长请示首长说，今天凑巧，第一集团军军长、一师师长、一团团长、一团一营营长、一营一连连长都在，从军到班，七个建制，七个一，就差一连一排排长和一排一班班长两个人了，机会难得，我把他们两人叫来，陪军长合个影，很有纪念意义。首长们同意了。

不一会儿，兼职摄影的新闻干事到了，一排长和一班长也跑步赶到了。军长C位，其余六个"一"按职务大小，左右各三个，坐着、站着，各照了若干张合影。当时特别明确，坐着、站着的照片各放洗七张，每人一套，不得外传。

后来不知是谁出的主意，在照片上备注了"七个天下第一合影留念"几个字，并在下方公公正正地写出了七个"第一"的职务和姓名。再后来，不知是谁让这张照片被省级报纸的编辑看到了，他们觉得很有新闻价值，就在报纸上刊登出来了，广为流传。有心人还将这张报纸作为珍藏品收藏起来，听说报社还加印了许多份。

南京军区有关部门很快知道了这件事，认定为重大泄密事件，并责令我立即查明情况，迅速上报。于是，我带着师保密参谋、保卫干事赶到一团，找团长和个别与会人员了解情况。团长把合影起因、时间、地点、摄影人等一一作了介绍。回到办公室，我们立即起草好报告，附上照片，电传军区。等了好几天，上面也没有说法，后来分析可能是军首长做了工作。

因为这次是我第一次到信丰县视察工作，中午吃饭时，县委书记兼人武部第一书记和县委办主任也都到了，十来个人满满一桌。那时还没有"八项规定"，县人武部部长带了一瓶当地产原浆酒，但小曾非要先喝他的茅台不可。他先给每人倒了一小杯，我尝出来了，不是正宗茅台。可小曾一个劲地说：茅台味道就是不一样，好喝好喝。也许是小曾第一次喝茅台酒，他分不出真假茅台，其余的人可能都品出来了，但没人会当场点破。

"小曾，你就只有一瓶茅台，我俩先喝，让他们喝其他酒吧。"我说。

"好！就要这样，好酒就应该让老首长多喝点。"小曾先后代表一师、一团、一营、一连、一排、一班，还有一班排头兵，连敬我七杯，我全喝了。他又叫他老婆来敬我酒，我是一滴不剩喝光了。

假酒但真心！谁让我和曾部长是老战友，是好兄弟呢，且都姓"一"，喝什么都一仰脖子，一口而尽，一腔情深！

我还跟小曾开玩笑说，当时的七个人中他是进步最多的。军长、师长、团长、营长，后来都升了两级，连长、排长升了三级。他从班长升到部长，相当于副营长，升了四级！

"你的前景最开阔、最远大，就算不再提升了，也要对得起红土地，不负老部队，永当排头兵！"最后，我敬了曾部长一杯，向他敬了一个礼！

娇娇和兵兵

作为红土地上的军事指挥首脑机关，江西省军区一直重视当地的扶贫工作，领导干部也会力所能及地通过多种形式帮助贫困人员，勉励他们走好人生路。娇娇和兵兵是我曾经帮助过的两名大学生，两人名字都是叠名，个性也都很明显，我现在都清楚地记得与他们初次见面的情形。

认识娇娇时，她在江西师范大学读大二。

一次省军区在研究扶贫工作时，我提议部门以上领导每人资助一名贫困大学生，主要由江西师大、江西农大推选，因为江西是农业大省，我们认为培养老师和农业专家对江西的未来发展至关重要。财务部门每年从我们的工资中扣除五千元，一块儿送到学校，分到被资助的大学生手里。有的机关干部知道资助计划后主动要求参加，但被我们婉拒了，因为不少机关干部家庭生活也不宽裕，我们不能加重他们的负担。

对于资助计划，大学领导都很重视，在校内进行了认真筛选，并特别明确筛选范围：家庭生活特别困难，但学习特别刻苦且成绩突出的学生。两天后，他们把被资助大学生带到省军区办公楼会议室，双方举行了一个简单的结对资助仪式。我们按号抽选各自的资助对象，我抽到的是五号，五号正是娇娇。当时，她站起来简单而得体地介绍了自己。

仪式结束后，我请娇娇到办公室，相互间做进一步了解交流。她一进我办公室就哭开了，我劝她慢慢说。娇娇说，父亲在她八岁那年因病去世了，当时家里还有一个两岁的弟弟，全家就靠妈妈种田、挖笋的收入维持生活。她考上大学后，全村十几户人家凑钱给她，她才有钱到学校报到。学校有助学金、奖学金，加之平时她省吃俭用，基本能维持生活。但弟弟在读初中，也需要钱。妈妈思想守旧，重男轻女，常对她说两个孩子上学压力大，供不起。她理解并心疼妈妈，打算第二年就不上学了，去外面打工赚钱，帮妈妈也帮弟弟。就在前几天，学校把部队的资助名额送给娇娇，她感觉又有了读书的希望，激动得一晚上没睡着，打电话告诉妈妈，妈妈特别交代她要好好感谢解放军。

娇娇说着又哭了，站起来向我连连鞠躬。我忙拉住她，相互留了联系方式。之后一段时间，周末有空我就会给娇娇打电话，问问她的学习、家里情况。放寒假了，娇娇说在家帮妈妈干活。一个周六，我想去娇娇家里看看，便按照她给我的地址，走了三个多小时才找到。打她手机，她说正和妈妈在山上打柴，马上赶回来。等了半个小时，母女俩挑着满担柴回来了。我试着挑了挑，柴很重，差不多有一百来斤。

娇娇妈妈有点驼背，脸也显得苍老，与实际年龄极不相称。她一见到我就哭了，不时用袖子抹眼泪。她说的是本地土话，我听不太明白，娇娇就当翻译。娇娇妈妈反复说，一年资助五千元，两个孩子都用不完，解放军真是大恩人啊！她们要留我吃午饭，我说下次再来吃。

娇娇大四时报考了南京师范大学的研究生，可惜没有考上。毕业时来同我告别，她显然很难过。我劝她放松心情，复习一年再考。她说不考了，打算去山区小学当老师。我说这个想法好，我支持，并表示我会继续资助她弟弟的。

领导干部个人结对资助贫困大学生开了个好头，得到部队、学校和家庭的良好评价。但因被资助学生数量太少，资助名称也有点伤到被资助学生的自尊心。第二年，省军区党委进行了专题研究，决定每年省军区拨出经费，从师大、农大新生中各选一百名学生来资助，这样，第四年后，每所学校被资助学生将保持在四百名，这就形成了一定的规模。省军区第一年拨一百万元，到第四年，省军区每年将拿出四百万元资助款。会上大家意见很统一。我们又采纳了政治部副主任黄恩华大校的建议，把项目名称"资助贫困生"改为"八一励志奖学金"。"八一"代表解放军，"励志"代表激励、支持，"奖学金"是对品学兼优学生的肯定，能起到导向引领作用，这样可以消除原来名称中的消极因素。

认识兵兵，则是在井冈山大学。

井冈山大学有为部队培养的国防生，我常去学校了解他们的学习生活情况，和学校一起研究解决一些实际问题，提高培训质量。一次，我组织召开一个地方学生座谈会，从侧面了解他们对国防生的看法，以便针对性加强国防生的教育管理。兵兵就是受邀参加座谈的学生，他是建筑设计系的，很健谈，说话也直爽，讲了许多他看到的、听到的关于国防生的一些现象，给我留下了深刻的印象。

中午吃饭时，我特意请兵兵坐在我身边，边吃边聊，兵兵说了许多大实话，让我了解到许多国防生的信息，也得知他家里很困难。临走时，我握住他的手，连说谢谢。

后来，我和兵兵成了好朋友，经常保持联系。我到中央党校培训两个月，我把这个消息也告诉了兵兵，他几乎天天会发信息给我，除了提醒我多保重身体外，就是问些北京的情况。有次他发来一条信息，说梦到他自己也到了北京，和我在一块儿。

我心里猜测，小伙子可能是想趁着我在北京到北京来看看，只是不好意思明说。于是，我主动请他来北京参观。井冈山到北京有直达火车，夕发朝至，我要他定好时间，周五晚上上车，周六早上到，周日晚上返回，可以在北京游玩两个白天，还不耽误周一上课。我还给他寄去了一千元路费。

过了一周，兵兵说订好了火车票，我提前给他买好了返程的卧铺票，订好了北京的宾馆，并把转乘地铁及下车的地点都发了给他。那天刮风下雨，小伙子又是第一次出远门，我非常担心他出差错，就早早去地铁口接他。他还真出错了，提前一站下了地铁。我打着伞去找他，等找到他时，他衣服差不多湿透了，我赶快拦辆的士坐上。后来我得知，为了省钱，他只买了座票，而且激动得一夜没睡。第一次坐地铁，又新奇又犯困，迷迷糊糊就跟着别人提前下了地铁。

担心兵兵感冒，一到宾馆房间，我就催促他赶快洗个热水澡，我又打的到附近商场给他买了一套绒衣、运动服和一双运动鞋。兵兵洗完换上新衣服，吃了一碗牛肉面。我问他是补觉还是去看景点，他说现在哪能睡得着啊！

我先带兵兵参观了中央党校，中午品尝了食堂里的饭菜，然后转了转北京奥运会几个场馆。第二天是周日，我们起个大早，到天安门广场观看升旗仪式，又参观了人民大会堂、毛主席纪念堂和国家博物馆，看了看故宫。下午五点左右，我们就往火车站赶，并在火车站附近吃好晚饭。玩了两天，他很累了。我把火车票给他，一再叮嘱他要按时上车，不要坐错车，第二天还要上课，晚上在车上好好睡一觉！

"安全下车。北京之行，终生难忘！首长，太谢谢你了！"第二天早上，我收到兵兵发来的信息，一颗悬着的心才放下。

兵兵从井冈山大学毕业后，考上了浙江大学研究生，我也退休回到了杭州。有天我们相聚，他说，自那次北京之行后，他就暗暗下了决心，一定要考到浙江读研究生，这样离我就近一点，见面机会多一点！

我会心地笑了。看到娇娇、兵兵他们的成长进步，我感到由衷高兴。

当父亲扮丈人

　　我在江西工作时的驾驶员小刘，四川达州人，能吃苦，口风紧，做事有度，待人诚实，一个典型的小帅哥。美中不足的是，小刘因家在大山深处，交通不便，生活不富裕，初中没读完就跟叔叔去广东小吃店打工谋生，所以文化水平不高。征兵时，北京卫戍区、海军、武警的接兵干部一看见他，起先都想要，但再一看他的个人档案，文化程度不够，就放弃了。他最终分到了我们野战部队。

　　小刘到了我身边，我就找了一套初中和一套高中课本当作见面礼送给他，并告诉他，平时除了开车，其他时间主要是学习这些课本，一册一册地看，遇到不懂的地方就去问周干事，周干事是名牌大学的高才生，我已经交代过周干事了。我要求小刘尽快把文化短板补齐，今后才能在社会上谋生存、过日子。

　　后来，周干事反馈，小刘学习很刻苦，自己还摸索了不少学习小窍门，半年后，他还报了江西成人自考。

　　我到分区、人武部去检查工作，通常只带一名机关干部，也不让军分区、人武部领导迎接带路，由机关干部对着地图自己带路，遇到拿不准的，就下车问一问；如果到了吃饭时间人还在路上，就在服务区或路边店吃点；每到一处，午休、晚上都住招待所，办完事就马上离开……小刘很懂事也有心，我这些习惯，他总是记在心里。

　　铜鼓县是秋收起义的发祥地之一，是毛泽东躲过敌人搜捕的"福地"。

我的两个老部下、老战友在我来江西工作之前曾经在县人武部分别任部长和政委，不仅把人武部营院建得很适用，而且还为县里招商引资出了大力，从发达地区引进了八个企业家，在地方反响很好。我到任后不久就去了铜鼓县。

那时正逢炎热季节。吃好中饭，安排午休，现任的部长、政委原本是要到县接待宾馆开两间房间给我们的。小刘说，首长不会去县接待宾馆的，时间不长，在人武部招待所就行。

人武部招待所租给地方经营，好一会儿他们才找到管钥匙的人，打开门，一股怪味直冲鼻子。小刘想着立即去把空调打开，但试了几次，空调都没反应。管理员说可能线路坏了，又赶紧通知电工来修。小刘看着我说："首长，我们走吧！"

我听了小刘的，没在招待所休息，就直接返回了。在车上，我想现任的两个主官可能只知道年底收租金，自己很久没进招待所的门了，上级机关来的人恐怕也没人住过招待所。我打电话给老战友，他俩一再说对不起，没有交接好。

第二年的正月初二，我叫小刘开车，我们再去铜鼓看看，慰问值班领导。

外面正下着雪，路上结冰容易打滑。行车在路上，前面出了事故车，堵住了道路。小刘说有条小路可以绕，就是要多花一个小时左右。我说绕就绕吧。小路要翻过一座大山，小刘一路都集中注意力，瞪大眼睛，紧握方向盘。

到达人武部，正好是午饭时间。值班领导不在，说是去镇里检查工作了。小刘问值班员厨房有什么吃的。值班员说，这几天不开火，谁值班就发三桶方便面。我说请给我俩一人一桶吧。

我们刚吃好，那位值班主官回来了，满脸通红，满嘴酒气，舌头都在打转，说话不着边际。我本来是春节慰问的，所以没说其他什么，只说你辛苦了，让他好好休息。我交代值班员一些注意事项，就去了下一个人武部。

江西省军区一百个人武部、一个农场、三个仓库。我去这些地方的第二次，小刘开车从未走岔过路，进错过门。我问小刘记性怎么这么好，他说这是最起码的司机素质。

小刘二十六岁了，一个战友帮他在杭州找了对象。女方小王条件不错，父亲有公司，她是独生女，大学本科财会专业，在银行工作。两人家境虽然相差较大，但两个年轻人谈得来，尤其是小刘对小王很钟情。只是小王父亲一直不松口，我很为小刘着急。

我告诉小王说，小刘很会烧饭，周末我让小刘到她家展露一下厨艺，周日中午我到她家吃饭，一块儿品尝。

小刘使出浑身解数，在火车上认真阅读烹饪书籍，仔细设计安排菜谱，第二天天未亮就去市场选料。小王父亲开始半信半疑，但看了小刘公公正正写的菜谱，再等小刘把冷盘拼好，就不再迟疑了，还打电话约几家亲戚朋友来家吃饭。我们一边吃饭，一边讲会做饭的男人的几个优点，几个女士连连点头。

过了一段时间，小刘告诉我，小王父亲基本同意了这门亲事，要与小刘父母见个面，然后小刘正式去小王家里提亲，说这是传统规矩。小刘给父亲打电话说了，小刘父亲说他们是山里面的人，没见过什么场面，不会说话，能否请首长代家长做主，他们就不来了。小刘把话传给小王父亲，小王父亲满口答应，但就是不晓得首长愿不愿意。小刘吞吞吐吐地给我讲了，我说好呀好呀，看看小王父亲什么时间来南昌，我们好好接待。

周六，老王两口子带着小王坐上了到南昌的火车，我和小刘早早去车站等候。晚饭在我家里吃，还是小刘掌勺。周日上午，我陪小王父母参观了南昌八一起义纪念馆、"小平小道"、滕王阁等名胜。下午他们就回杭州了。这两天里，我和老王亲家长、亲家短地聊得很开心，俨然我真是小刘的父亲。

第二年年初，小刘小王拿了结婚证，老王在杭州家里设流水宴，一波波地招待贵宾。小刘父母从四川远道赶来，在宴席上我同他们坐一桌。我问老刘夫妇，我代他们相的媳妇满意不满意。他俩竖起大拇指连声说，首长见的世面大，看人准得很！

老刘说，他们刘家在达州是旺族大姓，他有亲兄弟六个，有在镇上当书记的，有做大企业的。兄弟商量过了，等春暖花开，也要在家乡为小刘小王办一场婚礼，还请老王夫妇一定要去。老王满口答应了。

可事不凑巧，小刘在老家举办婚礼的日子快要到了，老王手头正赶上紧要事情走不开，小刘小王小两口急得团团转。一天，我见小刘愁眉不展，问他有什么事，他说出来了。我忙安慰，想了想说："上次你们定亲时，我当了一回你爸爸，这次再冒充一次你老丈人怎么样？反正只有你爸爸妈妈见过我，如果他们不说，你们其他亲戚也就不知道内情。"

"那怎么行！" 小刘一听就摇头，"首长生病动手术才一个来月，从杭州到达州，乘飞机、坐火车，还有一大段山路只能步行，你吃不消的。不能冒这个险！"

"没事的。就这样定了！"我边说，边查了一下行程，先飞重庆，再到达州是最便捷的，于是叫小刘赶紧买飞重庆的机票。

出发那天，我们早上五点多就起床了，为的是赶上早班机。到了重庆机场，我们再租了一台车，直奔达州婚礼酒店。以小王父亲的身份，我与小刘家主要亲朋好友见过面打了招呼。婚宴开始，轮到女方父亲讲话时，我走上台向来宾鞠躬致礼，对他们能来参加女儿女婿的婚礼表示感谢，并亲手把小王的手交给了小刘，对女儿女婿表示祝福，希望他们恩恩爱爱……简单讲了几句，我就下来了。

既然到了达州，我就想着一定要去小刘家里一趟。小刘虽然担心我的身体，但也知道我说一不二，就叫父母一大早赶回准备。吃好早饭，我们开着车就向大山里去，路况非常不好，颠簸得厉害。前面没有了公路，我们就下车走。小刘小王两人一边一个扶着我，终于走到了小刘的家。中饭又是小刘掌厨，全是山里自家种的菜，感觉特别香甜。

小刘退役后在萧山工作，有了两个儿子，小两口常带小孩来看我。小刘让儿子叫我爷爷，小王说叫外公，我抱起小孩，高兴地说："不管叫什么，我都高兴！"

小冯犯错了

小冯是机要处的驾驶员，萍乡市莲花县人，单亲家庭，平时负责保障车辆，行政关系和日常管理都在机关公勤队。

一天夜里，小冯请假外出办事，进了地方游戏机房，玩游戏输了钱，被纠察队抓住了。公勤队准备给他处分，还打算让他提前退伍，向机要处征求意见。

上午，我刚进办公室，机要处石处长和机要处党小组程组长就一块儿来向我汇报小冯的事情。平时，我过党组织生活是在机要处党小组。我们党小组共有正式党员七人。

我思考了一会，对处长和组长说："如果你们下午能抽得出时间，我建议我们党小组开个会，请小冯（他是共青团员）列席。议题是'小冯犯了错，我们有什么责任和教训？'包括我在内，人人都认真想一想，会上谈一谈。"

两人表示这个建议好，下午开会。

下午，党小组会开始了，我请小冯坐在我身边。小冯先发言，汇报事情的经过：他听战友说玩那里的游戏机可以赢钱，他已经去玩过一次，还赢了一点。这次到超市买了日用品，返回时路过游戏机房，就想再试一试运气，没想到输了一百多元，后来被纠察队发现并抓住。他分析犯错的原因主要是好奇心、贪占心、侥幸心作祟，最后表态保证改正，并恳请首长、领导宽容，最好不给他处分，让他正常退伍，免得妈妈知道会很伤心。小冯越说声音越小，后面几乎是在自言自语，眼泪不住地往下淌。

小冯刚说完，我马上说："首先我要检讨，并向小冯赔个不是。我经常来机要处交党费、看文件、参加活动，有时也见过小冯，但作为领导和机要处党小组的一员，没有与他个别交流过，对他家里和个人情况不了解，更谈不上教育帮助。这次小冯犯了点小错，说明我们对直属队和身边人的思想管理工作不具体，不到位，存在盲区和暗点。小冯出事给我提了醒，我们要真正了解、真诚关心身边的战友。"

接着，其他同志轮流积极发言，尤其石处长讲得挺实在。他说："对小冯以及处里其他同志，布置工作多，要求多，稍不满意或出了差错，就只是指责、吓唬、要态度，而对大家的思想、身体、家庭情况却很少过问，更谈不上关心。用车的时候想到小冯，其他时候都以为有公勤队负责，压根没有把他真正当作机要处的一分子，缺乏战友情、兄弟爱。"

会议开得很成功，达到了"小冯一人犯了错，其他同志都认了过"的目的。

紧接着，我把公勤队士兵召集起来，用了一个小时时间给他们讲了一堂"四自"（即自尊、自爱、自律、自强）思想教育课。课后，我请他们每人写一篇体会，用信封封好亲自交给我，我保证为大家保密。

体会收齐了，我一篇篇地看。绝大多数战士讲了心里话，说出了过去干了哪些违纪违规的事，表明了态度，还就"干部如何上好政治课""如何做好经常性思想工作（包括如何谈心）""什么样的干部威信高"等，提出了个人独到的见解，有些讲得很深刻。这件事使我再次认识到"只有不负责的干部，没有教育不好的兵"这个道理。其实，有的士兵的素质水平要比某些干部高得多。

一周之后的一天晚上，我又把直属队党委、支部书记和党小组长召集起来，先通报了机要处此次党小组会的大体情况，然后讲了一件我亲身经历过的事。

有个人武部部长没按规定派车到省城办事，被上级机关发现了。我们认为这种违规现象带有普遍性，必须狠狠刹一刹，于是决定召开由各军分区、人武部全体人员参加的电视电话会。那个部长先做检查，然后所在军分区主官谈领导责任。谁知分区主官一开始就在数落这位人武部长的不是，压根就没意识到自己的责任。我看导向不对，立即制止。

我说，我过去工作中失误多，部队出的事多，因此我做检查的次数也多，这方面的经验不少，下面我给他示范一下怎么做检查。当着大家的面，就这件事，我从开场白到结束语一口气讲完，特别讲到"当领导的对部属要做'四个一'，即一把挡风遮雨的伞、一座靠背撑腰的山、一座跨浪压水的桥、一块平坦坚硬的石。战友共事一次是缘分，很不容易。领导要让部属有安全感、快乐感、成就感、幸福感，像大家庭一样温暖"。

公勤队收回了对小冯的处分请示报告。年底，小冯接到退伍通知，由石处长陪着来向我告别。我刚开门，他一下子抱着我大哭起来。我拍着他的肩膀说："回去了，向你妈妈问好！你离开部队了，仍然是我的好战友，需要我的时候请直接联系。"

适者生存男子汉

部队每年都有一批军官要转业到地方工作，这既是对脱下军装同志的一次重大考验，也是对各级领导能力素质的全面衡量。

我刚到任江西省军区不多久，省军区部队就开始了军官转业安置工作。因为与沿海省份相比，江西省的经济发展水平相对要低，军官在部队的工资待遇要好于同期转业地方工作的待遇；另外，军官在部队的任职时间一般都比较长，对岗位轻车熟路，工作起来顺手，加之战友之间感情深厚，整体氛围融洽，所以要做通拟转业同志的思想工作，使其能愉快地接受组织安排，脱下军装、转变角色，快速融入地方经济建设主战场，难度还是比较大的。

为此，我们特别组织符合转业条件的同志上井冈山接受教育培训，请革命英雄的后代讲传统，请地方领导介绍经济发展情况，瞻仰红色景点，思考初心使命。期间，我结合自己的工作感悟，为同志们认真备了一课，同他们进行了坦诚的交流。

"物竞天择，适者生存"，我交流的主旨思想就是新环境、新岗位，新要求、新担当，面对全新的一切，适应既是一种接受，也是一种挑战。

首先，要适应人文环境。人上一百，形形色色。一个单位都是由不同年龄、不同经历、不同性格、不同文化层次的人构成的，是多元化、多极化、多重化碰撞与汇集的场所。职场不能没有领导。从管理学讲，领导是一个高风险岗位，担负着单位建设与发展的重任，也是单位的主心骨。领导的性格、作风、学识是单位的风向标，决定其外在形象、内在潜力和社会效力。适应人文环境，首先要适应领导。一方面，要了解领导的秉性与领导风格。常言道，知己知彼，百战不殆。领导对单位影响是多面的，但对人文环境的影响最为直接、最为深刻。适应领导要学会调控视角，了解领导的工作方法和特点，熟悉领导的决策风格和个性，才能少走弯路，甚至不走弯路。同时，还要不断改造主观世界，尽量站在领导角度考量和处理问题，使自己站位适中、得体，拿建议、拟方案、出主意尽量与领导意图接近，甚至合拍，变被动为主动，赢得领导的信任与赏识。另一方面，在迎合领导意愿的同时，个人思想不能缺失。领导对宏观的驾驭和微观的把握不一定尽善尽美。我们在搞筹划时，既要准确理解和把握领导意图，又要注重科学统筹，充分反映自己以及本级在掌控微观上的优势，把自己的思想寓于其中，使其既符合领导要求，又体现出自己以及本级的意愿。如此，既能赢得领导器重，又能获得同事敬重，既开展了工作，又融洽了关系。

其次，要适应工作环境。工作是体现人生社会价值与实践能力的载体，也是我们接触社会、了解社会的窗口，是人一生停留最多的场所。既然是人生停留最多的地方，我们就应重视它、善待它，深入其中，融入其间。发展是人生的根本主题，发展的标志就是会工作、会生活，工作场所是人生的主阵地。不了解阵地、不适应战场，何言战胜自我，战胜他人！因此在职场上，一方面坚持多做少说与不做不说并重。能说会做是本事，如何做怎样说才是学问。"沉默是金"是一条古训，但该说时不说不一定好，要学会把握这一辩证关系。日常工作和生活中，我们可能遇到这样的情况，有些时候有些事我们不仅要做，而且还要积极主动去做，但尽量少说，甚至不说；有些时候有些事我们不仅不能做，而且不能说。这既是一条做人原则，也是一种处世方法。另一方面注重友好相处与保持适度距离并举，这是处世哲学，也是做人准则。我们既要与领导、同事友好相处，但又不能走得太近，没了距离。水至清则无鱼。处事公道，做人厚道，用人格魅力感召周围，赢得爱戴，彰显人品情商。

第三，要适应社会环境。社会是个大舞台。人的一生就是在社会舞台上不断地演绎自我、剖析自我的过程。不管演绎也好，剖析也罢，前提是适应，主题也是适应。不适应就要被淘汰，不适应就要被唾弃。适应社会环境是我们生存与发展的基础条件。所以，不仅要学会适应小社会，还要适应大舞台，学会扮演并演好不同的角色，不断展现人生的多个精彩瞬间，实现人生价值，丰富自己的生活。适应社会环境就是要适应大众，人民群众是历史的创造者。适应社会环境的前提就是紧跟时代步伐，培育健康生活方式，融入社会主流文明，与时代合拍，与潮流同步。既要不断解放思想、转变观念、升华理念，又要努力提升品位、拓宽眼界、更新知识；既要面对现实不回避，又要直面人生不逃避。要勇于接纳新鲜事物，善于与大众打成一片，敢于接纳不同文化，会合群，懂融合，能容人容事容言，切忌我行我素，自命不凡。

第四，要适应生活环境。生活是人生的驿站，也是人生的调味品。生活品位、生活水平、生活习惯影响精神状态，生活情趣、生活情调、生活方式决定生活质量。不同的生活质量就有不一样的精神状态。适应生活既要追求情趣高尚、情调高雅、方式健康的生活模式，又要接受耐得住寂寞、守得住清贫、经得住诱惑的生活考验；既要适应富裕的生活享受，又要适应清苦的生活磨砺，无论哪种生活模式，我们都要学会适应。因为人的一生难免有一些不如意、不尽意，有顺境、也有逆境，有幸运、也有痛楚，谁都不可能一帆风顺、一劳永逸。不经历各种生活方式的洗礼，就难以懂得生活的真谛和内涵，就难以使自己职场上成熟、生活上老练、信念上坚定、名利上淡泊。人的一生由许多不同的经历和片段构成，就像电影一样，有很多不同的画面，有亮丽的瞬间，也有搏杀的场景。不同的人演绎着不同的人生风景，走着不同的人生轨道。

适者生存，适者发展。发展和生活是人生的两大主题。发展是为了更好地生活，生活是为了更好地发展。只有二者有机结合，相得益彰，生活才充满激情，更加美好；人生才别有情趣，更加精彩！

博士生军官淬火

我在江西省军区工作期间，全军区共有五名博士生干部，四男一女，三个本省的，两个外省的，一个河北唐山，一个江苏南通。

本省人就读的是本地大学，男的学的是通信专业，女的学的是建筑学专业。河北的从省军区士兵考上后勤学院，学的是后勤指挥。江苏的男生小郭从地方高中生考上解放军著名高等学府——国防科技大学，学的是自动化，很热门的专业。

省军区有五个博士生干部，先前多数人不知道，而且没有用其所长，严重浪费了人才。我知道后，立马调整他们的工作，在省军区范围内尽量让他们用其所学，各显才干。学建筑的到基建营房处，学通信的到自动化工作站，学后勤指挥的对政治工作有兴趣，还有一定的文字功底，拟调政治部组织处。

小郭在国防科大从本科一直到博士毕业，虽然穿了八九年军装，还是优秀学员，但没有经历过系统的基层连队的训练，身上学生味浓一些。我想应该给他补上这一课，不能有短板。而且我对他遭受的恋爱打击非常同情。

小郭原来的女朋友是江西人，从国外留学回来被北京一家大企业聘请担任重要岗位，企业专门为她建了一个实验室。两人原本计划好，等小郭毕业分到北京进解放军大型专业研究机构工作后，两人在首都结婚，过日子，干大事业。但女朋友父母就这么一个独生女，舍不得让女儿独自在北京，于是父亲找机会让女儿调回了南昌，女儿心里老大不愿意。

　　爱情力量有时是不可估量的。女朋友调回南昌后整天闷闷不乐，天天吵着爸爸必须把男朋友也调到南昌来。她父亲费了好一番周折才办成这件事。小郭毕业，直接调入省军区指挥机关。在江西，省军区是最大的部队，指挥机关在南昌。一对多年的恋人终于可以在一块了，本是很幸福的事，但时隔不久，两人硬是被女方父母用莫须有的身体疾病给拆散了。

　　小郭到省军区报到不久，教导大队的新兵来了，陆续展开训练。我觉得这是个锻炼小郭的好机会。

　　我把小郭请到办公室，先聊家常，问父母在干什么、为什么报考国防科大、在学校的情况、到地方部队来的打算、生活工作上的困难、对我们领导有什么建议和要求，等等。小郭很诚实，也很文静，轻言轻语，思路清晰，娓娓道来。我们聊得很愉快！

　　我对小郭说，说起来我和他还是同学呢。我在国防科大军职干部高科技班学习过两个月，那时学校给我们开小灶补课，安排的小教员就是他们这些高才生。他说知道、知道，他也去当过好几次小教员。

　　再一算学习时间，才发现我当时就读的那期培训班的小教员，是另外年级的高才生担任的。

　　我就说："小郭呀，好遗憾哈，不过你进国防科大早我好几年，应该算个年轻学长吧。现在又到了一个单位共事，这叫山不转路转，路不转人转，看来我们在一起做战友的缘分到了。"

　　小郭挺开心的。我趁机把想法讲出来："小郭，你是博士生，学的专业这么好，只是身上兵味、肌肉少了些，对今后发展有影响。正好今年新兵开训了，你就去当一回新兵，把过程走完，补上这一课。看看你同意不？"

　　他说："首长你对我太关心了，想得真周到！我下午就去报到，老老实实当一回新兵。"

　　我说下午会派人陪他到军需仓库，把要用的被装和日用品按新兵标准给他配齐，明天一早让我的驾驶员送他去新兵连吃饭。我给有关机关和教导大队也打了招呼，提了些注意事项。

小郭到新兵连报到，我放心不下，毕竟他比新兵大好几岁，又是博士生，体质弱，起早床，睡排房，两层床，能不能适宜？我天天记挂着。

第三天下午五点多，我赶到新兵连，在小郭那个班吃晚饭。饭后让小郭陪我散步。我问他吃得消吗？他说战友们挺关心照顾他的，还能跟得上，请首长放心。我又把连长指导员叫来，让他们多发挥小郭的知识专长，给大家普及一些科技知识，体力训练要循序渐进。

后来我去新兵连的次数多了，主要还是担心小郭。

过了五周，我一早又去了新兵连，看小郭明显瘦了，黑了。问他怎么回事，他说训练项目多，强度也大，加上晚上开始学站哨，宿舍人来回走动，睡不好觉，白天犯困，感到有点支持不住，不过请首长放心，他不会打退堂鼓、半途而退的。

有的人一旦确定了目标，就会有惊人的毅力。小郭一直坚持到了结业那一天。我去给新兵讲分到老兵连需要注意的事项。吃完中饭，小郭走到我身边，说："首长，我有点兴奋、骄傲。瞧，虽然我体重轻了，但肉结实了，身体棒多了，脑子里装的东西也多了，自我感觉更有军人样子了！"

我冲他笑了笑。

小郭训练结束后，我又给四个男博士生安排了新的科目，让他们推选一个人当领队，到当时南京军区最著名的英模单位见习一段时间。四个单位，从南向北分别是驻漳州的第三十一集团军的"红色尖刀连"、驻杭州的第一集团军"硬骨头六连"、驻上海的上海警备区"南京路上好八连"、驻南京的第十二集团军"临汾旅"。事先我让机关分别与这四个军级单位联系好，把博士安排到连队，分到班里吃住，尽量睡上铺。同时，我要求博士生必须参加连队的一切活动，注意观察连队设施、战士的着装言行等，在每个单位都要写一篇感想，另外还要抽时间到当地走走看看听听，感受沿海地区经济发展的新变化、新观念。

博士生回来后感慨万千。我让他们把见闻、体验和感悟写出来，准备给省军区全体官兵上课，一人一个侧面，时间控制在二十分钟左右。

官兵听说由博士生上课，开始还以为这些博士是从地方大学请来的。每个人上讲台自我介绍，说"我是江西省军区的XXX"时，很多人大吃一惊。

他们讲得声情并茂，下面听得群情激奋。

女博士生看见这场面，哭了，说为什么不让她去。我说她去了住连队不方便，下次到通信连、医院，就专门派她去。她破涕为笑了！

博士迷路

博士叫杨大海，在北京一家大型国有企业上班，老家在江西赣南农村。前几天，他打电话告诉我，说他年前带老婆和孩子回老家过年，竟然迷了路。我还没来得及问怎么回事，他就急吼吼地讲开了。

杨博士黄昏时下的火车，然后上了公交车，后在村头路边下了车。从村头到路边这段路，他打儿时记事起就开始走，算起来走了三十多年了，原来闭着眼睛也能摸到家，但那天他下车时，发现脑子里熟悉的坑坑洼洼的泥泞路不见了！这才隔了一年多点儿时间啊，村子变化怎么这么大？宽敞的水泥路，两边栽了香樟树，路灯温暖明亮，像一条银丝带通向村子远方。印象中村里的房子全是土坯房，黄黑色的墙，有的还用木头撑着。现在的房子白墙黛瓦，顺着地势，从低到高，一家一户，一排一排。路两边的一切都是那么陌生，杨博士有点怀疑自己是不是走错了。实在不知该往哪走，他只好打电话让哥哥来接他们。

跟在哥哥的后面，杨博士一边东张西望，一边听哥哥介绍。去年县里、镇里统一规划，把一些原来散落在山旮旯里的人家，统一搬迁到了村里，在村西侧建了新居，三排三层的钢筋混凝土楼房，住了四十多户人家。村子中间还建了个大祠堂，供村民举办会议、文娱活动和红白喜事用。房屋的造型和布局有点像传统的客家土楼，以祠堂为核心，楼楼有厅堂，内有连廊，四通八达，古朴典雅，传承了"敬祖睦宗、团结互助"的客家文化理念。房子内外统一进行了装修，外面是白色的石灰墙和瓷砖，屋顶用的是灰黑色的琉璃瓦，美观且耐用。现在村里家家户户都住上了这样的楼房。村里有名的贫困户王寸生也住上了一套两室一厅的房子。

王寸生今年五十二岁了，还没有结婚。他没上过学。当年镇上搞扫盲运动，村里送他去夜校学认字，早上送去，晚上他就偷偷溜回来了，躲在家里好几天不敢出门，到现在连一句普通话都不会说。之前他一直跟父母住在半山腰上破旧的土坯房里，下雨天屋顶经常漏水，再加上山里空气潮湿，年轻时他就得了风湿病，经常痛得走不了路。建新村的时候，村里用上面拨下来的扶贫资金给他家建了一套两室一厅的房子，全部装修好，他自己没出一分钱，厨房、卫生间、卧室都能直接用，家具也不用他买，锅碗瓢盆生活用具全配套好。隔壁镇有个姓刘的寡妇，年纪跟他差不多，也没生过一儿半女，听说村里的老人正在撮合他们，让他们生活在一起，下半辈子也好有个照应。

在新村拐角处，杨博士看见了新设置的垃圾回收站，一排一米多高的黑乎乎的大桶，分别标示着"可回收垃圾""有害垃圾""厨余垃圾"。山村跟城里一样垃圾分类了！杨博士感到很新奇。哥哥说，原来村民没有环保意识，更不懂得垃圾还要分类，有脏东西都是直接往河里扔。后来村里召集村民开会，给大家讲解垃圾分类知识，告诉大家什么是可回收垃圾，什么是有害垃圾，废弃的电池要扔进单独的垃圾桶……现在大家再也不往河里倒垃圾了，而是自觉把垃圾扔进这几个大垃圾桶里，镇上每天有专门的人来运走，村里干净了不少。

近几年，政府在环境保护上下了不少功夫，村里的生态环境有了很大的改善。村子前面有条小溪，溪面两米多宽，溪水从大山里流出来，水量不大，杨博士小时候经常到小溪里摸鱼。前些年，溪面垃圾很多，溪水很脏，经过整治，现在河水的水质跟三十多年前差不多，清澈见底，经常能看到小鱼小虾，溪水可以直接用来洗米做饭了。村子周围的山坡也得到了修复。以前，村民为了挣钱，把山上的树木都砍去当木材卖了，导致出现山体滑坡、水土流失等一系列问题，很多农田也都被山土埋了；农民还滥用农药化肥，对土质和当地生态也造成了比较严重的破坏。政府动员贫困户上山种树，还给补贴，既改善了环境，又增加了他们的收入。现在山上又到处长出了粗壮的树木，野生动物也多了起来，经常可以看到野猪、野兔出没。

溪对面是一片田地，以前种水稻，现在变成了蔬菜大棚。哥哥说这几年政府提倡产业扶贫，这是村里的重点扶贫项目。田地在山脚下，地形比较复杂，少有大片连在一起的，很难实现机械化作业，种水稻费人工，产量有限，种植效率不高。以前，村民种菜只是为了自家食用，很难带来什么收入。县里派人到村里搞调查，发现村里自然环境好，很多土地都属于富硒地，适合蔬菜种植——据说这种土壤种出来的菜营养价值高。因此，村里鼓励大家发展蔬菜种植业，政府不但补贴盖蔬菜大棚的费用，而且还请来专家免费做技术指导，需要农户个人投入的资金并不多。现在村里的蔬菜种植不仅产量上去了，销路也打开了，每天皮卡车一车一车运到县城销售。村里还成立了蔬菜种植合作社，为村民蔬菜种植和销售提供各种帮助。

除了蔬菜产业，村里现在还建有毛竹家具厂和山货加工厂。赣南地区水土丰沛，适合毛竹生长，很多山上都自然生长着大片竹林。毛竹繁殖特别快，今年砍掉一拨，来年春天又会长出一拨。村里自古以来就会用竹子制作各种家具，包括桌子、椅子、凳子、凉席和其他用具，这些竹具不仅美观实用，而且环保，破旧之后还可以拆了当柴火。村里组织了一批心灵手巧的篾匠，成立了一家竹制品家具厂，厂里做出来的家具不仅在乡下受欢迎，很多城里人也喜欢，有的还被引进县城大商场销售。家具厂现在有三十多个工人，大部分都是本村的，在厂里上班的收入比以前种地的收入高多了。山货加工厂的效益也不错，出产香菇、木耳、笋干、辣椒酱等，很受当地人欢迎，虽然产量不大，但是能卖个好价钱，大家知道这里的山货都是绿色食品。

哥哥说杨二叔他家还在山脚下办了一个小型的养猪场。刚开始，养猪场臭气熏天，对周围环境影响严重，群众很有意见。后来村里请来养殖专家为他支招，让他把猪粪集中起来发酵做肥料，撒到农田里，既处理了养殖场的废物，又改善了土质，现在不会再有那种刺鼻的气味飘出来了。杨二叔家养的猪都是本地土猪，自己养的母猪繁殖猪崽，很少得病。2018年外面闹猪瘟，这里却没受到影响。养殖场虽然不大，但是经营得很不错，每年出栏三百多头猪。出栏的猪一部分自己屠宰之后拉到镇上的集市去卖，还有的卖给县里的屠宰场，平均一头猪能有五百元左右的净利润，几年下来，杨二叔也算是村里的富人了，不仅有辆小皮卡车搞运输，还买了一台小轿车。

杨博士后来告诉我，今年初，全国暴发新冠肺炎疫情，春节期间集市关闭，商铺关门，道路被封，外面的货物进不了老家，村里人吃的猪肉都是从杨二叔家买的。他家每天宰几头猪，按照往常价格卖给大家。到元宵节的时候，可出栏的猪基本上被吃完了，仅剩下几头母猪和种猪。杨二叔还跟人一起养了五六百只鸭子，因为这次肺炎疫情，这些鸭子也一起被村里人消化完了。正因为疫情期间他家为村民提供了生活物资保障，村里开大会的时候还特别表扬了他。

杨博士边走边听边看，几栋崭新高大的楼房格外显眼。哥哥说，那是新修的村小学校舍。村小学很早以前就有了，很是简陋，以前是由十几间土房子组成的，围成一个U字形，中间一个小操场。操场正中竖着一根六七米高的锈迹斑斑的铁管，上面挂着国旗。旗杆下方挂着一块铁板，上下课的时候校长就敲一下铁板，全校都能听见。杨博士就是在这里念完小学的。现在的校舍完全不一样了，教室宽敞明亮，课桌椅都是新购置的，每个教室里都有电脑和投影仪等设备。学校还有单独的实验室、电脑教室、食堂、卫生间，还新建了塑胶运动场、室内活动室，一家当地企业还捐建了一座爱心图书馆。教学楼前挂了八个大字"爱国、博学、奋进、团结"，是学校的校训。周围建了一排齐整的花圃，种着各种花草。操场边上的那株桂花树据说是村小学建校时种下的，已经有几十年的光阴了，长得像一把大雨伞，夏天树叶繁茂的时候还真可以遮风挡雨。

现在村民对孩子的教育比以前重视多了，村小学的教学质量也有了很大的提高。以前，学校的老师大都是从村里找的代课老师，文化程度不高，很多只念过初中，也没有受过专业的培训，上课都是用村里的方言，因此有很多孩子上完小学了还不会说普通话，辍学现象也比较常见。现在的老师都是正儿八经的师范专业毕业生，有教师资格证，有些还是县里派下来支教的骨干教师。学生的生活条件也得到了很大的改善。杨博士上小学那会儿，早上在家吃完早餐，同时还要用铝饭盒带一盒饭到学校中午吃。早上的饭留到中午早就凉了，天气热的时候还可能变质。现在食堂每天提供营养午餐，三菜一汤，荤素搭配，加上学校有补贴，午餐价格也很便宜。杨博士是村里第一个考上重点中学的，也是第一个大学生。现在村里每年都有好几个学生能考上重点中学，上大学的孩子也越来越多。

绕过学校，来到了村里的老祠堂。这个祠堂在明朝的时候就建起来了，后来经历过多次修缮，至今保存完好。祠堂造型和结构非常讲究，青砖黛瓦，飞檐翘角，历经岁月沧桑，依旧气势雄伟、庄严肃穆。两扇实木大门虽然没有刷过油漆，但是却油光黑亮。内外共有十二根大木柱顶住横梁，每根柱子两个人抱才能抱得住，底端垫着半米高的汉白玉石磉，顶端雕梁画栋，飞禽走兽栩栩如生。祠堂两侧是二十多厘米厚的青石板，每一块都有半米宽、十几米长。中间是一个天井，用青砖砌成的，是重要的排水设施，每当下雨天，屋顶的水就会集中灌注到天井里，然后通过地下排水管流到溪里。祠堂的建造非常科学，充分体现了古人的智慧，正因为这样，它才能屹立数百年而不倒，成为全村人共同的记忆。

因为山村所处偏僻隐蔽之地，老祠堂还曾经做过红军的兵工厂，现在依然能看到红军当年在里面制造枪支弹药时留下的痕迹。当年，在村民的帮助隐蔽下，还有很多红军在村里疗过伤。也就在那时，有一些年轻力壮的村民接受了党的教育，看到共产党领导的红军为了老百姓的利益不惜牺牲生命而受到感召参加了红军。当年还有一位红军将领为了革命，把出生不久的孩子寄养在村里，一直由村民帮着抚养成人，直到中华人民共和国成立后这位将领回到村里，父子才得以团聚。现在，红军的后人还会回村里探望。诸如此类军民骨肉情深的故事，在这里还有很多。正因此，老祠堂还被县里认定为文物保护单位，但是没定什么级别，只是挂了个牌子，上面简单介绍了当年的历史。

穿过祠堂，杨博士来到一排三层小洋楼前，哥哥指着中间的一间说，那就是咱们的新家。一进门，只见客厅里电视机、冰箱、空调等家用电器一应俱全，中间一套中式的实木茶桌椅更是让人眼前一亮。卧室里，老式木床木箱不见了，换成了和自己在北京用的一个式样的，还有一张粉色可爱的小孩床，杨博士的女儿迅速爬上去，不停地拍手蹦跳。

杨博士老家所在的这个村在山沟沟里，离县城有一百多里路，是贫困县中最偏远、最贫穷的村。以前去一趟县城，要走"两头黑"，早上天没亮就得出发，傍晚到县城已经天黑了。受交通条件的制约，村里原来一直比较闭塞，各方面发展滞后。近几年，政府投入大量资金修路架桥，交通条件有了很大改善。村里的主干道全是用水泥砂石铺的，两边还装设了太阳能路灯。每天有好几趟公交车往返县城，一个多小时就能到。2019年上半年赣南地区连降暴雨，百年不遇，导致严重洪涝灾害，很多地方山体滑坡，民房、道路、桥梁损毁严重。下半年，政府牵头搞灾后重建，大部分交通设施都得到了修复，有些路段重建之后比以前更好了，受灾严重的村民也得到了一定的补助。

这几年，杨博士的家乡结合当地资源条件，发展了不少产业，同时也创造了不少就业岗位，村里好多外出打工的都回来上班了。其中有些头脑灵活的，还自己创业，利用互联网打通与外面的联系，生意越做越大，给偏僻的山村带来了更多生机活力。同时，为了提高村民的生活质量，村里还兴建了很多民生工程。村里和县城自来水公司合作，将自来水管道通到了每家每户，保障了村民饮水安全；燃气公司还给每个家庭安装了燃气管道，村民再也不用上山砍柴生火做饭了；用电方面也有很大改善。以前的电线杆都是用木头做的，电线经常掉下来，曾经还发生过村民触电死亡的事故，现在全部改成了钢筋水泥电线杆，牢固结实，安全多了；以前每到过年的时候，因为各地用电量增加，村里经常出现停电或者电压不稳的现象，现在很少有这些情况了。手机信号也好多了。前几年，要打个电话还得从屋里出来走到开阔的地方才能接收到一些信号，现在4G信号都有了，上网也很方便。村委会边上还添置了一些健身设施，旁边挂着"全民健身、利国利民"的标语，每天都有老人小孩在这活动。

大年三十，杨博士一家人围坐在一起吃年夜饭。爸爸妈妈、哥哥嫂嫂不时地细数这些年来村里发生的变化。老父亲感慨地说："自古以来都是农民给政府交粮纳赋的多，可现在的政府不仅不要咱农民交粮食，还想着各种办法让我们发家致富，过上好日子，这真的是千百年来都没有的好事。"

哥哥也由衷地说道："这些年真要感谢党和政府的好政策！这些变化都是扶贫带来的，听说政府出了好多钱，还有很多企业也都送钱送项目送技术。不仅是我们村，其他几个贫困村也一样，一个比一个发展得好。听说2020年我们县里终于要摘掉贫穷的帽子了，这次回家你们好好转转看看，回北京后要多说说家乡的变化！"

好男儿当兵去

当兵才知道自己过去模样太放松，

当兵才知道自己骨头硬不硬，

当兵才知道什么是孬种和英雄，

当兵才知道千金买不到战友情。

当兵才知道帽徽这样红，

当兵才知道肩章这样重，

当兵才知道祖国的山河在心中，

当兵才知道热血铸忠诚。

山里我是那生风虎，

长空我是那穿云鹰，

大海我是那搅浪龙，

当兵才知道我是好男儿。

嘿，我要当兵去！

　　每年的新战友，怀揣着许多梦想，跨入军营，绝大多数更是对军营充满着好奇。对他们而言，新兵入伍训练是军旅人生的新阶段、新起点。这一步走得扎实不扎实，对他们的未来将产生不可估量的影响。

　　江西省军区的新兵不多，都集中在教导大队集训，每年我都会去同他们吃几餐饭，给他们上几堂课。上课前，我要找他们座谈，听听他们的想法，问问他们有什么要求和企盼，然后结合自己的经历和以往带兵的体会同他们交流，主要讲军营是所大学校、是座大熔炉、是块试金石，能够培养人、锻炼人、考验人、成长人。

当兵有许许多多好处，归纳总结起来，比较一致的共识有以下十个方面：

强身心健体魄。"身体是事业的本钱"，健康的体魄是一个人成事立业的基础。部队的各种训练科目，包括走路、吃饭、站哨，都是力与美的完美体现，是爆发力和持久力的有机结合。部队严格的训练，能练就阳刚的气质、敏捷的反应、矫健的体形。几年下来，一个曾经弱不禁风的地方青年就能够磨炼成一名身体强健、精神抖擞、英姿勃发的合格军人，能够做到站一个小时挺如松，坐几小时挺如钟，跑十多公里快如风，加班一通宵依然精神抖擞。

建立纯真感情。战友是鲜血和生命凝就的称呼，虽然没有血缘关系但是胜过亲兄弟。"战友战友亲如兄弟，革命把我们召唤在一起……"这歌声唱出了战友之间的真挚感情、深厚友谊。部队是个大家庭，战友来自五湖四海，从素不相识到朝夕相处，同吃一锅饭、同住一间房、同站一班岗，几年在一起摸爬滚打、操枪弄炮、同甘共苦，打起仗来生死同命，这种深厚的感情，经得起时间的检验。战友之情是留存一辈子的，能够为个人建立良好的人脉关系。个人在经受挫折、遇到困难时，战友能伸出援助之手；在谋职就业、创业发展时，战友能提供无私帮助；在出差办事、旅游观光时，战友能提供便利条件。

丰厚人生经历。绿色军营里，学习、训练、生活等方面的丰富历练，能够培养造就军人的独立生活能力、吃苦耐劳精神、感恩担当品质，锻造战士受益终生的立身之根、做人之道、立业之本；遇到困难时的相互帮助、面对挫折时的相互鼓励，可以培育团结协作、热情为人的良好品德；站岗执勤时的尽职尽责、抢险救灾中的并肩作战，可以培养顽强拼搏冲向前、勇于担当不怕死的职业操守；日常养成的礼节礼貌，可以养成感恩父母、尊重家人、善待他人的传统风气；舍身救民中群众期盼的眼神、百姓感激的泪水，可以强化甘于奉献、乐于牺牲的忘我精神。

学习知识技能。军营是所"大学校"，当兵即入学，退伍即毕业。部队不仅能够学政治、强军事，还非常注重文化知识学习和工作技能培训。这些知识和技能本身都具有军地通用，或部分通用的属性。而且，部队还鼓励官兵报考在职学历教育，积极支持战士业余爱好和学习，如计算机、书法、画画、通讯报道、文学创作等。几年学习训练下来，很多战士都能拿到国家承认的文凭和技能等级证书，部队给予全部或部分学费资助。这些知识和技能，在部队时能够在战士立功受奖、干部提升、骨干选配时助一臂之力；退役到地方，在选岗定位时容易进入用人单位领导的视线，工作起来更能入门早、上手快、发展顺。

提升自理能力。当过兵的人具有较强的独立生活能力，因为衣服、被子脏了，需要自己洗；每月的工资津贴，需要根据生活、学习、工作情况有计划地开支，再不好意思要父母的钱了。相反，父母生日或亲人有困难时，寄上部分节余的津贴，能够略表心意，从此可以自豪地说，自己是一个自食其力的人了，是一个能够独立料理自己生活的人了。一个还没完全"断奶"，从小过惯了"衣来伸手、饭来张口"生活的人，在军营里可以渐渐嬗变成一个在任何环境中都有较强适应能力的人；一个在父母眼中长不大、不放心的孩子终于长大成熟了，不让父母操心牵挂，自己会过日子了。

有助团结协作。部队是个集体，完成任何一项工作任务，无论事大、事小，都离不开团队的协作和集体的力量。日积月累，协作意识就会在大家脑子里打下烙印，养成习惯。伟大的共产主义战士雷锋把党的事业比作一部机器，把自己比作一颗螺丝钉。在信息化、程序化、自动化迅猛发展的今天，高科技已经在各个领域广泛运用，但每一个人仍然只是一个系统的一分子，更需要发扬这种"螺丝钉"精神。

拓展发展机遇。每个人都有自己的志向，都有干一番事业的美好梦想。但无论是哪种志向，都需要通过自己的不懈努力才能实现。参军入伍就是有志青年实现自己梦想的绝佳途径。因为当兵之后，人生选项会变得更多，道路会变得更宽。有的可以通过提干、考军校等途径成为一名军官，转业后还能成为国家公务员、企事业单位干部；有的可以选取为士官，成为部队建设的骨干力量；一些农民子弟、待业青年从此有了较为稳定丰厚的收入，有了生活的基础，创造了发展的条件，这是立业成家的前提。

享有崇高荣誉。"一人当兵，全家光荣，全村光荣，单位光荣。"每年征兵季节，这条标语到处可见，非常醒目。无数家长和适龄青年，都被它所吸引和激励，许多基层干部也用这条标语做工作，发号召。随着社会的发展进步，党和政府对军队和国防建设越来越重视，军人及军属的地位越来越崇高，待遇越来越优越。为保障军人合法权益，国家专门出台了相关政策制度；对军烈属，政府会敲锣打鼓悬挂"光荣军属""光荣烈属"匾牌，每年都会发放慰问金、慰问品；对立功受奖的官兵，政府有关部门会登门报喜；如果军人家庭遇有困难、纠纷或涉法问题，部队、人武系统和政府有关部门都会积极协调解决；地方医院、交通运输场所都设置了军人优先窗口，部分旅游景点、城区公交对军人优惠等，这些都是实实在在的特殊待遇和崇高荣誉。

稳固初心根基。忠诚、干净、担当、仗义是每个人立足社会、施展才华、实现梦想的思想基础和精神支柱。在入伍前，青年人通过父母、老师、同事、朋友的知识教育、行为影响、氛围感染，或多或少对这些有了初步的认知和领悟。但由于多种因素，各人领悟的程度又是参差不齐的。到了军营，通过接受系统规范的理论灌输，感受英雄模范的事迹熏陶，耳闻目睹战友同事的优良举止，对初心思想会懂得更多，初心作用会看得更重，自身差距理得更清，前进的方向、目标选得更准。总之，经过大熔炉的淬炼，初心会融化在浓浓的血脉里，实践在不懈奋斗之中，努力做一名党和人民信得过的人。

难忘军旅人生。"生命里有了当兵的历史，一辈子都不会后悔。"无论是翱翔蓝天的空中卫士，还是驰骋海洋的蓝色水兵；无论是经历过二万五千里长征的老革命，还是在新时期退役的老兵们，当我们脱下军装，离开军营，回首往昔时，总会想起第一次进军营时的东张西望、第一次紧急集合时的洋相百出、第一次做错事被上级批评的后悔泪水、第一次立功受到表扬时的欣喜甜蜜。如果抢过险、救过灾、上过战场，那些舍生忘死、惊心动魄的场面更是刻骨铭心。还有退役时与战友告别时的拥抱不舍……这些情景场面会跟随我们一辈子，经常在梦中遇见，是我们给家人、同事，乃至晚辈后代传承聊天的资本。看到他们羡慕惊叹的眼光，我们会无比骄傲，因为我们曾经当过兵，是一名老军人。

江西是块红土地，有许多红色景点，因此我们经常组织新兵去参观，现场感受。上井冈山新兵最兴奋。三百多公里的野营拉练，我们一边行军一路演练，穿插徒步行进、摩托化开进、急行军、遭敌小股袭扰、快速通过染毒地段、强攻夺取敌要点、把胜利红旗插上主峰……大家把理论变为实践，把课堂听的、操场练的，用在行动上，尝到了当兵的滋味！到了井冈山，大家睡地上、吃红米饭南瓜汤、走挑粮小道……在当年红军作战、养伤、学习的主要场所看实物、听讲解，期望新兵的脚步踏得更扎实，未来发展更远大！

第五篇

战火兄弟

1985年3月7日，我在边境作战中为"硬骨头六连"突击队壮行

我上过两次战场！

一次，是前面说到的1998年九江抗洪，我亲眼看见了我的战友们是如何站在汹涌的长江里，用血肉之躯挡住滚滚洪水！

一次，是20世纪80年代的老山轮战！我们一军一师在边境线上守卫国门整整一年，与敌人进行反复争夺。我为"敢死队"的勇士们敬过壮行酒，我在通往师部的崎岖山路上与敌人的炮火捉过迷藏，我在为烈士举办的追悼会上面对烈士家属泣不成声……

我和我的战友们，结下了血火深情！

若我归来

若我归来，

请不要为我做什么接待。

只想回家好好地睡上一觉，

睁开眼后，

自己还在。

若我归来，

请不要为我做什么安排。

只想在明天上班的时候，

和战友们打个招呼，

就当出差回来。

若我归来，

请不要为我披红挂彩。

不开英雄会，

不设颁奖台，

我只做了自己该做的事。

所有的付出，

是直面生命的责任；

救死扶伤，

是唯一的品牌。

吃了这碗饭，

家国自有安排。

"挽狂澜于既倒，

扶大厦之将倾"，

来不及那样细想；

"苟利国家生死以，

岂因祸福避趋之"，

谈不上这样伟大。

时代让平常的我，

偶遇了疫情，

撞见了国殇，

我无悔地走上前线。

敬业、救人、报国，

这是使命职责所在，

也是父母的叮爱，

一切都是情理使然！

若我归来，

赶上春暖花开，

我想去看桃红柳绿，

蓝蓝的湖泊旁欣赏鲜花盛开。

说好的我不哭，

花也不哭，

在花树丛的浓郁中，

找个无人处摘下帽子，

看看我无法无天的样子，

是不是同以前一样可爱？

若我归来，

最想吃的是妈妈的味道。

不是大鱼大肉，

不是山珍海味；

一盘绿油油的青菜，

一碟辣椒豆腐干，

味道重一点，

别无他爱。

若我归来，

不让家人和孩子来车站接我，

悄悄地推门，

轻轻地额吻，

默默地看着他们熟睡的样子，

补上除夕夜的等待，

等待幸福像花儿一样盛开。

若我归来，

定要感谢我们生活的这个世界。

面对肆虐的疫情，

个人的力量轻如尘埃；

国家的意志，

子弟兵的情怀，

全社会的支持，

所有人对生命的热爱，

如三山五岳巍峨，

像江河湖海澎湃！

没有磅礴的力量整合，

就不会有，

我的胜利归来！

若我未归来，

亦如归来样；

倒下的是军人躯体，

站立的，

永远是至情大爱！

梦回军营

这些日子我天天做梦，回到再熟悉不过的军营：商丘、宜兴、湖州、杭州、徐州、南昌城……还有数不清的地方。

最难忘的是云南老山顶！

铁打的营盘流水的兵。走哪住哪，哪儿就有咱们的军营。军营是战士流动的家，家里洒满军人情！

我听到了号声、歌声、口号声……

号声就是命令，军人视它如山；军人唱歌是直着嗓子吼出来的，耳膜鼓胀，热血沸腾；口号随着脚步，把大地踏得颤颤巍巍！

我见到了许多男兵女兵。平时男女还分得清，有时像隔座山，有时似高压线，但一遇到急难险危，却没有了半点区别，一样豁出来拼！

转业退伍即将离开军营，在欢送的饭桌上，战友大碗喝酒，脖子上青筋鼓胀，拥抱话别，赛过久别的情人！

一幕幕，一件件，战友的一言一行常把我惊醒。

想起多姿多彩的军营，一草一木，一物一景，看见格外亲，留下了我的魂！

再见说不出口，像住久了的老家，还有高低床上的亲兄弟。眼泪湿透了枕巾，我再也睡不着，坐在床上抽泣声声。

思念深深融进了生命中那座座军营！

战斗英雄方外元

　　方外元，原一军三师的一名侦察兵，江西省九江市彭泽县人。在云南老山边境防御作战中，他勇猛杀敌，壮烈牺牲，被授予"战斗英雄"荣誉称号！每年方外元殉难的日子，连队参战老兵都会用多种方式祭奠烈士，追思缅怀。

　　1981年10月，十八岁的方外元光荣参军入伍，实现了自己最大的人生梦想。1984年7月12日，一军接到中央军委命令赴云南老山地区对敌作战。为加强一师和军直属队战斗编成，一军决定从军内其他部队抽调部分骨干充实一师。动员会上，方外元热血沸腾，写好请战书要求调入作战部队。上级很快批准了他的申请。方外元身体素质好、思想作风好、技术全面过硬，上级领导通过综合检验考核，决定让他作为骨干，带着三位战友一块到军直属技术侦察大队报到。

　　到了侦察大队，血气方刚的方外元想：既然自己好不容易上了血与火的战场，就要拿出高招绝活，与敌人真刀实枪地拼杀较量一番，让敌人尝尝中国军人的厉害！他又一次咬破手指写下血书，坚决要求到最前沿阵地去。鉴于他的坚强决心和超强能力，领导再次批准了方外元的请求，将他分在侦察连，担任二排五班副班长。

　　战场无亚军，只能夺第一。临战训练期间，方外元以极高的标准，没日没夜地坚持苦练战斗中可能碰到的各种动作，力争胜敌一筹，高敌多招。他听说敌人奔跑速度很快，于是每天凌晨就起床，在崎岖不平的山路上奔跑十多公里，旨在练就飞毛腿、铁脚掌功夫；为了学会在亚热带崇山峻岭中的攀登功夫，他有意钻密林、爬陡坡、越沟坑，脸上、手上、腿上全划破了，鲜血直流，他一点不感觉痛，简单涂点药或包扎一下，继续苦练硬功夫。

方外元不止一次地对班里同志说，只有现在多吃苦多流汗，上了阵地才能少流血，多一分活着的可能，多杀死几个敌人。他还暗暗地发誓，要争当杀敌英雄，决不辜负首长和战友们的信任，要为江西老区的父老乡亲争光！

从1984年11月中旬开始，一军轮战部队分批进入前沿阵地，到12月9日12时，已经完全接替兄弟部队的作战任务。战斗中，方外元带着两名战友一直潜伏、防守在最前沿的145号阵地上，密切关注着敌人的动向……

1985年1月15日凌晨，敌人在炮火的掩护下分四路向我方开始了大规模的进攻，并用炮火炸毁了我军前沿阵地工事，严密封锁我军增援分队的通道。方外元和战友们打退了敌人的多次进犯。突然，他们的电台被炸坏了，与上级失去了联系，情况万分危急！

方外元奉命冒着炮火跑去指挥所报告，谁知返回途中突然迎面遭遇一股穷凶极恶的敌人，他毫不畏惧就势端起冲锋枪就扫，走在最前面的敌人当即毙命……

子弹打光了，方外元便拔出匕首与敌人格斗。他的右眼被敌人刺伤了，鲜血模糊了视线。敌人企图活捉他，方外元沉着应对，上挡下扫，拳打脚踢，全身上下虽多处负伤流血，但就是不让敌人近身。终究寡不敌众，力气越来越小，敌人的包围也越来越近，最后时刻，方外元毅然拉响了胸前的两颗手榴弹，与敌人同归于尽。

方外元的英勇壮举，被坚守在142号阵地上的一团五连副连长杨少华远远看见。增援分队赶到时，发现方外元身边有四具敌人的尸体！

方外元用青春和热血实现了他的誓言！战评时，大家一致推荐上报授予他"战斗英雄"称号。他的骨灰被送回了家乡彭泽县。县政府在长江边一块空地上竖碑安葬了英雄。他的英名像庐山一样巍峨矗立，他的精神像长江一样奔腾不息！

当时，方外元的父亲方冬春、母亲吴荷香才五十岁出头，活蹦乱跳的儿子说没就没了，他们一下子很难接受这个残酷的事实，但他们没有向政府提任何要求，就只想找一张儿子的照片挂在家里。但翻找了儿子全部遗物，他们也没有找到一张儿子的照片——当兵前因为家里穷，儿子从没有照过相；当了几年兵，儿子也没有往家里寄过一张照片。他们生有五男二女，每个孩子都是自己的心头肉，更何况方外元从小就很听话懂事，他当兵前的样子，总是在父母眼前晃动。

吴妈妈想到外甥游虎福，一位有名的画师，据说他画什么像什么。能不能请他给方外元画一张像呢？当吴妈妈把这个想法告诉老伴和儿女们时，大家都说这个主意好。

吴妈妈找到外甥，却一下子把游画师难住了。他虽然与方外元是亲戚，但平时来往不多，也就见过一两次面，而且还是在方外元上初中的时候。不过，游画师还是满口答应下来，这不仅因为他们是亲戚，更是出于对一位卫国英雄的敬重，也是为了帮助实现一位失去爱子的母亲的心愿。

虽然没有人像和照片做参考，但方外元有哥哥、姐姐、弟弟，游画师就以他们的面相和吴妈妈的描述为基础，反复画，反复修改。第一稿鼻子不挺，改；第二稿眼睛太小，重来；第三稿下巴尖了……几天时间过去，七易其稿，游画师才完成了一幅接近方外元真人的画像。大家都比较认可了，游画师又在画像两侧写下赞联"振中华献忠心名垂丹青，保祖国卫四化血沃南疆"，以表达对战斗英雄方外元的崇敬之情。

从此，堂屋的祭台上有了方外元的画像。吴妈妈常会想念方外元，对着他的画像哭；每逢儿子的生日和忌日，吴妈妈都要用毛巾把画像擦得干干净净，再点上一炷香，说："儿子，你一个人在那里冷清吗？妈妈管不了你了，你要学会自己照顾好自己啊！"

又是失声痛哭……

一年又一年，一次又一次，吴妈妈的眼睛也越来越模糊，以至于后来她什么也看不见了。医生说，这是老人悲伤过度哭瞎的。

1998年夏天，长江流域发生特大洪水，方外元的墓地遭到严重损坏。老部队的战友们听到这个消息，连夜开车赶到彭泽县，找到有关部门商讨处理办法。地方领导认为，此次洪灾破坏性强，损坏了很多东西，在修筑江堤的时候，要把方外元的墓也顺便整修一下。后来彭泽县烈士陵园扩建，县里打算把一些散落在外面的烈士墓陆续迁入陵园。鉴于方外元是战功卓著的大英雄，是红土地上成长的好儿郎，县领导决定首批将方外元的烈士墓迁入陵园。

2017年农历腊月，吴妈妈病倒了，子女们都来看她。老人醒来后，对大家说的第一句话就是："你们都来啦，外元呢，他怎么不来看我？"

方外元的二姐含泪走到祭台，把方外元的画像拿给母亲，说："妈，外元来看您了。"

老人家用颤抖的双手抚摸着方外元的画像，说："儿啊，你在那边已经三十多年了，妈妈天天想你，你想妈妈吗？过几天，妈妈就去看你了。"

儿女们不以为然，吴妈妈却一脸认真地对老伴说："这回我真的得去看外元了。"

反复摸着方外元的画像，吴妈妈走了，走得很安详。

方爸爸如今八十七岁高龄，每逢方妈妈和方外元的忌日、生日，他也会用毛巾擦擦老伴的遗像，擦擦儿子的画像，边点香边叮嘱儿子说："外元，你妈年纪大了，眼睛也瞎了，你得多照顾着点……"

文工团的小燕子

游军，北京市人，原二十七军战士。2019年秋天，我们一军几名老战友组团去云南老山地区探访当年阵地，并深入边境山村开展扶贫活动，偶然碰到他。交谈中得知，我们都参加过当年的轮战，彼此间的距离一下子就拉近了许多，共同话语自然多些。

1984年，老山地区边境防御作战任务开始轮战，从内陆腹地军区抽调野战部队轮番作战，一个军轮战一年。这是最高统帅部基于两点考虑做出的重大决定：一是边境部队从1979年开始，一直处于战时状态，需要休整；二是让更多的部队接受战争的锤炼，更多的指战员经历炮火的洗礼。我们一军隶属南京军区，是第一支参加轮战的部队，随后是济南军区的六十七军、兰州军区的四十七军，北京军区的二十七军。轮战部队统一用驻云南的十四军番号，后面以甲、乙、丙、丁加以区分。

一路上回忆起老山前线打仗的岁月，游军讲了不少他们当年的故事，很多都非常有趣。

老地坊，是游军他们团后方轮休的临时宿营区，临时营区都是活动板房搭成的，分散在一些相连起伏的小山包和树林之中，山下是一些散落的村庄人家，还有一所乡村小学，距麻栗坡县城七八公里盘山路。

从一线阵地撤下来到麻栗坡后方休整，对于像游军这般二十岁左右的战士们来说，可算是松了一口气，至少不用再时时紧绷神经，于是就总想弄点什么动静出来，玩乐玩乐。当时他们还都是半大孩子，童心未泯，静不下来。

距离老地坊营区四五公里，有一个大一点的镇子大坪，听说蛮热闹，有很多东西。游军他们之前从来没有去过，听说这么好玩，就想着去瞧瞧。

一次训练休息间隙，游军约了同班战士小罗，溜出营区朝着传说中的大坪镇跑去，一路上闹个不停，挥动着树枝彼此打来打去，一会儿跑到路的右侧，一会儿蹦跳到路的左侧。亚热带边境地区，午间的太阳火辣辣的，没多久两人就热得不行，凌乱地解开军装，帽子拎在手上晃悠悠地。回到后方，不再担心敌人的冷枪暗弹和特工偷袭，他们感觉快活得不行，心情彻底放松了。

一路正玩着跑着，大坪镇的高楼也隐约可见，游军突然听到后面远远传来一阵汽车声。"坏了，糟糕！"他俩回头一看，不约而同地发出惊呼。两部小车，两部蒙着绿色伪装网的北京212吉普车！车里的首长起码是团级！

两人外出没有请假，身上没有请假条，军装也不整，吊儿郎当的样子，如果被逮住了，免不了被通报，严重的甚至可能挨处分。他们第一时间是想跑掉躲开，可就这一条小土路，往前跑，两条腿肯定跑不过四个吉普车轮子。怎么办？只能凭运气豁出去了。游军低声对小罗说："稳住，别怕，先由我来应付。"

不出所料，两部吉普车卷着尘土越过游军他俩，停在前面十来米处。

"嘿，不是咱师的小车，应该是其他单位的车。"游军侧着头，看了一下车牌号，乐了，"甭怕，我们能扛着。"

小车上下来好几个军人，有戴眼镜的，有带着公文皮包的，但腰间都没系武装带，估摸着应该也只是营连级吧。

几个军官拦着他俩，问："你们哪个部队的？怎么这副样子，哪里像个当兵的？有没有请假条？"

游军心里想："就你们几个小芝麻官，又不是我们师的，还管起我们来了！"他心里虽然这么说，但表面佯作镇静地回答："我们是35141部队的，去前面的大坪采购点日用品，都是正常请假出来的。"

对方仔细打量了一下，看游军和小罗的确不是他们部队的，且见两人镇静自若，毫无惊慌之态，也就不好意思问太多了，口气稍稍和缓一点地说："前面就是老百姓村镇了，你们要注意军容军纪，维护战区形象……"

规劝教训几句后，几个军官便钻进小车，一溜烟儿地开远了，后面荡起好多灰尘。游军和小罗过了关，得意得仰天哈哈大笑。

进到大坪镇，游军和小罗才知道当天正逢赶集日，挑担子的、推三轮车的，赶集的群众挤满了小镇子。他俩东走西逛，四处张望着，摸摸这个，瞧瞧那个。来到一处小摊位前，他俩停住脚步，好奇地打量起来。摊主是一位大爷，摊前摆着几只圆圆的大盆，用干净的纱布蒙着，旁边小碗小碟的，摆了好几只，里面红红绿绿的不知是啥调料。游军和小罗看了好一会儿也不懂大爷卖的是啥，就问大爷。大爷小心地掀开上面的纱布让他俩看，里面晶莹透亮，有点像膏药。大爷又拿起一把弯弯的金属刀片，一层一层地从里面刮出来，盛满两只小木碗，再从小碗小碟里捞些调料放进碗里，笑着让游军和小罗尝尝。他俩端起一尝，那真叫清爽好吃！再一问价钱，一碗只需一角钱，便宜得很。他俩一连吃了三碗！

就在游军和小罗美滋滋地品尝小吃时，一位姑娘从大爷背后绕出来，走到摊位前。他俩不约而同地望向姑娘，端着小碗的手在嘴边停住了。

姑娘模样端庄，甚是好看，语调轻柔地说道："你们是北方兵吧，连我们云南这个特色小吃甜点都不知道？这叫木瓜粉，那叫豌豆粉。"小姑娘显然发现了两双发呆的眼睛。

游军和小罗脸"腾"地一下就红了，你望望我，我看看你，一时不知该说些什么好。倒是姑娘大大方方，主动说，她是摊主的女儿，姓杨，是麻栗坡县文工团的，团里都叫她小燕子，欢迎游军和小罗到他们文工团去玩。

从那之后，游军和小罗就念念不忘县文工团，念念不忘小燕子。熬了几天，游军还是约了小罗，请假说去买东西，一口气跑到麻栗坡县城，打听文工团的地址。县城只有两条街，百多米长，他们不费劲就找到了文工团，说找小杨有事。人家告诉他俩，文工团里有三个小杨，一男两女，问找哪位。他俩异口同声地说找小燕子。那人大声叫："燕子，有人找你。"

小燕子不知从哪里冒出来的，见面就说："你俩进门，我就看到了。自从上次见面后，我知道你们会来找我的。"

游军感觉很不好意思，不停地搓着手。

"紧张什么？"小燕子见状，知道他俩不自在，故意缓和气氛地说，"你们当兵的有时都是这样腼腆。看看你俩今天的军装，既干净又整齐，不像上次那副模样。我知道你们是特意准备好了来找我的，对吧？别紧张，放松点，我带你们进文工团里转转。"

游军和小罗忐忑地跟着小燕子走进文工团院子，在空场上看到一群和小燕子一般大小的姑娘，正在叽叽喳喳地说着，真像一群小燕子。小燕子悄声说，这些姑娘都是团里的，会唱歌、会跳舞、会玩乐器，经常去部队演出慰问。

姑娘们见到兵哥哥来了，立即团团地围住，好奇地问这问那。热情的姑娘还拿出自己的特长招待客人，有的跳起了民族舞，有的弹奏起了乐器……并不宽敞的空场地上，一群燕子展翅曼舞，放声歌唱。

这种待遇令游军和小罗受宠若惊，越发不自在，站也不是，坐也不是，额头直冒细汗。没多久，文工团好几个小伙子也加入到了表演中。他们的眼神却很警惕，冰冷冰冷的。

贸然闯入"燕子窝"显然是不明智的！游军和小罗感觉有些不安，坐了一会儿便匆匆离开了文工团。小燕子送他俩出来时，还颇有歉意地解释说，团里的小伙子们并无恶意，只是感觉事情有点太突兀了而已。

返回营区的路上，游军和小罗发誓谁也不得把私入文工团的事说出来。

当天晚上，游军在日记本里简要记录了寻找小燕子的事情，第二天一大早还写了一首打油诗：昨夜睡觉头朝南，梦见燕子在眼前。醒来不见姑娘面，脚蹬床板心好烦！

重回老山找青春

云南中越边境的老山，是我和我的战友打过仗的地方，有三百九十七位战友倒在那里，还有几千名战士流血负伤。离开那里虽然已有三十多年，但心里总是惦念着那一方热土，时常回想起在那里住过的三百多个日日夜夜。

军人走到哪里就把哪里当作家。自从离开那里，天天好想老山前线之"家"，思念我的战友我的兄弟。2015年，我们几位战友相约，分别从杭州，济南，贵阳，深圳出发，去了一次故地。2019年立冬第二天，我只身一人又去了一次。我想一个人去，自由放松一些，能好好地宣泄，用语言和肢体尽情地表达我的真实情感。

坐车首先上老山，接近主峰，雾霭渐渐浓厚起来，时聚时散，有时迷蒙，有时又会有缕缕阳光。这就是老山地区的气候特色，常年云雾缥缈，潮湿难耐。迎面见到现在边防部队住的窗明几净的几幢白色两层小楼，我在营区里徜徉，看看新楼，找找旧时的踪迹，于角角落落里竭力找寻那时工事的模样。流年似水，撷取一朵朵记忆的浪花，战时往事在脑海、在眼前一件件鲜活起来……

车过小坪寨，继续蜿蜒行驶在迂回曲折的山路上，前方依然是急弯和陡坡。车辆沿着盘山公路回旋，一会儿是扑面而来的山崖、密林，一会儿目光所及之处又是雾霭笼罩的深山峡谷。山势越来越高、主峰越来越近，手握钢枪的烈士塑像、镌刻在崖壁上"老山主峰"的红色大字在缥缈的云雾中若隐若现。

老山，英雄之山，听从内心的召唤，我又来了！主峰，二百三十二步台阶，那是二百三十二个不屈的英魂！天梯，狭路相逢勇者胜，那是突击队攻克最后一个堡垒的生死之路！飘扬在老山主峰缭绕云雾中的军旗在猎猎作响，"忠于祖国，青春无悔"的豪迈情怀在参战儿郎心中汹涌激荡！

战友曾经说过，男儿有泪不轻弹，只是没到麻栗坡。麻栗坡烈士陵园坐落在麻栗坡县城西北四公里处的磨山坡上，这里安葬着1984年4月收复老山、八里河东山以及周边战场牺牲的九百六十七位烈士。因地势已趋于低缓，目光所及之处不似老山主峰那般云雾缭绕，我们步入陵园的那一刻，正是阳光明媚的下午。九百六十七座坟茔，九百六十七块缀着红星的墓碑整整齐齐地排列在郁郁葱葱的山坡上，默默无言，犹如梦的山野，奏一曲无声的挽歌……当年，战友们凯旋的时候，你们却永远留在了这里，青松翠柏相伴，滔滔江水呜咽……今天，我来了，怀揣敬仰之心，来到松柏苍翠的墓园。纵然，我看不到你们的身影，因为你们早已化作了连绵起伏的山脉，矗立成高耸云天的丰碑！今天，我来了，难抑感伤之情，何以寄托无尽的哀思？给你们献上一束束清丽典雅的花儿，让花语絮絮，诉说着万般不舍，年复一年的思念。为你们唱响一曲悠扬婉转的歌儿，听歌声阵阵，抚慰你们孤寂无依、悄然沉睡的灵魂。深秋时节，鲜花仍在漫山原野绽放，那是你们生命永远定格在二十岁左右时的青春笑颜。阳光沐浴大地，那是你们用鲜血和生命换来的来之不易的和平。金秋时节，暖风飘荡心语：你们活在我们的记忆里，我们活在你们的事业中，我们永远怀念你们！

车子到了边境小镇码头，看见了弯弯曲曲的盘龙江，这条江从麻栗坡边境的老山、八里河东山之间经年不息地流向越南。河水在中国境内因落差较大，水流湍急，波涛汹涌，进入越南却温柔如同少女。的确，接近口岸，盘龙江江面开阔，水流缓缓地流出边境。船头地势很低，又是一片开阔地。当年，由于这里是通往那拉地区的一个重要后勤保障地，每天送往前线和后方运送来的军需物资源源不断，军工、民工不停地从这里经过。越军的炮弹大量倾泻在这里，边境小集镇到处是断壁残垣，满目疮痍。当然，我们驻扎在口岸上游不远的炮兵阵地也是毫不客气地回敬着越军的猖狂。

1985年元月，我在炮兵阵地遇到一位炮兵连长。天下竟然有如此奇怪之事，我俩是熟人，他当兵时和我一个连队，叫童细苟，比我晚一年当兵，他在侦察班，我在炮一班。我离开连队七年多再也没见过他。他把我拉进一门炮掩体里，迫不及待地说："老陶处长，老连队都知道你在军里当处长，与团长一样。弟兄们都羡慕你，谁想到在这里见到你。"接着他又介绍自己，"我改名了，叫童继伟，我是从战士中提干的最后一批。政治处主任来找我谈话，临走时说，你把名字改改，细苟就是小狗，不好听。连长指导员帮我改了这个名，说是让我继承伟大。接到参战命令，说是打仗部队要补充一些兵员。这个连缺连长，当时我是副连长，政委亲自找我谈话，说你军事素质好，决定提你当连长。叫我打仗，军人不能说二话，但说我军事素质好？那么我当副连长好几年，比我晚当的好几个都提了，临到要我上前线了才提一级。"我说老童你多保重，与他紧紧拥抱，恋恋不舍地离开了。

到了曼棍洞。曼棍洞现在是旅游景点，当时可是十几个雄师劲旅的作战指挥部。一师师首长机关住在洞里面，我去过十多次。第一次是一团首次出击拔点作战。军史政委放心不下，一大早就让警卫员通知我和保卫处陈干事跟他去一师指挥部。史政委一去就在作战指挥沙盘边坐下，听师领导介绍敌我防御态势，我方进攻的部队、路线和作战方法。尽管首长多次听过介绍，但还是那样认真。古人云，缜密初战。我们的将军都有这样的特点。

我和陈干事在一旁站着，从早上7时到下午4时，中饭也顾不上吃，肚子饿得咕咕叫。眼见一直没有听到预期的结果，首长的脸慢慢拉长了，手里香烟一支接一支，话也不讲了。一会他用手招呼我，我赶忙走上前，他说："小陶，我们先回去！"小陈说首长我们吃点饭吧，首长瞪了他一眼，上了车，我俩赶紧跟上。在车上，首长一句话也没讲，打开车窗，死命地抽烟。

第二次到曼棍洞，是因为打了一个大胜仗，大家的气氛很愉悦，碰上《解放军报》记者，他是从一师走出去的名人。正好收发室来送信，记者从一大堆里挑出几封他熟悉的老同事的信，当着大家的面念起来了：

　　亲爱的xx，我好想你呀，夜里我拿着你和我的结婚照，亲了好多口。

记者边念，嘴里边是"啵啵"的接吻声……

　　我的宝贝，昨晚我又做了一个梦，你回来了，一进家关上门，我俩就脱衣服。谁知你的儿子回来了，他一边喊爸爸，一边用脚踢门，唉，这个臭小子……

记者念得正儿八经，满洞人听着笑得前仰后合，几个被点了名的同志连忙上去抢信，拿过一看信封根本没有撕开，原来是记者恶作剧，逗大家的。

还有一次，我去了解英模事迹，询问到许和平。因为在此前，曾听说小许是侦察兵，很有胆量，经常去前沿摸敌情，搞情报，为作战胜利奠定了坚实基础。当他下阵地休整时，听说有个敌要点情况不明朗，他又主动要求上去，这是他第六次了。就是这一次，他再也没回来，尸体也没找着。当时报英雄称号，如果牺牲了，必须见到遗体，以防后面工作被动。我们分析许和平同志可能被炮弹击中，遗体掉到敌方或深沟里去了。可惜许和平没有被授予战斗英雄称号，只追记了一个一等功！

我在陵园里，瞻仰一个一个墓碑，轻轻地念着他们的名字，他们都是英雄！在前线拼杀的勇士，也都是英雄！他们的青春和热血永远定格在英雄的群体里，铭记在老百姓心中！

只要我还能走，我还要去看望我们的老山之家，寻找我们的青春年华！

战壕滚出书法家

我不仅挚爱老战友童树根的书法作品，还特别喜爱看他书法时的笔势，因为他的书法带有浓浓的战场印记，有着特有的炮火硝烟味！

我认识他是20世纪80年代初，那时部队开展培养军地两用人才活动，童树根参加团队的书法学习班，把自己的爱好展现出来，不仅自己刻苦练，还负责教战友，带徒弟，在部队小有名气。军里组织两用人才技艺展示，在军部大操场现场作业，军长，政委带着各师团首长和机关的同志，一个展台一个展台观看，评判。当时我在军机关工作，是这次活动的组织者之一。童树根的书法有了一定功底，又有一股初生牛犊不怕虎的劲头，龙飞凤舞，一些爱好书法的首长交口赞赏，说从这个小伙子的写字架势和作品来看，肯定是有大作为的。

时隔不久，部队开赴南疆作战。童树根是炮兵，整天在战壕里，不分白天黑夜。在紧张残酷的战场环境下，他利用难得的作战空闲时间，翻看先人良帖，琢磨里面的精髓。缺乏工具，他就用树枝木棍一笔一画地习练。不畏牺牲的精神融进了他的血脉，使他的书法更增添了钢筋铁骨。

从部队转业回到地方，他发扬军人传统，寻觅古今名家的精华，长期保持苦练的非凡毅力，独树一帜，颇显童体，尽展功夫！

树根的书法如同一缸老酒，味正醇香，很是耐看。挂在家里，大气，雅气，韵气，弘毅刚烈。

因为他曾是军人，作品带有硝烟味，我越看越爱看！

我陪英雄去感恩

展亚平，"硬骨头六连"原八班班长。1985年1月11日，在云南老山前线阵地上，他为掩护战友严重负伤。

一四四野战医疗所是解放军驻贵阳市的第四四医院派出配属一军参战、担负前线医疗保障任务的"前线医疗所"。

三十三年前，展亚平负伤后，就是被送到这个"前线医疗所"抢救的。期间，展亚平做了两次大手术，由于赢得了宝贵时间，采用了最佳治疗方案，才把展亚平从死神那里拉了回来，创造了战伤救护史上的人间奇迹！

当时，展亚平处于高度昏迷状态。那些为他做过手术，护理过他的医生、护士，他都没有见过面。他一直怀揣着一个心愿，要去寻找救命恩人，见一次面，道一声谢，敬一个礼！

"前线医疗所"的战友们也无时无刻不惦记着展亚平，他们从新闻媒体上和战友的电话书信中，了解到展亚平的信息，一有情况就相互转告，互相传递。

展亚平四肢截了三肢，右手只剩下三个指头，被评为特等残疾军人，个人荣立了一等功。参加全国第二次英模大会时，军委主席紧握着他的手感谢他的英勇；有一个善良美丽的姑娘徐秀兰，主动写信向展亚平求爱，心甘情愿伺候他一辈子，得到了曾经是军人的父亲的坚决支持，他们喜结良缘，生了爱女。密切关注展亚平情况的中共中央政治局委员、总政治部主任余秋里听到这个喜讯，主动给"天使"取了"展晶"这个名字，对"晶"字的寓意，老首长还做了两点解释，一是军人的意志像水晶一样坚硬；二是亚平和秀兰的婚姻像水晶一样纯真！

老首长讲这段话，或许是有同感的吧？他在长征途中任团长时也因负伤失去了一条胳膊。当时条件差，几次伤口腐烂做手术，没有麻药，没有手术刀，就用井水冲，借老百姓家的锯子锯，老首长痛得牙齿咬得咯咯响，硬是没吭一声。

展亚平手术五天后，苏醒过来，慢慢地感觉到只剩下右手，身体只有上半截，医院结论是不能坐立！他痛苦过，伤心过，自己才二十来岁，别说自己的理想和目标实现不了，今后日子该怎么过下去？父母看见能承受得住？

院长开导展亚平："你好好想想，生命由你选择。"

那段日子，展亚平想到连队的光荣称号的背后；想到了连歌《硬骨头六连，你硬在哪里》；想到连队"四过硬三股劲"的作风；想到抢救自己需要输血时，有三百多群众排队，多数还是边疆的少数民族同胞。连队，战友，恋人，展亚平满脑子都装着这些。

展亚平渐渐地明白过来。他带头成立重病号临时党支部，协助医院做思想工作；他用拉力器锻炼，为坐起来做准备，从几分钟，十几分钟，到一个小时，坐的时间不断增加；他又萌发上大学的念头，苏州大学的教授被他感动，破例录取了他。四年大学生活，学校没人不认识这位坐在轮椅上的同学，解放军中的大英雄。

展亚平像变了一个人一样，整天乐呵呵的，还经常写诗歌，写散文，发表在报刊上。他还到机关、企业、学校去讲述战争故事，讲述自己和战友的血火经历，抒发人生感悟，散发万丈豪情，影响同学，启迪他人！

2019年4月份，展亚平和我又见面了。他又一次提出寻找救命恩人的想法。我答应了他，立即向"前线医疗所"的老战友通报。开始还有顾虑，过去这么多年了，大部分人年岁已高了，能不能召集齐呢，能安排顺利吗？

出乎意料，这些担心都是多余的。

"前线医疗所"原医护人员自发成立筹备组，建立微信群，互相转告。八十一岁的章院长自己拿出当年的花名册，一个一个地打电话，一直找到了三十五个人。他们四处搜集当年的文字照片，布置展板，制作横幅，安排场地。

6月8日下午，我们到达贵阳机场，场面非常感人！退休的来了，在位的请假到了，乘公交的，坐的士的，全到了。远在上海，安徽，济南，杭州，深圳，昆明的也赶来了。有的在机场外面站了两个多小时，章院长来回奔走，还像当年那个样！展亚平露面了，他们拥向前，抢着推轮椅，想着当年一米八高的英俊帅气小伙子眼前只有八十六厘米高，已是满头花白。当展亚平高举右手，并拢仅有的三个指头不停地敬礼时，大家的眼睛都湿润了，感慨万千！

9日下午3时，"展亚平感恩之旅战友情"活动正式开始。

第一项仪式点名。参加活动的，不分官职，不论年龄，一样站起来答到，有的拄着拐杖，也挺直腰杆答到。点名同志向章院长报告："战友联谊活动应到五十五人，实到五十三人，因事请假两人。"

展亚平讲话时，十分动情。他说：经常做梦想到你们，想象着你们的样子，今天梦想成真，我和我一家都感谢医疗所的全体战友，是你们救了我的生命，送给了我幸福！

展亚平讲话时，两眼角一直挂着泪水！

活动仪式中，三个外科主治医生介绍了当时抢救的过程。

最后，全体人员起立高唱了那时最爱唱的歌《血染的风采》和《战友之歌》。

6月10日，医院安排我们去遵义会议旧址参观。我边看边想：所有伟大成就的取得，惊人奇迹的出现，其背后都必然有先进思想的引领，崇高精神的支撑。英雄模范虽然出现在不同时期，工作在不同岗位，发生过不同的感人故事，创造过不同的辉煌业绩，但有着相同的思想根基与成长轨迹！

　　6月11日上午，展亚平一行走进了第四四医院，给全院医护人员讲述他的故事。尽管我听了许多遍，但仍然是那样的新奇，那样的受感染。他听说医院也有个因公负伤的辜宇参谋，两年多了，躺在病床上与命运抗争。他请医院姚政委陪着他走近辜参谋的床前，两只手紧紧地握在一起，信心和毅力通过表情和温度在刚刚相识的两位战友之间传递着！

　　伟大的人民孕育伟大的军队，伟大的军队培育伟大的战士。千千万万英模如璀璨星辰，他们的名字成了中华民族的集体记忆，他们铸就的精神虽久经岁月磨蚀，却依然熠熠发光！一四四医疗所的战友们，你们是无名英雄，是前线勇士的温暖家园和生命靠山！所有上过前线的官兵永远怀念和你们朝夕相处，生死与共的日日夜夜，分分秒秒！

　　我们陪着展亚平远赴千里之外的贵阳，寻找和感恩当时救治他的医护人员，连续几天，有关这个活动的微信报道一直受到高度关注，持续发酵，一浪高过一浪，从军营到社会，从上将到士兵，交口称赞，处处传颂。这说明人民群众永远爱戴子弟兵，英雄模范永远是中华民族的脊梁，革命英雄主义永远是人民军队的魂魄！

　　当年展亚平身负重伤，生命垂危，先后经过一师医院、四四医院、六九医院、昆明总院、一一七医院、八五医院等多家医疗单位与死神赛跑的接力赛，才挽救了他的生命。展亚平多次讲过，所有直接参与救治的、曾经关心和帮助他的人，都是救命恩人，他都会终生不忘，永远铭记！

　　展亚平走到哪里，只要听说他是战斗英雄，群众都竖起大拇指，与他合影，帮他推轮椅，几岁小娃娃也亲近他，何缘何故？因为展亚平是英模，英模是时代的先锋，民族的精英，社会的楷模。何谓"英雄"？古人云，聪明秀出谓之英，胆力过人谓之雄。黑格尔说：一代英雄，必然是公认的那个时代目光敏锐的人，他们的业绩、言论，就是那个时代的精华。《现代汉语词典》这样注释英模：不怕困难，不顾自己，为人民利益而英勇斗争，令人钦佩的人！崇拜英模是人类的共性，古今中外，无数平凡之人都是受到英模精神的感染，英模行为的引领，才踏上非凡之途的。展亚平参军到了著名的"硬骨头六连"，十五名战斗英雄的故事在他脑子里深深扎下了根。他立志学习、继承前辈。上了战场，他冲在前线，危险来临他把生的希望让给战友。负伤后他经历了九死一生的煎熬，用剩下的一只胳膊三个手指，做出常人难以做到的事情。伤前伤后，他就是名副其实的英雄，他的事迹使亿万人追随，他的精神让中华大地生辉！

学习英模，是一种高层次的精神境界。伟大是自身生命力的光源，我们能挨近他便是幸福与快乐。经常沐浴在光辉中，所有的灵魂都会感到高大和畅快。歌德有句名言：你若失去了财产，你只失去一点儿；你若失去了荣誉，你就丢掉了许多。一个人常以英模为标杆，才会有向往高尚、谴责耻辱的价值取向。如果常以夜暗为时光，眼前只有黑幕而往往走入歧途！

合力抢救英雄，体现了战友之间的伟大友谊。战友与朋友只有一字之差，但含义却有天壤之别。只有用血和命为国为民为他人奉献牺牲的军人才称得上战友；关键时刻能舍生取义，舍己救人，不是兄弟，胜似兄弟，才称得上战友。展亚平用具体行为诠释了战友之深义，凡是抢救过展亚平的医护人员用心血体现了战友之深情。战友是不分年龄、性别、职务、兴趣爱好的，只能用血用命凝成，是整体的、纯真的、永恒的，是不能用代价交换的！

我们此次感恩之行，再一次证明战友称呼的伟大和崇高，真诚和纯洁！

方彧华情系金平

    方彧华到云南中越边境倾尽全力扶贫帮困的事迹如雷贯耳，中央电视台做过专题宣传报道。由于我与他有着许多相似的经历，很想到现场看看。2019年10月上旬，我听说他和原九十二团的战友们，第十次去金平捐献助学经费和励志书籍，验收建成的项目，便提出与他们同行。他满口答应了。

    过去有些人一提到参战老兵就有某种偏见，把参战老兵当作上访、诉求、闹事的群体。如果去金平走一走，听一听，你会对参战退役老兵有重新认识。他们平凡无私，默默无闻地为人民献出大爱，是人民群众的大孝子、大恩人。在与方彧华同行的五天时间里，我多次感动得热泪盈眶！

    方彧华先后在第十二军、第十一军、第一集团军和浙江省军区工作过，转业回家乡浙江省建德市任司法局副局长，今年六十三岁。金平县是云南省红河州下辖一个多民族聚居的自治县，集边疆、少数民族、深度贫困、高海拔和原战区等元素于一体，经济发展困难。

    1979年2月自卫还击作战之前，方彧华所在的第十一军就驻扎在金平县十里村。三个月的临战训练时间里，部队和这里的哈尼族等四个少数民族的乡亲朝夕相处，结下了深厚情谊，战士们称这里的人民是坚强的靠山，称金平是第二故乡。自卫还击作战之后，有八百多名烈士长眠在这里。

    虽然战争远去了，战士们对这一片土地却一往情深。2009年10月，方彧华和昆明战友们第一次回到金平祭奠烈士，看望房东。从金平回到昆明，方彧华和战友们就围坐在一起商量，去金平如果仅仅为牺牲的战友点一炷香，鞠一个躬，意义就太有限了，缅怀战友最好的方式，就是不忘共产党员的初心，始终践行党章要求，更好地为人民服务。当年边疆少数民族群众同样为国家为民族做出了巨大的牺牲，要人给人，要钱给钱，要粮给粮，甚至有人献出了宝贵的生命，战友们能够为边疆人民做点实实在在的事情，就是对牺牲战友最好的安慰，最好的祭奠。

当时的金平，由于自然条件恶劣，战争状态较长，是全国深度贫困县，脱贫致富的任务十分艰巨，中央指定外交部和上海市定点帮扶。方彧华一直把帮扶金平的事情放在心上。2016年初，他赶往金平住了下来，请当地机关同志带他跑全县最远的村寨，访最穷的人家，找最需要解决的难事，一一记在本子上，早出晚归。十来天时间，他心里有了数。晚上他脑子里过起了"电影"，一件一件，分轻重缓急，琢磨解决的办法，晚上常常急得睡不着。他首先想到了战友，要变一把火为一团火。

对越自卫还击作战时，云南前线的第十一军有一个父子同上战场的故事。第十一军陈军长的儿子陈彪在九十二团任副团长。军长的部下想让陈彪离开一线到后方，陈彪说，我的老子在指挥部队作战，我如果到后方去，等于当了逃兵，给老子丢了脸，这样的军长还有什么号召力！他没有理会，继续留在一线连队作战。军长的儿子在一线，一传十，十传百，十一军数万将士被激发得嗷嗷叫，战斗力倍增！在当年金平方向作战的参战老兵眼中，陈彪一直就像一面战旗！

方彧华找到陈彪，说出了自己的想法，陈彪连声叫好，并表示明天他就把战友一个一个地联络上。很快，一个"参战老兵，不忘初心，身为国家，心在人民"的关爱边疆人民群众的老兵爱心团队就拉起来了。

方彧华忙完了金平的事，又赶回建德，召开了一个家庭会，向妻子和家人介绍边民的疾苦，说出早已酝酿好的家人亲友帮助金平人民的计划，得到家人的一致支持！方彧华一鼓作气，又找到当年一块儿上前线的战友，找到中学同学，找到朋友、旧日的同事和熟悉的企业家，一起伸出援手。浙江宏宇公司、杭州星韵律师事务所、浙商证券公司、新安化工股份集团、杭州市司法系统各家监狱团委、北京美鲜源贸易科技有限公司、北京慧聚空间、建德市新安江中学、新安江中学初中七一届一班同学等单位和个人，先后加入这个心系边疆、扶贫助学队伍。方彧华甚至找到建德市有关领导和相关部门负责人，动员他们去金平，走边关，祭奠烈士，感受贫困。在他的努力下，许多人的心灵受到强烈震撼，纷纷伸出援助之手，一场众人牵手，前赴后继帮助边疆群众脱贫的持久战打响了。

四年时间里，这支以退役老兵为骨干的扶贫队伍，在偏僻的西南边陲大山里，先后帮助捐建了学校教学楼、老兵爱心卫生院、教师宿舍楼和老兵爱心图书阅览室，结对帮助五十多名品学兼优、家境贫寒的少数民族学子完成学业，为他（她）们全额提供学费支持。

方彧华原已与十里村草果山一个叫邓伊情的瑶族中学生结对助学。一天晚上，他在一户哈尼族贫困户家庭走访时，被这户人家的贫困状况深深打动。这个家庭的主人因为一次劳作摔伤致残，二女儿又出世，更加重了家庭的负担，父母为二女儿取名李霜，意为雪上加霜。为了一家人的生计，四十八岁的女主人扛起了养家大梁，每天天没亮就背着竹篓走十多里路去县城建筑工地背水泥、砖头，为丈夫和女儿挣药费、学费。目睹这个家庭的贫困状况，方彧华又忍不住流下了眼泪，他对男主人说：你妻子不容易，每天她回来别忘了为她烧点水让她洗个热水澡，你们女儿今后的学费由我承担。

为了让更多的贫困生能安心读书，在方彧华的牵线下，浙江新安化工股份集团在金平县十里村边境中学设立了助学基金，为那些品学兼优但家境贫寒的少数民族学子提供全额助学金，还出资在建德工业技校专门为金平县开办了职业技术培训班，招收金平的学子，实行就学就业一条龙。这一项计划，公司要专项支出三百多万元经费。浙江冠洋控股集团等企业也向金平的退役军人伸出了橄榄枝，招收优秀退役军人来企业当骨干。

方彧华先后到金平十多次，有时候一次长达十多天。为了能融入金平便利帮扶工作，方彧华学讲当地话，学唱当地民族歌，学跳当地民族舞。不仅金平县、乡、村的不少领导认识他，学校的老师认识他，甚至许多普通百姓也熟悉他，一见面，就方哥、方爷爷、方叔叔叫个不停，格外亲切。随方彧华金平之行，我亲身感受到了这一点。金平县领导说：方哥就是我们金平人。一位哈尼族的老乡说：方哥就是我们的亲人。很多金平人被方彧华的大爱情怀深深感动，有的少数民族兄弟去深山老林里采来野生灵芝、三七送给方彧华补身体；方彧华身体染恙半夜入院，哈尼族朋友李文学、普红梅夫妇一直在病房陪护到凌晨三点多，点滴挂完，将方彧华送回房间才离开。

这天，我们来到十里村大寨，哈尼族老乡留我们一行在他家里吃哈尼农家饭。我们在露天阳台上边说边唱时，突然有人说：快看，彩虹出来了，是参战老兵带来的吉祥，是哈尼族人的好兆头，我们长这么大都没见过寨子东边出彩虹。周围几户哈尼族村民都赶过来围在方彧华身边翩翩起舞，大声歌唱：

> 来喂，
>
> 月上东山彩云追，
>
> 妹等阿哥莱国里。
>
> 牛羊猪鸡进了圈，
>
> 不见阿哥呦把笛吹。
>
> 真不真？你说呢噶，
>
> 二月初十你来会我，
>
> 多依树下我等着你。
>
> 等着你，莱国里，
>
> 金竹银锅装满了水。
>
> 你要是不来，
>
> 不来我不回真不真？

你说呢噶。
二月初十一定来，
多依树下我等着你。
等见你，莱国里，
见你只想说上一句话。
不爱么别个，
只爱么，只爱你，
不爱别个，只爱你，只爱你。

月下西山星星稀，
哥等么阿妹莱国里。
不见阿妹哥不走，
爱听阿妹呦笑声脆。
真不真，你说呢噶？
二月初十一定来，
多依树下我等见你。

等见你，莱国里，
见你只想说上一句话，
不爱么别个，
只爱么，只爱你，
不爱别个，只爱你，只爱你。
阿妹阿妹来看我，
千万不要走小路。
小路上的蟒蛇多，
我怕你被咬着。

阿妹阿妹来看我，

千万不要坐火车。

火车上的流氓多，

我怕你被摸着。

阿妹阿妹来看我，

千万不要坐飞机。

飞机上的大款多，

我怕你被拐着。

阿妹阿妹来看我，

要来就从梦中来。

梦中的你和我，

想乍整就乍整啰！

……

唱了一歌又一歌，跳了一曲又一曲，久久不肯散去！

金平人民对方彧华和他的战友们的感情是发自内心的，因为方彧华们的行动感动了他们。

有一次，方彧华到海拔一千四百多米的干塘中心小学，看到几平方米的地方睡了十个学生，双层床上铺的学生只能弯曲着腰，老师上厕所要走七十多米，一个女老师怀着身孕任教，每周挺着大肚子打摩的上山教学，有了孩子后，晚上上厕所就成了一件难事，走夜路怕，还有这孩子是放在房间里呢，还是把他弄醒带着上厕所？女老师说着抽泣不止，说成天想的就是早点调出去，哪怕不进县城，只要能出山就行。

方彧华听着，泪水再一次流淌出来。他想：一个老师如果都不安心教学了，农家孩子在基础阶段就失分了，要想让少数民族的学子学到真知识，为以后走向社会、报效祖国打下扎实的知识基础，就必须让老师们有个好的教学和生活环境。他暗下决心：我一定尽快帮助这里造一幢教师宿舍楼，让每一位老师有一间带卫生间的宿舍；建标准学生宿舍，一人一张床。回到家，他奔走于上海、杭州、长沙之间，托朋友找热心人，使用多种法子凑够了经费，又赶到金平，和县领导、教育局的同志一块儿选好地址，建起了一幢综合楼，实现了他的承诺。在综合楼建造过程中，他还不忘打电话给金平县教育局长，千叮咛万嘱咐让每个老师都有卫生间。

熟悉方彧华的人都知道，他身患多种疾病，但为了边疆人民，他经常忍受病痛折磨。他的左耳一段时间失聪，耳鸣严重。医生说这种病不宜乘飞机，可他不听劝告。这次我坐他旁边，亲眼见他一上飞机，就用双手塞住耳朵，一声不吭。飞机升降时，他紧咬牙关，腮帮子一鼓一鼓的！

2016年10月，方彧华承诺为因缺乏资金而停建的十里村中心小学教学楼筹资。从金平回到建德，他就四处奔走，八方寻求支援，一位企业家被他的精神打动，表示愿意出资一百万，七十万用于教学楼建设，三十万用于添办教学设备。方彧华说好来年清明节借祭奠牺牲战友时把资金送去金平。2017年2月28日，方彧华因急性前列腺炎发作，医院检查出两项指标疑似肿瘤，医生建议他休息半月后复查。可是，为了实现对金平的承诺，方彧华义无反顾地提前到3月9日就与朋友出发去了金平。他还特意请人为这座教学楼题名为"连群教学楼"，他说这是要彰显共产党人心连群众的决心！

教学楼建成了，学生们坐进了宽敞明亮的教室，方彧华心安了。当时，他写了一首诗，记录下心迹——

> 许与金平共担难，
>
> 同学战友下边关。
>
> 个人苦痛一边放，
>
> 大厦落成心始安。

在即将离开金平的时候，方彧华又一如既往，去干树枝寨看望当年的房东，当他得知房东家正在读书的十六岁女儿因得病无钱治疗，不得不中断学业去外地打工挣钱为自己治病时，方彧华又忍不住落泪了。他想到这个远离县城的高海拔地区，少数民族兄弟因为交通不便，家庭经济拮据，因病致贫，小病拖大，大病等死的现象肯定不少，一下子产生了联络战友们，为这里捐建一所卫生院的念头。他当即与陪同他的金平县人大常委会主任曹福顺商定，请金平方面马上选一个中心村寨建造卫生院，自己和原九十二团的战友们负责筹钱。为筹集这笔费用，方彧华尝尽了人间辛酸苦辣，冷水浇头，肝火攻心，冷嘲热讽……凭着军人的坚强意志和执着的精神，他硬是在两个月的时间里，与战友和朋友们筹足了建造卫生院的经费，又请中国美术学院原院长肖峰先生题写了"老兵爱心卫生院"的院名，与战友们一道，于5月29日赶到金平。由于长时间的体力和精神付出，方彧华的免疫力严重下降，出发前，他的腰部患上带状疱疹，疼痛难忍，他硬是忍着病痛参加了6月1日的"老兵爱心卫生院"的奠基仪式，晚上又冒着大雨到二十公里外的山寨贫困学生中家访，一直忙到晚上十二点半才去金平医院求诊，挂药到凌晨三点才出院。第二天早上就离开了金平，当天傍晚回到昆明。战友们途中为他配齐了药水，边吃晚饭边打点滴，在场的战友无不动容。

在"老兵爱心卫生院"奠基那天，方彧华用两首诗记录了他和战友们当时的心情——

> 七下金平感慨多，
> 边民疾苦堵心窝。
> 今天能做今天做，
> 公仆当为主人谋。

> 千里迢迢送福音，
> 牛栏冲寨践初心。
> 撸起袖子加油干，
> 要为边民除哭声。

方彧华为了金平，还亏欠了老父亲。2018年底，他和战友们商定2019年3月9日到金平落实一个项目，谁知三月初老父亲旧病复发住院，医生说这次老人恐怕挺不了几天。这边是奄奄一息的父亲，那边是急急盼等的乡亲，他心里充满了矛盾和痛苦，他哥哥的一句话为他释了难，哥哥说："家事让国事，你按计划走，把老百姓的事办好就是对父亲最好的安慰"。3月8日晚上，方彧华陪护父亲一夜，深夜借着病房微弱的光，他抱着父亲的身体，头轻轻地挨着父亲的头，用手机拍了一个自拍，算是父子之间最后的一张合影。从金平回来，父亲的骨灰盒入土的那一刻，他用脸贴着父亲的骨灰盒，任凭泪水不停地流。他在心里说：爸爸，打我们兄弟懂事起，你就教育我们多做好事，多做善事。你走时，我虽然没有为你尽到孝，但我为边疆人民尽了忠。你到了天堂那边多多保佑我的那些兄弟乡亲，让他们快快过上富裕幸福的生活！

方彧华和他的战友们，他们曾经是军人，他们曾经为国征战疆场，脱下军装几十年了，他们仍然把自己放在军人的位置上，仍然不忘入伍之初就受到的人民军队的宗旨教育，用他们的不懈追求去影响更多的退役军人爱党、爱国、爱人民。他们在金平做的实事好事数不胜数。就连后来方彧华原来所在的三连官兵在金平搞团圆活动，方彧华都建议当年的连首长，带上全连官兵给战前驻扎过的哈尼族寨子的村民每户送上十斤食油、五十斤大米、一床棉被。我在想，他们的情怀和追求也许都体现在方彧华的那首诗中——

军旅人生是课堂，

酸甜苦辣皆营养。

兵书百本心头过，

报效人民第一章。

昆明有群最美退役参战老兵

春城昆明，不仅景色美、天气美，人更美。

春城数百万百姓中，有一群退役参战老兵，数十年来默默地为边疆人民、为战友和邻里乡亲应急帮需、扶贫治穷，做了大量好事、实事，感动了百姓，安抚了烈士，为退役军人争了光，添了彩！

他们就是原十一军九十二团副团长陈彪和郑志、宋金平、黄显文、张学、郭子明、田云萍等。后来这群人中，还增加了贵州的刘玉平、严刚和浙江的詹兆鸿等，其中刘玉平是最早响应陈彪的号召加入这个爱心团队的老兵。每次向边疆少数民族群众献爱心，他出钱最多。

温馨站——全国四面八方的战友称赞说

从1979年2月17日开始，云南边境燃烧了十年战火，全国各地数十万官兵参加了这场战争，很多烈士遗体就掩埋在边境线上数个墓地里。每年都会有众多烈士的家人、战友乃至素不相识的百姓经昆明去边境线祭奠扫墓。不管是熟悉的，还是不熟悉的，只要是路过昆明的祭扫者，这群退役老兵都会主动询问联系，了解情况，提供多方面帮助。有的烈士家属身上经费不够，老兵就帮着凑，并腾出自己的房子和床铺，邀请他们一块儿吃饭。昆明至边境县域，距离六七百公里，以前又没有高速公路，来回一趟非常不容易。内地人乘车走山路常晕车，老兵们就向单位请假陪他们走，或自己开车带他们去。没有车的，还借同事的车接送。退休后，他们更是主动做好这项服务保障工作，有的一年来回边境县域十几趟。

智囊团——边疆人民称赞说

红河州金平县在边境线上是全国少有的特别贫困县之一。几十年来，由于自然条件恶劣等多方面原因，金平经济发展严重滞后，尽管中央指定由外交部和上海市结对帮扶，但老百姓的生活条件还是非常差。1979年初，九十二团就驻扎在金平县境内，当时，老百姓为了支援前线，做出了巨大的奉献和牺牲。九十二团老兵们始终记在心上，多次下金平，走遍大山峻岭、村村寨寨：到少数民族兄弟家里同住同吃，亲身体验疾苦，帮他们出主意想办法；带着县乡村干部走出大山，到沿海发达地区参观，帮助他们开阔视野，更新观念，拓宽思路；商请发达地区的战友为金平招商引资，从民生急需入手寻求新的发展项目。几十年，他们共引进来自北京、上海、杭州、厦门、江苏等沿海发达地区或城市企业家的资助资金二百五十余万元；在金平县建学校，盖教师宿舍楼，建图书室，使得少数民族小学的入学率由过去的70%左右上升到96%。少数民族重男轻女的旧习甚为浓厚，女童上学率极低，他们就一家一家上门做工作，苦口婆心地宣讲"无论男孩女孩，只有读书识字，才能长知识；走出大山，拓宽视野，才能够过上富足的幸福生活"。功夫不负有心人，经过地方领导和他们的努力，女孩入学率接近男孩。老百姓说："这些参战老兵，几十年来一直记挂着我们，解放军是各族人民最放心的大恩人！"

排头兵——地方各级领导称赞说

几十年来，这群参战老兵有多大的力量就出多大力量，坚持把作战驻地当作自己的家一样来爱、一样来建。

边境村寨分散，有的缺医少药，他们就选好一片相对集中的地方，建起了老兵爱心卫生院。房子建好后，他们还是放心不下，就专门派黄显文当代表去卫生院看看还缺什么。卫生院里的医生知道老兵们也不容易，为了建房子，他们东奔西走好不容易才凑够六十多万元资金，现在虽然还缺少一点医疗设备和办公用品，但为这么点东西不好意思开口。黄显文知道了情况就说："不要客气，我们是一家人，缺什么尽管说，我们来想办法。"医生扳着指头一样一样地点，初步算出了所需经费。黄显文当场打电话报告陈彪。陈彪立即通知大家集合，人到齐了，陈彪简单说明情况，经费还需要几万元，建议大家捐款解决。说完，陈彪从自己口袋里掏出一把现金。他一带头，其他人都抢着报数额，经合计，超出原来预算一万多元。用这些钱，他们为老兵爱心卫生院添置了病床、办公桌椅、电脑、洗衣机、冰箱等设施。战友茹红疆是所有战友中工资收入最低的，本人身体也不好，但每次陈彪发动战友为金平捐款他都积极响应，每次去金平他都坚持参加，还向贫困户捐出二百元。黄显文担任昆明战友帮扶金平团队秘书长，虽然他的爱人身患重症，但每次他都坚持要一起下金平，爱人需要人照顾，他就请女儿帮忙照看着。

帮扶团成员李云虎，曾是1979年南疆作战时九十二团三连的一名新兵，他的事迹更是让战友们感动。仅在2017年里，李云虎就三次随团下金平帮扶。第三次出发前，他已经明显感到身体很乏力，但为了响应帮扶团的召唤，为了不影响大家的热情和决心，仍然坚持去金平。从金平返回昆明的途中，他感觉腹部疼痛，一手强按着，一手开着车，咬牙强撑着回到了昆明。不久后，李云虎就因病去世了！

"八一"军旗熠熠生辉。原九十二团昆明籍的十余名参战老兵，坚持不懈地为边疆少数民族百姓群众扶贫、办实事的事迹在当年十一军参战老兵中已广为流传，产生了积极影响。他们就是十余面鲜艳的旗帜！每次下金平开展祭奠活动，他们从不穿军装、不喊口号、不留垃圾，特别讲党性、重形象、不扰民。金平的机关干部、学校老师和村寨百姓深深地记住了这些老兵的名字。

怕过中秋

——一位烈士妻子的心里话

中秋节，总是万家团圆，纵隔千里也共婵娟！

可是对我，只是空抬双眼，度日如年！

你这一去就是三十多年！每年的中秋，我总是习惯仰望苍天。明月当空，却找不到我那一半！

形单影只，我只当作你我相依倾诉的时间。抱着冰凉的墓碑，好像贴着你滚烫的心田。

你走得那么匆忙，又那么壮烈。我听人讲过无数遍，枕上泪水何时曾干？

众人面前，我强装笑脸。尽管你在遗嘱里，反复央求我，一定要重新找一个，可是这辈子你永远在我心间！

岁岁年年怕这一天，也日日夜夜盼着这一天！

从我第一次来到这里，就拿定了主意，到了那个日子，我就来躺在你身边，诉说咱俩的心里话，一遍又一遍，一遍又一遍……

妈妈，儿子为您打前站

妈妈，三十七年前，
您送我参军，
把胸前的大红花摸了无数遍，
光荣，骄傲，期盼！
西陲边关，敌人在侵犯，
儿我带着您和乡亲的嘱托，
拼命与强盗厮杀好勇敢，
不幸倒下，就再也没睁开眼。

躺在这里三十六年，
我天天在心里把妈妈呼唤！
多么想您来看看我，
可我知道您要劳作，
更知道您没有钱，
您经常望着门上那块光荣烈士匾，
眼里泛出泪花一线线。

妈妈，我知道您八十三岁了，

拿着好心人捐的款，

千里奔波来到我的身边。

听着您惊天动地的哭声，

不孝儿只能给您长跪磕头，

对不起呀妈妈，我说千百次道歉，

请您快回去，路上慢慢走。

儿的心在发颤！

妈妈，我知道您迟早要来这里，

儿用残缺身体，

整修了路上的沟沟坎坎。

我想象得到，

等母子见面相拥痛哭时，

重逢话儿说不完！

第六篇

践行英模

我与拥军模范朱龙训

曾有人问我：当兵的最大意义是什么？

我很认真地回答他：当兵的最大意义，就是锤炼一个男子汉！能够当一个好兵，生活中一定是一个好人，一个大写的"人"！不管是工作，还是生活，都一定能够做得有声有色。

我的很多战友就是这样，经过了部队的历练，他们退役后，通过自己的坚持，自己的坚守，把人生的价值实现了最大化，又反过来影响了社会。

战友见面就是过节

我们的初心是保卫和平，

当年，从乡村，从工厂，从学校报名，

参军，入伍，当兵，

理想，志愿，心声，

为了中华民族的安全，

全世界人民的和平，

时刻准备好了，

实现初心，流血舍命！

虽然已经退伍转业，

如果祖国有令，

我们随时再返战位，

重温军人誓言，

带头冲锋陷阵，

我们是边境线上的铆钉，

是部队退役的老兵！

我们的家庭是军营，

从五湖四海走到一起，

开始互不相识，彼此陌生！

那时，

一块儿吃住行，

一块儿坐小板凳，

一块儿苦练兵。

生病了，相互问冷暖，

心烦了，相互谈谈心，

你帮我，我帮他。

军营是大学校，

军营是聚宝盆，

军营是磨刀石，

军营是定盘星！

战友似兄弟，

如同一家亲！

我们的关系是平等的，

军衔从将军到列兵，

年龄从爷爷到孙孙，

文化从博士到文盲，

说话南腔北调，

吃饭五味杂陈，

还有民族，性别，职业，待遇，

是战友使我们身份平等，

只要当个兵，

战友称呼伴随一生！

我们的感情是缘分，

离开了，难舍的分手，

经常做梦，梦中常见当兵的那些事，

经常唠叨，念念不忘的是军营，

遇到沟沟坎坎，雄姿军威助我跨越，

遇到艰难困险，铮铮铁骨撑我打拼，

每当相逢时，

说不完的兵营话，

饮不醉的军魂酒，

道不尽的战友情。

"八一"是建军节，

也是战友节，

在我们心目里，

见面就是节日，

战友用独有的方式来欢庆！

大校村支书

一个人的工作好不好、生活质量高不高，取决于他会不会学习。

老战友吴惠芳从师政治部主任岗位上选择退役，自主择业，回老家苏州张家港市永联村当了一名村干部，扎根基层，带领一方百姓致富，建设美丽乡村，当选为十三届全国人大代表，被表彰为省级劳动模范，所在村党委也被中组部表彰，奖章、荣誉一大串。

前不久，中宣部、退役军人事务部联合评选表彰了二十名全国最美退役军人，老吴就是其中一位。

吴惠芳能有今天的辉煌，有人说他有父亲吴栋才打下的基础，创造的条件。这话不假，但是从古至今有多少官二代、富二代成了纨绔子弟、败家之子，倒了江山，毁了家业。吴惠芳却在继承中创新，在创新中发展，一步一个台阶，得到广泛认可，这得益于他善于学习。

我认识吴栋才、吴惠芳父子快三十年了。那年集团军党委机关组织理论学习，首长请永联村书记吴栋才讲课，帮助大家正确理解党的改革开放政策，我才知道苏南除了华西村吴仁宝书记外，还有一个永联村，书记也姓吴。吴栋才书记开口就说，他曾当过兵，参加过抗美援朝，他的儿子也在我们部队，还上过老山前线。课后，我才知道他儿子吴惠芳就在一师组织科，与我同一系统，我们还常有工作上的联系。

1993年初，我到一师任政治部主任，吴惠芳是副营职干事，负责纪检工作。后来，他历任团政治处副主任、干部科长、团政治处主任、团政委。十年后，我担任一师政委，他也当上了一师政治部主任。他常同我开玩笑，说："政委呀，你来当主任时，我是个小干事。现在我进了班子，成了你的直接副手。"我听了非常高兴，说："老吴，你进步快，靠的是会学习，干得好，当之无愧啊！"

2003年，我调到第十二集团军。2005年初，一年一次转业干部即将摸底，吴惠芳突然给我打来电话，说他准备转业，选择自主择业，回老家当农民，领导们都不同意，想听听我的意见。开始我感到有些突然，因为他很优秀，是后备干部，没准能晋升将军的，现在不想当将军却要当农民，从天堂杭州回到老家苏州农村，团聚的家庭又要分散，下这个决心非同寻常，无疑经过了深思熟虑。我了解我的老战友、老部下，第二天便打电话给他，说完全支持，佩服他的勇气！就因为这个鲜明态度，他的妻子好长时间对我有意见，以后一见面总是眼泪汪汪的，说："就你老大哥说的话，才使吴惠芳铁了心。他转业我是同意的，到省市机关安排个工作，一家人过过安稳舒心的日子挺好的。但回农村当农民，我是坚决反对的。撇下我们母女，又要过分居的日子，这不是自找折磨、自寻痛苦吗？"我半玩笑半当真地说："真是对不起你呀，弟妹！但你是大学教授，时间一长你会理解惠芳的用心良苦的！"

他回农村十五年，我去了永联村十多次，每次都能看到他那军人特有的勃发风采，听到他的工作经历和人生感悟。看到他身上的气场越来越大，我获得的教育也越来越多，不由得常回忆起与他的交往点滴。

记得吴惠芳当干部科长时，直接领导师幼儿园。当时缺园长，杭州市群艺馆馆长推荐了黑龙江省机关一位业务副院长，但我们不知道对方素质如何、调动难度大不大，我就请吴惠芳去协调。他通过多方打听，又派人前去哈尔滨考察，运用军地人才引进政策，把园长招来了。后来，我才知道为了弄懂政策，他到有关单位查阅了大量资料，请教了许多内行，才能一路绿灯地办好这件事。

上级规定不准外省籍干部、志愿兵在驻地找对象，违反规定的给予处分。一些欠发达省份的官兵想在杭州成家，转业退役不回老家，有的就暗中踏了红线。其实，我们对这个有点"无厘头"的规定也有点看法，十分同情这些战友。怎么办？我找到吴惠芳商量。吴惠芳反复研究政策规定，请示上级明确"驻地"的范围，很快就找到了解决的办法：一是允许官兵在杭州郊区的县里找女友，但不能在市区找；二是已找了女友的，团里政治机关批准就可以领结婚证，取消上报师政治部备案的土规定。这两个决定是重大突破，帮助许多同志在杭州郊区的萧山、余杭、富阳、临安等县成了家，后来这些县都改为区，他们也就成了新杭州人，提早过上了幸福生活。但做出这两个决定，在当时，却是冒了很大风险的。

吴惠芳晋升团政委时，部队编制体制调整，两个团合并成一个团，班子成员和部队几乎是一家一半，能否做到合编合心合力是头等大事。他和严杰团长率先示范，两个脑袋一条心，对人对事公正公道，不分过去单位，不讲过去部下，一视同仁，很快形成一加一大于二的局面。

工作中，他能小中见大，带动全局。为了使官兵养成节约、读书的好习惯，他让共青团工作委员会倡导开展"少抽一包烟，多读一本书"活动，团常委带头响应，争做"无烟团"。部队训练强度大，官兵天天要洗澡。团澡堂是个大池子，冬天，二十多个连队要两天才能洗完，后面官兵来洗时，池水浑浊，脏兮兮的，不少人不经请假就到附近的地方澡堂洗澡，很不利于管理。他与严团长商定，引进了地方企业进营区经营浴池，由池浴改为淋浴，还设了桑拿间，取名"素桑拿"，供有能力消费的官兵使用。部队驻扎"天堂"杭州，官兵家人朋友来旅游的多，为了解决他们的请吃困难问题，团里又委托地方办了"军人之家"小饭店，既经济实惠又美味可口。

吴惠芳的这些做法顺应了时代发展，很受官兵的欢迎，有的做法还被其他单位借鉴。

南京军区办了干部本科文化读书班，吴惠芳被推选去读书。近两年的学习生活，他除了学好功课，还晚睡早起，利用业余时间认真阅读《军队基层建设纲要》，一章一节对照自己的工作笔记，找出规律性的东西，计算项目的量化标准，预测社会和部队未来发展带来的新情况，以及需要舍弃、补充和完善的内容，完成了洋洋洒洒十多万字的毕业论文，专家学者觉得很有价值，取名《基层建设评价方法研究》，由国防科技大学出版社出版，成为畅销书。后来，地方出版社又再版发行了一次。

吴惠芳回到永联村，军人变农民，厅级干部变村干部，工作环境、对象、内容变了，但他还是那个性格，那个作风，部队养成的好习惯没有变，早起床、勤健体、爱学习，想好的事情立马干。

上班第一天，一屋子工作人员迎接他，一看，都是年龄偏大、文化程度不高的农民。没有高学历的人才，哪有高标准的建设！他干的第一件事，就是抓队伍建设，在网上发布招聘信息，亲自到大学去演讲，播放录像，招来了一批本科生、研究生。他还专程到苏北部队去找素质好，或有特长的退役军人。

农村招人不易，留人更难。他开座谈会听取这些新人的意见建议，为这些年轻人牵线做媒，举办集体婚礼，帮其成家。在村里建起了新村民公寓房、歌舞厅、网吧间、阅览室，建立薪酬激励体系，制定公开竞聘机制。有了拴心留人的优越条件，很快这些年轻人就有了永联新村民的满足感、荣誉感、自豪感，安心留下，争相展示自己的聪明才智。

2006年初，村党委决定，把工厂周围散居田间地头的三千六百多户人家全部搬迁，实现集中居住。这是一场硬仗，对吴惠芳既是挑战，也是考验！

搬迁、拆房子，要面对各种利益诉求；建房子，必须狠抓进度和质量；分房子，要平衡好各种关系，做到公正合理。他的一个姑姑找上门说："惠芳啊，我岁数大，腿又受过伤，爬不了楼梯，我就在一楼拿一套吧。"楼层之间的居住环境各有优劣，村民们分房需要抽签确定楼层。他姑姑不仅要插队，还不想抽签，这意味着姑姑要破规矩！吴惠芳耐心地给姑姑做工作，讲道理，姑姑听不进，说他当个村干部，芝麻官，就六亲不认了。他就是寸步不让，对姑姑说："不错，我是个芝麻官，但再小也是永联老百姓信任选上的，照顾了你姑姑一个人，我怎么面对一万多村民，任你怎么说，怎么骂，只能说声对不起。"硬是按规矩办，对谁也不开口子。这件事让村民刮目相看，背后称赞说："当过兵的就是不一样，我们对他放心，信得过！"农村里七大姑八大姨，到处是盘根错节的关系，他就靠公正办事，赢得了民心。

他说起解决这些棘手的事，是那样轻松自信，使我回想起他在部队时破解的那些难题。那时士兵学开车、考军校、直接提干，都是有指标的。每逢此时，部队领导都会接到电话、条子，甚至有人专程来部队当面说情，不少关系是顶头上司甚至顶头上司的顶头上司，说起来吓死人，真是得罪不起！为了保证选拔公平公正，他和团长统一思想和办法，经团常委会研究决定，先把指标分到各单位，让下级主官把得票多的预备对象带到考场，政治理论、训练成绩当面过堂，当面评分，然后按推选票数、考核成绩，从高到低公开选拔，让士兵和基层干部都很服气。之后，他们主动给落选的"关系兵"的介绍人打电话说明原因，多数人表示理解。少数人也无可奈何，有气难言！

张家港永联村变成了小城镇，农民住进了楼房，土地流转给了集体，从土地上解放出来的农民，去哪里就业？靠什么提高收入？吴惠芳请来专家，一块儿探讨论证，大胆提出发展乡村旅游，这不仅可以带动村民就业，还能提高农业的附加值。

听说村里要搞旅游，有的人反对："村里一没有自然风光，二没有历史人文，拿什么搞旅游？"他就请专家给村民上课，反复开导："我们有长江美食、农耕文化、田园风光，同样可以吸引游客。"最终说服多数村民赞成。

他迅速组织一帮人，规划、设计、施工。一年多后，占地五百亩的农耕文化园建成，还在小镇打造了一条江鲜美食街，共解决了四百多个村民就业，每年接待国内外游客近一百万人次，旅游收入一个多亿。

有个身患癌症、病情稳定的村民找到他，要求安排一份工作，好贴补开支。这件事引起了他的思考：虽然多数村民有了稳定的工作和收入，但那些年龄不大，身体却不好，文化程度不高的村民怎么办？他提议成立劳务公司，把其他企业里的保洁、保绿、保安等岗位剥离出来，与劳务公司签订协议，吸纳这些村民就业，共安排了几百人，帮助村民离土不离乡，住地城镇化。

有个村干部向他反映，刚建的文化活动中心洗手间的感应水龙头坏了近一半。怎么回事？原来，村民们感到这个用具新鲜，不知道水是怎么出来的，很好奇，总喜欢跑去摸摸扭扭，搞来搞去就弄坏了。有人建议还是换上过去习惯手拧的龙头。他没有答应，召集村干部针对这件事讨论。经过讨论，大家认识到，农民兄弟是少见多怪，不能只怨他们，更不能因此不让他们接触新鲜事物，而应该采取多种办法让农民开眼界、长知识，让其见而不奇，用多不怪。

吴惠芳还通过举办生活常识讲座，教会村民使用电梯、银行卡、网络电视；举办培训班，普及电脑知识、交通法规、文明礼仪知识。村里还设立了慈善奖学基金、互助关爱志愿者联合会、社会文明建设推进会，建设图书馆、小戏楼、村民议事厅。村里阅览室订有二十多个省的报纸，供村里外省籍的职工阅看，了解家乡情况，架起感情纽带。村图书馆和张家港市图书馆联网，每周更换书籍。

吴惠芳还多次带着村民到大城市参观游玩，增长见识，村民们学会了跳广场舞、做健身操，过着大城市市民一样的生活。2010年，上海举办世博会。他居然别出心裁，提议"永联万人看世博"。有人说，农民没文化，啥也看不懂，等于把钱白白扔进黄浦江。他却开导说："谁天生有文化？农民出去长见识，就是长文化！"村里与公交公司签下合同，每天八辆大巴车，浩浩荡荡开进大上海。整整一个月，全村老百姓既享受了欢乐，又增长了见识！2015年意大利米兰世博会，专门开放了一个永联村展览馆，作为中国的唯一代表，向世界展示了中国新农村的风采！当时，吴惠芳两眼饱含热泪，双手高举证书，不停地挥舞着！

近年来，吴惠芳先后登上中央党校等著名高等学府的讲台，向中国人、外国人讲授中国农村未来发展的方向、目标和路径，描绘着他心目中的愿景和梦想！

朱龙训待军人如亲人

朱龙训何许人也？他是浙江省嘉兴市海盐县澉浦镇一位普通农民、退伍战士、个体企业家，今年七十一岁。

十五年前，我任一师政委。七月带部队到东海游泳训练，找到他家住下。他一听说，马上和老伴刘梅宝一合计，把刚建好的别墅上下两层房子全腾空，就连独生女的闺房也让出来给部队住（女儿被他赶去单位住段时间），当天开着车去县城买来进口空调、日用品和饮料，待我们如同一家人，我们岁数大的叫他们"龙大哥、刘大姐"，岁数小的叫他们"龙叔、刘阿姨"。他四岁小外孙子喊我们"解放军叔叔"。晚饭后，朱大哥在家里举办了一场拥军晚会，他拿出在部队演出队学到的拿手戏，又跳又唱，刘大姐也第一次上场表演。我们也情不自禁加入欢快的歌舞中。

朱龙训1965年入伍沈阳空军某部，1969年退役回农村种田。20世纪80年代初，时逢改革开放大好时机，他凭着当兵学到的一不怕苦二不怕死敢闯敢干的劲头，开办企业，和当时同一个县的步鑫生干一样的轻纺服装，步鑫生属县集体企业，朱龙训属乡镇个体联户企业。他们都遇到同样的困难和艰辛，也同样咬牙挺胸熬了过来！他和步鑫生是患难之交，用他习惯的口头语来讲：我们也是一个战壕的战友。都是在改革开放征途上涉水闯滩，当过河卒，做排头兵，扛迎风旗！后来，步鑫生光荣当选全国政协委员！朱龙训光荣当选嘉兴市第二届、第三届人民代表！

企业做大了，生活富裕了，朱龙训日夜思念锻炼培育过他的部队。他的老部队远在东北，也早已整编了。看到我们部队来海训，立即把我们拉到他家里。

他的做法传遍了全镇，许多乡亲都照着他的样子做。我们尽管每天训练游得手腿酸痛，身上晒脱了皮，可一回到住地，见到热情的乡亲，疼痛立刻减轻了许多。第二天劲头更足，练得更猛！

不知不觉二十多天过去了，训练快结束了，也临近八一建军节，我让助理员颜虹去买菜和酒，我来烧，晚上和朱大哥一家话别。这顿饭我们吃了很长时间，他、刘大姐，还有特意赶回来的女儿、女婿都喝了很多酒。大家都说一阵哭一阵，那才叫依依不舍！

后来的七年，部队每年都去海训，指挥所都安在朱龙训家，他一如既往地待军人如亲人，逢人就讲，我过去当空军，这下又当了七年陆军。有部队赠匾：授予朱龙训同志荣誉士兵。他视若珍宝，挂在进门最显眼的地方！

十几年过去了，我们在他家住过的战友，无论是当了大区级，晋了中将，上了北京，还是退休转业退伍的普通士兵，都对朱龙训非常惦念，常有电话联系，像亲戚一样来往。接任我的一位领导，提升进京担任要职，有次从北京来浙江公干，硬是挤出一点时间从杭州赶到溆浦，到他家看看，并邀请朱龙训到北京做客，尊如贵宾。在他家住的领导中有五人晋升为将军，都把他当亲大哥，邀请他去新任职的地方参观游览。

我几乎年年都要与他们见面，都是在双方家里。我到江西省军区工作后，他们夫妇来了两次。第一次到南昌，看了八一起义纪念馆，小平小道，还有滕王阁等名胜古迹。解说员开口说：尊敬的首长，欢迎您来参观指导。他回来说不好意思。我说很对很对，我专门让他们这样称呼你的！由于时间紧，他想去井冈山的愿望没能实现。我一直记在心里，第三年，我又特地陪他们夫妇去井冈山住了两个晚上，请最好的讲解员——井冈山市委党史办副主任李海清女士给他俩介绍。那两天，我们参观了主要红色景点，还在八角楼旁品尝了红米饭、南瓜汤。后来，我又陪他们去福建、舟山等地，看了海军舰艇和老朋友。我开玩笑：朱大哥这下你海陆空军全干过了。他哈哈大笑，连声说是呀是呀！

前些日子，他打我手机："听讲老部队改编了，又移防了一部分。我想在家里办个'军史陈列馆'，能天天进去看看，少些记挂。老战友想念老部队可以来我家。"我听了大吃一惊，个人办家庭军史馆，谈何容易！他说他试试看。

正值三伏天，我又去了他的家，眼前一亮，简直不可想象。房子整修一新，"老兵军史馆"五个红字格外鲜艳夺目。我走进展览馆屋子，眼泪夺眶而出：只见屋子中间放张大桌子，地下摆满各种照片，实物，资料。朱龙训夫妇和一位早已熟悉的张大哥(转业干部)，三个年过古稀的老人，一人戴着一副老花镜，有人拿着本子和笔，有人在资料堆里翻看，背上衣服被汗水浸湿了。

"我反复考虑取了这个馆名，最符合我和你大姐的心意，也能让战友感到亲切。"朱大哥介绍说，"请你老弟来当当参谋。我办展览馆要像我，首先政治上要把牢，不出问题；再就是要有农民特色、家的特色、感情特色；另外要简洁，让战友一看就眼熟，就明白，就亲切，来了还想来！这也是我们共同商量定下的三原则。"我连声说定得好，就同他们一块儿干。简单吃好中饭，顾不上休息，接着干。朱大哥说："战友们听说了这件事，纷纷从四面八方寄来物品，还有部队边境作战的录像带，十六勇士出征誓师大会上的录音带，时间久了放得不顺畅，等修好了，战友看看墙上的展板，再坐下来观看录像，听听录音，就更圆满一些！"

下午，我告别他们，返回杭州路上，手机响了，一看是朱大哥的。他兴奋地说：老弟，录像带、录音带全恢复了，这下太好了，争取在建军九十周年开馆，我在家里等战友！

2017年8月1日，正是中国人民解放军建军九十周年，朱龙训一家"四喜临门"，全家人笑得合不拢嘴了！

第一喜：喜迎建军节。老朱夫人刘大姐说，前天我们看阅兵，队伍好威武，先进武器那么多，有了这些，我们老百姓天天能睡安稳觉。边说两只手边竖起大拇指！

第二喜：县里授予他家国防教育基地称号，上午县里要举行揭牌仪式。

第三喜："老兵军史馆"在这天开馆，好多贵宾要赶来参加，有的客人过去想见都见不着的，今天也要专程赶来。说到这时，老朱正在读大学的孙子不停地摆弄手中的相机，担心关键时刻掉链子。

第四喜：喜迎八方贵宾要客。上午9点过后，老朱夫妇和孙子穿戴整齐，站在门口向公路的远处张望，老朱还不停地接听着手机。来了，边境作战的功臣田峰自驾车第一个报到。田峰一下车，就庄重地向老朱敬了一个礼，连声说：朱大哥，久仰，久仰你的大名，今天专程来参观学习。老朱一把拉住田峰的手，领进家，倒上茶水。不一会，客人陆续到了，他们是贺龙元帅的女儿贺晓明大姐及女儿珂珂，原武汉军区副司令员的女儿唐大姐，原第二军医大学政委傅翠和将军，原边境作战坚守英雄连指导员，现上海某区副区长朱永泉，边境作战一等功臣赵勇等数十人。他们分别是从北京、上海、深圳、杭州等地赶来的。

贺大姐一下车，与老朱一家三口一一握手。贺大姐说："老朱你好大的名气，成了网红啦，你的事迹我在北京都看到了。你做得好，今天我是专门赶来看望你，感谢你，参观你的老兵军史馆。"一位位尊贵的客人，从空军战士，农民企业家，人民代表，在老朱的陪同下，一个展板一个展板地看过来。大家啧啧称赞：了不起！真是了不起！

走进"老兵军史馆"，客人们更是大为吃惊，馆里四周墙上挂满了图片。正面是军史部分，记录了第一军从南昌起义九十年来各个历史时期的沿革和光辉历程。左边墙上展示了重要工作，比如战备训练，对敌作战，抢险救灾等工作，右边墙上是英模单位和个人的锦旗，奖杯、奖章照片。对面墙上是参观者的留影留言。两面墙边还安装着多个展柜，里面放着陆、海、空、火箭军等诸军兵种的部分武器模型，还有许多战友送来的纪念品，各式各样，甚是丰富。

客人看得很仔细，很认真。当贺大姐看到父亲少年时的相片和湖南桑植老屋相片以及贺帅指挥南昌起义时用过的手枪和怀表时，眼睛噙着泪水。深情地对女儿珂珂说："这次带你一块来受教育，就是要世世代代不要忘记，没有中国共产党的正确选择，正确领导，没有老一辈无产阶级革命家的舍生忘死，前赴后继，没有像老朱这些普通善良的民众百姓，就没有中国的今天，你们的今天。朱爷爷创办的小小家庭军史馆，在中国可能是第一人！我们也要把这里当作军人的家。"随后，她从提包里拿出一本厚书，送给老朱，说："这本书记载着我们这支部队如何诞生，怎样走向胜利、走向辉煌的历程，是一部血与火的史实，书名《血脉》，是女儿珂珂亲笔写的，我今天带来，送给您的老兵军史馆！"老朱激动地用双手接过来，说："这又是一件镇馆之宝，太珍贵啦！"大家报以热烈掌声！

不知不觉过了两个多小时，老朱拿来签到簿，请大家签名。客人端端正正坐在桌边，一一写下自己的名字。早已过了约定返回的时间，客人还是依依不舍，纷纷合影留念！贺大姐临上车时还紧紧握住朱大哥夫妇的手，反复说："你们就是军人的亲人，这里也是我的家，我还会来的！"

车开动了，远去了，车窗外，客人的手还挥动不停！

后来，"老兵军史馆"出了名，当地党政机关干部、入伍新兵、中小学生纷纷前来参观。朱龙训给参观者讲解党和人民军队的光荣历史和海训部队官兵的感人事迹。嘉兴市、海盐县的"国防教育实践教育基地"的铜匾也挂在老朱家的显眼处。老朱又趁热打铁，主动要求走进学校、走进社区、走进军（警）营，上国防教育课，有时一天两三堂课，他开着车赶场子。

他最高兴的是戴着红领巾给小学生讲课，他说："万丈高楼打好基，国防教育抓娃娃，让小孩子们从记事开始就在心中播下军队和国防建设的种子，一代一代传下去，我们中华民族就永远不会再受欺负，老百姓就天天能睡安稳觉了！"

杨将军看望拥军模范

杨笑祥将军从江西省军区政委任上平调到浙江省军区任政委后，到各地去了解熟悉情况，得知嘉兴市海盐县澉浦镇农民朱龙训在家里办了一个"老兵军史馆"，里面珍藏了许多宝贝，其中不少还是第一集团军一师官兵的。杨政委曾任过一师政委，无论从哪方面来讲，他都想到老朱家里去看望慰问，也要参观见识一下"老兵军史馆。"

新春佳节期间，他专程到了朱龙训家。

杨政委一下车，就紧握着朱龙训的手说："久仰大名，今天终于见到你了。"

杨政委在朱龙训夫妇的陪同下，一块块展板，一件件实物，认真地观看、询问，还坐下来听朱龙训的详细介绍，并在台阶上合影留念。

临别时，杨政委大声说："谢谢你朱大哥！你对国家、对军队，有高山一样的厚重情怀，有大海一样的宽广境界。这件事情是功德无量的，我们要尽好职责学习你，宣传你，把你这块拥军模范的名片擦得更亮，叫得更响，传得更广！"

不久后，杨政委晋升进京，还挂上了中将军衔。朱龙训听了十分高兴，逢人就讲"我老朱家里风水好"。

三个英模会聚重症监护室

　　"八一建军节"期间，浙江省海盐县澉浦镇村民朱龙训忙得有点分身乏术，接连在省里荣获"爱国拥军模范"和"最美退役军人"两个殊荣，又要出席省、市、县的多场庆祝活动，还要给络绎不绝的参观人群介绍家庭国防教育基地和"老兵军史馆"。他和老伴刘梅宝心里还装着一件急着要办的大事。

　　8月2日一大早，老两口就出门，心急火燎地赶往宁波市，去看望病重的老战友嵇琪和他母亲。

　　嵇琪和他母亲也是一对老英模。宁波市镇海区退役军人嵇琪，原在一师"硬骨头六连"当兵，1998年8月7日，江西九江长江大堤决口，一师万余官兵乘火车以最快速度赶赴九江，参与封堵决口的战斗。嵇琪在一个多月的时间内，连续战斗，昏倒了十次，坚持不下阵地。回到营房，他还是经常晕倒。后经南京军区总医院检查，他的头颅里长了恶性胶质瘤，有十厘米大。虽然医院做了切除手术，但不能根治。比照过去的病例，所有专家都预测他的生命只能用周来计算了！可奇迹出现了，嵇琪顽强战病魔，一次又一次从死亡线上返回，一直活到现在，整整二十二年。手术后不久，他从南京军区总院转到杭州一一七医院继续治疗，病情稳定出院后，他妈妈不想影响连队，带着儿子回到宁波镇海区骆驼镇老家。疾病复发就近由当地的一一三部队医院治疗。组织上对嵇琪的事迹进行总结，报请南京军区授予他"新时期硬骨头战士"荣誉称号。

　　嵇妈妈早年丧夫，在儿子生病和治疗期间，深明大义，非常理解、支持部队，最大限度减轻部队的负担，还多次不顾虚弱的身体，悄悄地去义务献血，帮助连队做一些力所能及的事情。平凡而伟大母亲的事迹感天动地。浙江省领导听了介绍为之自豪，浙江省委、省政府授予她"爱国拥军好母亲"的荣誉称号。

　　嵇琪的残存病灶压迫了神经，两腿和左手不能活动，嵇妈妈一个人承担了常人难以想象的负担。儿子由于不能运动，又要加强营养增强对疾病的抵抗力，体重一百八十多斤的嵇琪每天上下床，坐轮椅，上卫生间，都靠体重百来斤的妈妈双手抱、双肩扛。他们住在二楼，嵇琪经常患病，白天她有时叫邻居帮忙抬下楼，可到了夜里，她不好意思打扰别人，就自己背着儿子，抓住扶手，一个台阶一个台阶地往下挪，儿子两脚拖在地上。儿子听力还好，可说话功能不行，她就给他读书念报纸，讲战斗英雄的故事，讲老部队的情况，陪他看电视。二十多年，她几乎天天陪着儿子，一天三餐都做合儿子口味的饭菜。自己生病却硬撑着。她真是好累好累，白天在儿子面前装笑脸，晚上在被子里流眼泪，担心哭声让儿子听到，就紧咬牙关，不停地抽泣。

　　前一阵子儿子旧病复发，生命垂危，被送到医院的重症监护室，切开气管进行抢救，嵇妈妈又当上了陪护。有几天，嵇琪的生命体征越来越微弱，活过来的希望渺茫，征求家人的意见，是否继续抢救？有人就劝嵇妈妈，你已经辛劳了几十年，很对得起儿子了，这次就放弃了吧……嵇妈妈一口回绝，以超强的坚毅口气说："琪儿不仅是我的亲骨肉，还是我的强大精神支柱，没有他我一天也活不下去，我相信他会挺过来的！"

　　听到嵇琪病危的消息，省、市退役军人事务厅局的领导赶来了，部队老首长，老战友赶来了，已移防千里之外的老部队代表赶来了，镇海区镇领导和乡亲更是天天探视！

　　朱龙训和老伴六点钟坐地铁出发到杭州东站，坐上D3231次列车，七点十五分驶离杭州东站，列车带着他们担忧的心情，去看望重病的战友。二十年前，他把自己刚刚盖好的楼房，连续七年让给一师做海训指挥部，一师首长授予他"荣誉士兵"。他入伍的空军老单位撤销了，他就把一师当老部队，把官兵当亲人。他早就听说嵇琪母子的事迹，家里挂着这位硬骨头战士的相片，他还曾专门邀请母子俩到家里来做客。

高铁列车飞驶在杭甬铁路线上，列车好像很理解两位老人的心情，很准时。他们在医院旁的鲜花店里买了一捧鲜花，老朱亲笔写上了"祝小嵇战友早日康复，战友朱龙训！"他们乘上电梯登上十三楼，走进病房，看到了嵇琪躺在病床上，切开的气管插上了管子。老朱和老伴一左一右快步走上前，轻轻抓住嵇琪的两只手，两位老人泪水止不住地流淌下来。老朱不停地叫"小嵇小战友"，嵇琪好像听见了，眼皮微弱地动了动。老朱夫妻又与嵇妈妈聊了小嵇的病情，鼓励并安慰她。临走，老伴又拿出早已准备的慰问金红包，放在嵇琪的枕头边，走出医院，坐上返程G7520次高铁。

七十多岁的朱龙训夫妇看望了嵇琪，奇迹又一次出现了，嵇妈妈电话告诉大家，儿子转危为安了。他们母子要感谢这个社会，感谢许多热心人！

女大学生爱上伤残军人

　　我任江西省军区政委的时候，一次偶然的机会，听说了政治部朱干事的弟弟朱光进与"80后"女大学毕业生张秀桃相濡以沫的爱情故事。

　　朱光进是江西省鄱阳县鄱阳镇朱家桥村人，1996年在北京军区某部服役，1999年参加演习意外摔伤，高位截瘫，一级伤残，生活难以自理。张秀桃，河北省石家庄人，2003年毕业于河北医科大学，和朱光进于2002年8月在病房相识，遂相爱，2009年1月结婚。

　　故事很感人，开始我还半信半疑。没过几天，我就专门到鄱阳看望朱光进一家，详细地聊他们的爱情故事。将近四个小时，基本上是张秀桃在讲，偶尔遇到记不准的环节，她就问问朱光进。回忆一路走过的坎坎坷坷，甜甜蜜蜜，有一半时间张秀桃都是饱含泪水在讲，忍不住时就一直哭，朱光进也跟着流眼泪。

　　听完讲述，我的疑惑全打消了，用震撼、敬慕形容一点也不为过。张秀桃对军人的崇敬、对丈夫朱光进的挚爱是发自内心的，是真诚无私的！在返回的路上，我就一直在思考，如何把张秀桃关爱军人、无私奉献的事迹广泛宣传出来，把她这个典型叫响，让她成为年轻人的楷模和榜样，激发全社会拥军爱军的正能量。

　　第二天一早，我就把政治部李主任和宣传处饶处长请来一块儿商量，决定先派一个工作组去鄱阳、石家庄等地全面搜集信息，深入挖掘事迹，尽快整理出一篇材料。我让饶处长领衔这个工作组。饶处长是九江人，深爱红土地，大学毕业后到九江陶渊明纪念馆工作，干到馆长，后辞职从戎。到政治部之前，他先后在人武部、军分区工作过，特长之一是有支好笔头。我对他的工作一直很满意。

在这个过程中，有人反映朱光进虽然是军人，但没有在我们省军区系统服役的经历，与我们搭不上什么关系，没必要兴师动众去宣传。思维和认识不在同一个层面的人，讲道理有时是听不进去的，只能用事实来教育感动他们。我相信饶处长他们整理的先进事迹一定能消除大家认识上的偏差。

很快，工作组就把张秀桃的先进事迹材料整理出来了。饶处长果然不负众望，当他把材料送给我看时，我又一次被深深打动，泪水不时涌出。我把材料带回家，夫人和女儿看过后，同样非常敬佩张秀桃，感叹地说：世上还有这么好的人，真是太了不起，太打动人了！

部队宣传，地方跟进，张秀桃倾情照顾朱光进的爱情故事迅速在红土地和她的河北老家传播开来，全社会掀起了学习最美军嫂张秀桃的浪潮。2012年，她被授予"全国爱国拥军模范"荣誉称号，在北京人民大会堂受到党和国家领导人的接见。

没人再异议我们的工作了。为进一步宣扬拥军典型，激励爱军精神，2012年省军区党委中心组第一季度理论学习，我们邀请张秀桃同志出席并作专题辅导。我将时间安排在"三八妇女节"这一天，利用电视电话会议召开，组织省军区和各军分区、人武部（所、库）全体干部战士职工参加。

那天张秀桃看上去很朴素，但很大方、有精神，虽然几度落泪，但内心始终洋溢着幸福。她开篇说，一路走来，她笑过、哭过、爱过、恨过，酸甜苦辣都尝过，但她从来没有放弃过、后悔过！太多的感受刻骨铭心，太多的感慨难以言表。来到江西鄱阳已有七个春秋，她很高兴自己嫁给了一位当过兵的人，成为一名地地道道的红土地人。她想同大家讲些真话、实话、心里话。

大家都在擦眼泪。我坐在官兵中间，认真听着，沉浸在一幕幕动人的场景之中……

　　和光进相逢相识，既是缘分注定，更是军人情结注定。我感到照顾一个因公伤残的军人，不但要抚平他的身体伤痕，更需要抚慰他的心灵伤痛。

　　记得2002年7月底，学校安排我到河北鹿泉市部队医院实习，我兴奋得几天没睡好觉，因为军营是我一直向往的地方。虽然实习生无缘那身绿军装，但能天天和那些充满朝气、充满活力的军人相处，我也十分高兴！那年建军节，我迫不及待地报到上班。大清早，老师领着我来到特护病房，看到一位面容憔悴但不失帅气的军人，闭目躺在病床上。见面后，老师又带我到门外轻声交代："他叫朱光进，二十四岁，在一次演习中颈椎粉碎性骨折，造成高位截瘫快三年了，生命期大致只有五年，从今天开始，你负责每天为他腹部造瘘换药术和膀胱冲洗。"

　　实习第一天，就接到这么特殊的任务，我的压力真不小。每天护理完，光进除了客气地说声"谢谢"外，就一言不发。任凭我怎么问，他都不愿多说一句话。他常常发呆，活像一个木偶人，有时甚至拒绝进食。我向知情人打听，得知光进入伍后积极上进，什么工作都抢着干，还写得一手好字，被连里选为文书，领导和战友都很喜欢他。但在受伤后，他一直情绪低落、自暴自弃，三年多了，没人能与他沟通，没人能走进他的内心世界。知道情况后，我的心隐隐作痛。看着他那张年轻却毫无生气的脸，我暗下决心，决不能让他一辈子就这样躺在这里，不但要抚平他身体的伤痕，更要抚慰他心灵的伤痛！为打开光进的心结，我开始自学心理学知识，并虚心向有经验的医护人员请教，一有空就走进他的病房，不管他愿不愿意，我都对着他问这问那；不管分内分外的事，我都为他做，剪指甲、掏耳朵、做按摩。

　　一天，两天，三天……记不得多少个日日夜夜，我终于撬开了他的嘴巴。有一天，我为他剪完指甲，他突然将脸正对着我，轻轻地问："你为什么对我这么好？"我一愣，但马上脱口而出："你是一位铁血军人，我是你的粉丝、你的朋友，我希望你尽快好起来、站起来。"他点点头，第一次露出了笑容，那笑容充满阳光。就这样，我们成了无话不谈的朋友，并以兄妹相称。他的心情一天天好起来，病情也得到控制，并慢慢有了好转。

可是，好景不长。2003年4月，"非典"袭来，医院要求所有实习生离院，我虽苦苦哀求，也未能留下。光进的情绪变得异常烦躁，甚至拒绝吃药打针，病情又开始恶化，尿道时常堵塞并伴有血尿症状。听到这个消息，我的眼泪夺眶而出，真想插翅飞回医院。可是医院和学校都不同意我的请求，我只好每天给他写信，鼓励他、安慰他。2003年5月4日，我在信中这样写道："进哥哥，请不要消沉、不要悲观，你因公负伤，是我心目中的英雄！过不了多久，我会回到你身边的。"7月份毕业典礼结束，我没有回家，也没有告诉父母，而是直奔石家庄火车站去了鹿泉部队医院。那天正好是光进的生日，当我手捧一束洁白无瑕的百合花微笑着出现在病房时，他却哭了，哭得像一个孩子。刹那间，我的直觉告诉我，我爱上他了。

和光进相识相爱，既没有甜言蜜语，更没有花前月下。我深信爱能延续生命，虽然光进没有健康的身躯，但是不能没有完整的爱。

为了方便照顾光进，我在医院附近的餐馆找了一份工作，并在医院对面租了一间房。我的住房和他的病房只有一百多米的距离，我们透过窗户能够相互看到对方。那段日子里，在餐馆，我边打工边学习烧饭做菜；回到住处，我就做好吃的送到医院。对此，他总是心生怜爱、万般不舍。这样的日子虽然清苦平淡，但我们都感到很甜蜜、很充实。

快乐的时光一闪而过。2003年底，在光进家人的一再请求下，组织上安排光进回鄱阳老家康复治疗。我提出要护送他回家，但被他父母婉言拒绝了。他妈妈对我说："你有这份心，我们全家感激不尽！光进遇上你，是前世修来的福分！"我知道，他妈妈为我好，是在宽慰我，是不想让光进拖累我。我只有默默地为他整理行装，默默地送他们上火车。当火车缓缓开动的一刹那，我泪流满面、泣不成声，头脑一片空白，追着启动的火车跑了很远很远。

光进走后，我回到老家，找到一份工作，生活倒是平静，但天各一方，思念如潮水般袭来，光进的一颦一笑始终在我脑海里回荡。孤独的夜晚总是那么漫长，思念的日子总是那么难熬，我才真正理解"一日不见，如隔三秋"这种牵挂的痛楚。由于对他的健康状况极度担忧，多少次梦里光进离我而去，多少次醒来泪水浸湿枕巾……离别的日子里，只有鸿雁传书才能一解相思之苦。三百多天我们来往的书信有一百多封，不少信长达十几页，摞起来就有一尺多高。光进常说，捧读我的书信是他最大的快乐和享受！

高位截瘫，小事也成了难事。光进每次回信，都要让家人绑起双手，夹住笔，一笔一画地写；手写不动了，就用嘴咬住笔写。光进的来信大多是报喜藏忧，但每次看到那厚厚的回信上歪歪斜斜的字，我都会躲在被窝里痛哭一场。我知道，每天重复着床上躺着、轮椅上坐着的单调生活，他不可能像信上写的那样快乐。记得2004年11月份，有好几天没有收到光进的来信，我打电话问他妈妈，从他妈妈吞吞吐吐、欲言又止的话语中，我预感到出了大事。在我的一再哀求下，他妈妈边哭边说，自打回家后，光进心情一直不好，最近病情加重，几次流露出轻生的念头。得知实情，我没有流泪，没有过多的思考，坚定地对他妈妈说："请阿姨告诉光进，这几天我就到鄱阳去，让他好好等着我。"

得知我要去江西，我的父母担忧至极，一百个不愿意。父亲一会儿耐心规劝，一会儿暴跳如雷，母亲整日以泪洗面。他们还动员所有亲戚和一些同学轮番劝阻。但我知道此时的光进，无论是病情，还是心情，最需要的人是我。爱能延续生命，爱能创造奇迹，只有我的爱才能挽救他的生命。我耐心劝慰父母："光进虽然是一个残疾人,可他是一个有梦想、有责任感、有人情味的军人。这个时候放弃他,就等于放弃他的生命。他虽然没有健康的身躯,但不能没有完整的爱。"

凭着一份执着的信念,我的家人和亲朋好友也被感化了。我辞掉在石家庄的工作,辗转反复,多方打听,终于找到了远隔千里的光进老家——鄱阳县鄱阳镇朱家桥村。一年后的重逢,我们紧紧相拥、抱头痛哭,光进的家人和村里人都陪着我俩潸然泪下。我对光进说:"从今往后,有我就有你,生死不相离。"

和光进相携相伴,既有诸多不便,更有刻骨之痛。我坚信不管未来的路有多长、有多难,有爱就有希望,有爱就会有奇迹。

到了鄱阳,我就成了光进的家人。但头五年始终没有得到妻子的名分。几次提起婚事,光进坚决不同意,总是说:"医生六年前就断定我活不长久,这你比谁都清楚,我是把每一天都当作人生的最后一天来过的。有你陪在身边,我死而无憾,我不能再剥夺你一生的幸福!"他的父母也苦言谢绝。看着他们那样坚决,我也就不再看重什么名分,只要能照顾好他,其他什么都不重要。

每天早上,我把一百五十多斤的他从床上抱到轮椅上,晚上又将他从轮椅上抱到床上。考虑到他每天一坐就是十几个小时,我坚持每天中午让他上床休息两个小时。那时我的体重不到一百斤,好几次因体力不支失去重心,两人一起摔倒在地,每次他都摸着我青肿的胳臂心疼不已。为增强臂力,我买来拉力器坚持锻炼,天长日久,现在我将他抱进抱出已经不再吃力。过去我是一个沾上枕头就能睡着、打雷都吵不醒的人,可自从和他在一起,我却不敢睡得太熟。因为光进睡觉无法翻身,每天深夜我要为他翻身三四次,还要通过腹部膀胱造瘘来排泄尿液,稍不及时就会因发炎而出血漏尿。由于常年躺坐,致使他落下便秘的病根。大便不通时,我一点点帮他抠,直到彻底排除,光进总是觉得于心不忍。为了能让他站起来、走起来，我拜老中医为师，苦学按摩技术，防止他肌肉萎缩。坚持每天早晚两次给他做肢体康复性按摩，一遍下来至少要一个多小时。时间一长，我的手指关节膨胀成畸形。只要天气好，我就推着轮椅陪他散心，村头村尾都留下了我们的足迹。

有爱就会有奇迹。五年多的不离不弃，五年多的精心照料，光进的身体一天比一天好起来。在诸多好心人的劝导下，光进终于同意与我结婚。2009年元旦婚礼那天，因光进身体的原因拜不成天地，因远隔千里的原因缺少了娘家人，就这样我迎来了一个没有拜堂、没有娘家人参加的婚礼。光进饱含热泪、自责不已，而我是那么的满足。2011年1月，女儿哇哇降生，我们拥有了爱的结晶。我的实习指导老师发来贺信，说我们创造了生命奇迹。我也特有成就感，因为那是军人的后代、希望的种子。有了宝贝女儿后，光进一天到晚更乐呵了，精神也越来越好。

自从进了光进的家门，我很少回娘家，平时也很少打电话问候父母，因为我要把省下来的路费、电话费，给他买些好药治病疗伤。对此我的父母从来没有怪罪，她们知道光进离不开我，也知道我们的经济状况，逢年过节电话里总是安慰说："我们身体很好，你们不用挂念。只要你们过得好，我们就放心了。"

可就在2012年元旦前夕，我的母亲突发脑梗深度昏迷。接到电话后，我匆匆忙忙赶往石家庄。当我出现在病房时，父亲急切地告诉母亲，女儿回来了！母亲艰难地睁开双眼，眼里充满了期盼。可还没等我叫声娘，老人便闭上了双眼，安静地走了。遗体送别那天，任凭我如何努力，就是站不起来。我愧疚至极，长跪在地，接受亲朋好友的安慰。料理完母亲的后事，我匆匆回到鄱阳，光进才知道我的母亲已然离世。他特意让我烧了一条鱼，点了一炷香，自己喝下十年来的第一杯酒，面对北方颤抖地说："妈妈，女婿不孝，没能去看您，就请吃一回鄱阳湖的鱼吧。"然后抱着我痛哭不止。

　　这么多年来，我就是这样与光进相知相爱、相濡以沫、相携相伴的。虽然什么样的话我都听过，什么样的苦我都尝过，在没有人的角落我曾放声大哭，在睡不着的夜晚我曾流过整夜的泪，但我从来没有后悔过自己的选择，组织上也给了我莫大的关怀。我不但取得了执业医师资格，前不久更是被评为"全国爱国拥军模范"，受到党和国家领导人的接见。请领导和同志们相信，未来的路不管有多长、有多难，我都要以爱的温暖、家的温馨去照顾好光进残缺的身躯，抚平光进心中的创伤，与光进钟爱一生、相伴永远。

　　……

　　主会场、分会场爆发出经久而热烈的掌声。

　　我紧握着张秀桃的手，由衷地表示敬佩和感谢，对她说："秀桃，你用一生来照顾我们的伤残军人，这是至真、至善、至美的胸怀。我们省军区各级部队就是你的'娘家'，全体官兵就是你的'亲人'。有什么事情，你随时来找我们，因为照顾你就是照顾我们的战友。"

　　"建军节"前夕，我又专程去鄱阳看望张秀桃夫妇，询问家庭状况，探讨解决一些实际问题，并代表家人送上了慰问金。2013年退休前，我放心不下，特别给她去电话叮嘱，有困难找组织，必要时也可以找我协调。张秀桃表示，她会时刻警醒自己，一定会坚守诺言，照顾好丈夫，照看好家庭。后来，她从没有打电话向我诉说过困难，倒是在每次获得新的荣誉后，都会第一时间向我报喜。她还被表彰为全国"三八红旗手""道德模范提名奖"，获得的省市县级奖项更是难计其数，其家庭还荣获全国"最美家庭"荣誉称号。

　　2015年2月11日，张秀桃在北京参加全国军民迎新春茶话会。当她得知将与习近平总书记同桌而坐时，激动得打电话告诉了我。我对她说：太了不起了，真为你感到开心和激动，这都是你艰辛付出所应得的回报，要好好珍惜！

　　张秀桃夫妇很懂得感恩，知道我生病动了手术，就一直惦记着来杭州看我，但因当时女儿太小，朱光进又需要照顾，所以迟迟没能如愿。直到2015

年6月女儿放暑假，张秀桃才利用机会，一个人自驾，带着一家三口，歇歇停停，十个多小时才到杭州。他们怕给我添麻烦，出发前并没有告诉我行程，自己在杭州酒店住下来后才打电话给我。我原计划第二天独自去西藏的，赶紧不作声把机票改签了。

他们是第一次来杭州，非常不容易。为了让她们一家人吃住方便，玩得开心，我重新给他们安排了酒店，并尽可能把吃、住、行都安排妥当，以减轻张秀桃身上的担子。

在我和我家人的挽留下，张秀桃一家在杭州待了三天。天遂人愿，风和日丽，气清月朗，尽管有诸多不便，但一家人游遍了"天堂"美景：梦幻西子湖、神奇雷峰塔、禅意灵隐寺，还有吴山、河坊街，都留下了他们的身影。

致敬军嫂

应邀为战友证婚，
我说，你们携手成家合法合理合情！
新娘，你从此就是军嫂，
因为你嫁给了军人！

军嫂，我相信你的眼睛，
你千挑百选，
还是相中了军人。
你说，祖国要强大，
人民要安宁，
百姓的梦想要成真，
都离不开军人！
赢得全场掌声雷鸣，
许多人的眼眶都湿润！

军嫂，你还说，
军人身体好，本领强，
人品很正，
直脾气，

敢担当，

硬骨柔情！

军嫂啊，

你嫁给了军人，

就是选择了奉献和牺牲。

是战争催生了军人，

战机在长空穿梭，

潜艇在深海游弋，

还有突发的灾难，

军人常常也向死神靠近，

你可要用无比的坚强支撑！

军嫂啊，

你嫁给了军人，

就是选择了辛劳和担当，

你要照顾双方的父母，四个老人，

因为你俩都是独生子女，

还要抚养你们的子女，

千斤重担压上你的肩膀，

里里外外忙个不停，

你虽是女儿身，

可要替他当好大男人！

常说妇女半边天，

你顶起的却是满天星！

军嫂啊，你嫁给了军人，

就是选择了寂寞和孤独！

军人是个特殊的岗位，

不能花前月下，朝夕相会，

他也时时牵挂思念你，

可形影不离的是战友和口令！

漫漫的长夜，

房间只有你一人，

千呼万唤他不应，

只能看着婚纱合影，

捶打旁边的枕头，

眼泪不住地淌，

时间煎熬着你的心！

军嫂啊，

你嫁给了军人，

就是选择了初心和无悔！

因为你也需要军队的守护，

军人的气质揉进了你的身体，

他的光荣和骄傲，

有你做后盾，

他会义无反顾，

朝着自己的选择前进！

让我们举起右手，

向伟大的军嫂致敬！

干部处处长安排自己上西藏

2019年7月，第十二集团军干部处处长缪亚军说准备平调去西藏的人武部，征求我的意见。我感到非常突然！

我在徐州第十二集团军任政治部主任、副政委时，缪亚军是干部处干事，分管干部的调配任免工作。2005年8月，组织上决定交流我到浙江省军区工作，派了缪亚军干事送我报到。

离开我不舍的老部队，与不少战友常有联系。缪亚军后来当了干部处副处长、处长。众所周知，和平时期，干部处处长在部队、在领导心目里的位置是举足轻重的。缪亚军当处长已有七个年头，如果提升使用，可以找个条件比较优越的地方安排；退一步平调安排，上海、杭州、南京、苏州等地可以任他挑；即使部队不需要了，还可以转业安排。平调上西藏，从高级机关到基层人武部，从江浙天堂上雪域高原，莫不是他犯了错误？不是！西藏紧挨边境，不放心的人怎么能去边境呢？后来通过了解，我才知道事情的缘由。

上级分配给集团军一个西藏人武部政委的指标，现职平调。首长让他私下征求各单位的意见，看有没有人愿意去。三天下来，没有同意的。这个结果缪亚军早已预料到了。任务必须完成，再浪费时间也不会有人报名，怎么办？他思想上开始矛盾、斗争。晚上回到家，看到温馨的家庭、贤惠的妻子和可爱的小孩，他几次想试探又不忍心开口。

那几天他天天失眠，夜里躺在床上如煎烧饼，左翻右翻。妻子看到他反常的举动，担心起来，耐心地问他："你有什么心思，要跟我讲的，不能这样折腾自己，身体会吃不消的。既然我嫁给了你，就是要与你同甘共苦、同生共死的。"妻子的一席话，打消了他的顾虑，坚定了他的决心。他说准备到西藏去工作。

"什么，你说什么？要去西藏？你干了这么久处长，年龄四十多岁了，我们可以转业留在徐州，或回老家，为什么要去西藏？"妻子很惊讶，虽然有心理准备，但怎么也没想到会是这么刺激的话题，她猛地坐起来，打开房间灯。缪亚军告诉妻子："我盘算过，就是我转业了，这个去西藏的正团指标还是没完成呀，我是干部处处长，做这项工作，只有我去，才是一举两得，就是要让你辛苦了！"

军人无戏言。妻子听了缪亚军的表白，虽然理解睡在身边的汉子，但还是感到事情太突然了。妻子失声痛哭，两手紧紧抱住男人，生怕他真的走了！

缪亚军用枕巾轻轻地一遍又一遍擦着妻子脸上的泪水，哽咽地说："你们家属不是年年参观军史馆吗？我们十二军可是一支英雄的部队，听上级的话、不怕苦不怕死是老传统。先辈们都是硬骨头，有困难有危险抢着上。我决定去西藏，你一定要支持我。有了你的理解，我今天就去找领导表明态度。至于两家父母的工作，等我走了后，你慢慢地给他们讲，不要说得太具体，只说我工作调动，路程比较远！"

妻子还是通情达理的，第二天像往常一样做好早餐，可她只看着丈夫吃，自己强忍着喝了几口稀饭。等丈夫站起来，她帮丈夫穿好上衣，摸了摸肩章，又拿上帽子亲了亲帽徽，轻轻地戴在丈夫头上。看着他走出家，她再也忍不住了，倒在床上大哭起来，身子抽搐不停！

领导听了缪亚军的口头申请，问与家属说了吗，她同意吗？缪亚军回答说，家里工作做通了，这几天会把工作理一理，做个交接。

报到的那一天，他乘上从成都中转的飞机，到日喀则军分区机关办了手续，第二天就赶去几百公里外的白朗县人武部报到！

钱富生的农活瘾

　　2020年11月15日上午，我来到浙江省衢州市龙游县，见到了我的一师老战友、战斗英雄钱富生。在钱富生的果园、菜地和鱼塘里，兴致勃勃和他一起摘橘子、拔萝卜、捕大鱼，大大过了一把干农活的瘾。

　　钱富生，1979年和1984年两次参加对越自卫还击战，1985年6月6日被中央军委授予"英雄指导员"荣誉称号。他也是对越作战中唯一被授予"英雄"称号的政治指导员，我俩认识已有三十六年。

　　初次听说钱富生是在部队刚到临战训练地域时。那时我在军组织处工作，负责部队党建、基层建设和评奖工作。我到一师三团了解情况，听到了许多钱富生的故事。他1979年就已经随兄弟部队参加过对越作战，当时是连队指导员，后来提升为副教导员，进院校学习两年，以全优生分到一师三团，顶替出差的一个副营长，仅当了三天副营长，又主动要求顶替生了病的一连指导员。组织上对他说：你是副教导员，怎么好随便降一级呢？他说只要能打仗，当排长、当班长都愿意！自己背着背包就去一连了。论年龄，他当时在团里排老三，只有团长政委排在前面。

　　后来我经常听到钱富生在前线的故事，说他打仗"老奸巨猾"，把敌人玩得晕头转向。他熟悉步兵、炮兵、工兵、通信兵技术，还会做饭、吹拉弹唱。他还把老婆寄给他的营养品"双宝素""青春宝"口服液分给战士。他陪胆小的新战士站夜哨，救过连长、救过战士。战士们说指导员是阵地上的主心骨，见到他就感到安全、快活。有个十八岁的小战士被救后，当面下跪叫他干爸爸，他当时三十八岁，对小战士说，这是他的职责，部队不兴这一套。

钱富生在团里有不少外号，"老革命"是说他年龄大，还有贡献多的意思；"钱大胆"是团领导送给他的，危险任务交给他，他从不说二话，执行任务就像是去看风景，跟随他的人回来时一个不少；"钱诸葛""智多星"则是大家对他的赞誉。这些外号，都与他敢打仗会打仗有关。

部队换防了，在总结评功评奖时，各单位预报了拟由中央军委和昆明军区授予称号的单位和个人名单，钱富生榜上有名。他和另外两名指导员竞选一个名额。我们到一师，先与师政委、政治部主任、副主任交换意见，他们都说上报钱富生。我又到三团一连，与连长、指导员(原指导员病愈归队后钱富生就成了预备指导员、救火队长)、排长、班长、战士个别交流，几乎找全连官兵谈了一遍，都称赞钱富生，几乎人人都能讲出好多关于他的生动事例。特别是王连长，竖起大拇指说，钱富生到了他们一连，是他们弟兄们的福气，有了钱富生，他们少丢了好些兄弟。有的讲着讲着声音哽咽，有的甚至哭了出来！我们又与钱富生个人交流，他说他岁数比战友们大一倍，是父亲辈的，之前又打过一次仗，见识比战友们多，作为一个基层政治干部，自己行动才是最管用的激励教育。而且仗是大家共同打胜的，他只是做了该做的事，回想起来，教训也不少，立功奖励应该给那些牺牲的烈士，给其他的同志，组织上不用考虑他。

军党委会上听取了我的情况汇报后，大家意见很一致，上报军委给钱富生授称号，但在讨论授什么称号时却出现了分歧。我们的意见是"英雄指导员"。有的提出不同意见说，钱富生不是军事干部，也没亲手打死一个敌人，叫"模范"还说得过去，叫"英雄"不太合适，再说从1979年边境作战以来，部队还从没有给政工干部授过"英雄"的。我们说，钱富生两次参战，军政兼优，智勇双全，身兼数职，职职出色，排雷三百八十一颗，开辟通路一千两百多米，亲自救了三个战友的命，这些就是英雄壮举。至于说他是政工干部，那罗荣桓同志也是从连队指导员一直干到总政治部主任的，还授了元帅呢。最后，我们就按"英雄指导员"上报了。当时正在部队采访的《解放军报》著名记者江永红听说后连声称赞：这个称号好，这个称号好，钱富生得之无愧！

昆明军区党委讨论通过了。六月初，我带着材料上北京，送到总政组织部。第二天下午，总政办公厅通知我晚上到余秋里主任家里汇报军委授称的情况。尽管我从头到尾都参加了所有授称材料的准备工作，但还是十分紧张！首长很亲切，让我把几个单位的情况讲一讲。因为我很熟悉情况，就没拿稿子，按照"硬骨头六连"、钱富生等顺序逐一进行了汇报。他听得特别认真，插话说这个同志做得好，政治工作就是要这样干，值得好好总结。当首长得知几万人没有一人当俘虏时，又问我部队为什么打得这样好。我说了五条原因。首长说对，对，对，无论在过去，现在，还是将来，部队就是要靠这些传家宝！首长还问了许多前线的情况。夜深了，秘书和保健医生提醒了三次，首长才让我离开！也就是这次到北京汇报工作，我给首长留下了深刻印象。首长后来要调我去他身边工作，在征求我意见时，我顿时浑身冒汗，知道自己性格不合适。尽管别人说去了好处多，我还是决定不去，就找到总政秘书长，以我仅有初中文化，准备上部队办的大专班学习为由推辞了。

军委发布命令的第三天，《解放军报》就把江永红写的关于钱富生的文章刊登在头版头条，题目是《钱富生——老山前线的英雄指导员》，时间是1985年6月9日，星期天。

崇尚英雄才会诞生英雄，争当英雄才会英雄辈出。庆功大会召开不久，党中央决定在北京人民大会堂召开一军老山作战事迹报告会。我作为工作人员之一随同，主要工作是修改讲话稿、从英模手里接拿鲜花。

时隔一年之后，钱富生升任团政委，有个重大失误与他无关也有关。南京军区召开党代会选举出席党的全国代表大会的代表，军长和钱富生都作为代表候选人提请大会选举。由于钱富生刚授予战斗英雄，家喻户晓，选举结果出来，钱富生的得票数竟然超过了军长，可由于两人票数都未达到规定，两人还都落选了！会场顿时像炸开了锅。散会了别人见了钱富生都很好奇，熟悉他的还开起了玩笑说："老钱啦，你赢了军长，可以提大区副了！这次虽没选上，但虽败犹荣啊！"他倒没事一样，嘿嘿一笑，什么话也不说。

军区司令员和政委马上赶到我们军代表团，做解释工作，要求尽快弥补。会议因故延长一天，准备补选代表。不知是军区机关哪位同志出的主意，指派我拿着军区党委的请示件，连夜坐特快列车到北京找首长，再多给南京军区一个代表名额，他们已电话联系了。第二天上午，在总政秘书长的带领下，我又一次见到了余秋里主任。首长说，中组部共留了四个机动名额，以防万一。他已打过电话了，给解放军增加一个，由总政机关通知我们军区。

就是这么一位当时引起轰动的英雄钱富生，从团政委任上转业到地方工作，退休整十年了。除了写回忆录，他还特别注意养生，我对"钱富生养老法"也略有耳闻。

刚从岗位上退下来时，什么高血压、心脏早搏、冠心病、骨质疏松等病，钱富生都得了，用他的话说，从上到下快"四化"了：器官老化、管道硬化、脑袋僵化、功能退化。想阻止"化"的速度，他加强了跑步锻炼，三年多下来，整体效果不太明显。

有一次，他回农村老家，帮弟弟干地里的活。每天从早忙到晚，几天下来，他汗出了不少，饭量大了，浑身轻松。在回杭州的路上，他在想，可能自己生来就是农民的命，回到乡下，干起农活心情好生快乐，好像年轻了许多。于是，他就下决心做一个半市民半农民的忙人，每周末都回老家干干农活。

下了决心，老钱就先换了辆适用的两厢小汽车。回到农村，后备厢可以装劳动工具，如锄头、扁担、筐子、水桶等；返回杭州，后备厢能捎些自己的劳动果实，让家人和战友分享。

老钱老婆退休了，喜欢旅游，国内国外到处走，但要花钞票，有时有点犹豫。老钱倒是很支持，说从当兵到转业工作几十年，他欠老婆的太多太多，她退了，让她好好游玩，自由轻松，快乐快乐，这也是一种补偿，自己能少一些内疚。

老钱老家龙游县塔石镇离杭州一百八十多公里。周一至周五，他在杭州，帮老婆、儿子媳妇干点家务，接送小孙女上下学，每天也就两三个小时的劳动。到了周六，他凌晨三点半就起床，准备准备，四点出发，开车两小时，六点到弟弟家，就开始了两天的忙碌。周一早上四点，他又从农村返回杭州家里，风雨无阻。他说凌晨开车过瘾，头脑清醒，而且路上车少，还躲开了限号的麻烦。遇到高速封路，他就绕走国道、省道，无非时间长一点。

老钱回农村主要干农活，花钱租了两亩地，别人又送了三亩多，加起来差不多有六亩。他按照蔬菜的生长周期和习性，合理搭配，种了三十多种作物，有红薯、玉米、黄豆，主要是些蔬菜，不少还是引进的优良品种，用的也是饼肥。他种的蔬菜长得快，质量好，又是无公害的，十里八村的乡亲前来取经，老钱有问必答，耐心讲解。他还把自己试验成功的优良品种送给乡亲，乡亲们亲切地称这些品种为"英雄"西红柿、"老钱"玉米、"富生"黄瓜……老钱听了嘿嘿一笑，说只要大家喜欢，叫什么都行。

老钱从小喜欢抓鱼摸虾，当团政委时，他把团里几个大小水坑改造成鱼塘，分给连队养鱼改善伙食，他当指导顾问。以至于一段时间，"鱼"政委闻名第一集团军部队，团以上干部无人不晓。

这次他回到农村干活，看到一个一亩多大的臭水塘，他的鱼瘾又发了。他整修好鱼塘，区分上层、中间、底层、泥里四个层次，放进不同习性品种的鱼苗。他还种了两亩鱼草，定期割了放进水塘当鱼饲料。几个月下来，鱼长大能上桌了，他就手痒了，把早已备好的钓具装上车，来到塘边，戴上草帽，当起了渔翁。有时，他穿上带靴子的连身皮衣，下塘去捉鱼虾，摸泥鳅。塘里有老鳖，老钱说是野生的，营养价值高，但他自己是不吃的，抓到了，全送给村里老人或病人补身子。

老钱除了种地养鱼，还谋了一份差事，就是教吹葫芦丝。上班时，他曾教过城里小朋友，现在回农村了，又开始教农民子弟，全是免费的，利用双休日，一周一堂课，占用两小时。学员不固定，多时十几个，少时五六个。不论多少人，他都一丝不苟，一视同仁，有板有眼地教。

老钱从小喜欢摆弄乐器，擅长吹笛子、拉二胡、说快板，在部队当过宣传队长，爱上吹葫芦丝纯属意外，自学成才。

那是2001年，他在地方工作，一次到四川开会，会中组织参观，到了少数民族寨子，他看见别人吹这家伙特别好听，便约定晚上拜师，两个小时就掌握了吹奏技巧。他说因为有吹笛子的功底，吹葫芦丝自然容易得多，关键是每天要坚持练，最少两小时。杭州城里，老钱在吹奏葫芦丝这个行当里很有点名气，他的徒弟中有的九岁就考到了十级水平，能登台演奏了。这个行当共有两万多成员，最高级的师傅还建了个朋友群，他们不时会联系在一块儿切磋切磋"吹"艺。葫芦丝专卖维修店的老板都认识老钱。

老钱当过英雄，退休了有时间，请他做报告的特别多，他是有请必到。特别是老家县里、乡镇机关、村庄、学校、敬老院，都来请他。因为他会讲家乡话，大白话，大家听得懂；他又不收讲课费，连顿饭都不吃，大家感觉很亲切，身边英雄接地气贴人心。针对不同听众，他每次都会把腹稿调整再调整，连开场话也尽量说得不一样。

十多年，他换了三台车，跑了几十万公里，从未出过事故，连车皮都未碰落过。他的经验是勤给车体检，凑合不上路，避开热闹时段，清静心平和，没有兴趣不动车，乘其他交通工具。

几年下来，他身体多项体检指标正常了，尽管每晚只睡五个来小时，但睡得深沉香甜。七十多岁的人，干起力气活胜过小伙子。过去开车三十来公里，他就要停下来歇一会，现在可以连续开几小时也不累。用他的话说，花钱、流汗是为了换健康，一举多得，过去医保费不够用，后来有了节余，而且一年比一年开销少。

乡亲们看老钱干什么都用心，卖力气，对他的评价是比农民还农民，比劳模还劳模。一次他弟弟和邻村的支部书记在水渠放水，遇到老钱一身汗泥，戴个草帽，背把锄头，提了半桶甜瓜请他俩吃。不论老钱怎么劝，那位支部书记就是不动手。老钱便走了，只听支部书记对他弟弟说："这么个老人，身上这么脏，这么可怜的样子，叫我吃瓜我怎么吃得下去。"

弟弟笑着对支部书记说："他是我哥。"

支部书记大吃一惊，不停地夸奖说，真是想不到、没想到，怪不得他当兵上战场能当英雄，如果在老家工作，说不定也是一个大劳模。因为他脑子活，肯吃苦，朴实低调，谁都比不过他！

前几天，钱富生把自己的回忆录书稿寄给我，让我写几句话作为前言。懂军事、懂战争的政工干部是不多的，接触过钱富生的人，也都说他有点怪。我一口气读完书稿，更感到他了不起，有很多意想不到。

钱富生从小吃的苦非常人能承受，他的人生经历更非同寻常，他当共产党的官总是独行其道。这篇短短的回忆录展示了他为人处事做官的信条和方式，浓缩了他对生活的细心观察和深邃思考。他坚持以平常心写平常事，试图捕捉细小事物的跳动，循着真理的光亮，走进人性的深处，维持着自己朴素的面容！尽管书稿字数不多，但能揭示真谛，还是不太容易的！

读了钱富生的回忆录，再联想到我俩的交往，他给我印象深刻的是贵有良知。人生在世，觉悟、修养、道德都很重要，但这些都是建立在良知基础上的，再靠后天的启蒙、教育、自觉养成。如果没有稳定可靠的良知基础，那些觉悟、修养、道德之类是很难立足的。一个教育人的人，即使有满嘴冠冕堂皇的理论、信条、说教，那也多半是自欺欺人的表演。反之，一个人即使没有接受过多少像样的教育，只要有良知打底子，知是非、明羞耻，就能堂堂正正、规规矩矩，仰不愧于天，俯不怍于人！

正厅村主任

2017年9月6日早上8点多，我到浙江宾馆陪好友吃早餐，一进大门就看到大厅两边挂着十张"2017中华十大慈孝人物"海报，左边第二张就是南昌市老市长、南昌市进贤县西湖李家新农村建设总顾问李豆罗。照片如他真人般大小，尽管我们有五六年未见面了，但我一眼就认出来了他那特有的脸庞和特有的笑容！

说来凑巧，我早就听说了老李被评为"2017中华十大慈孝人物"，不想在这儿看见他的海报。我立马掏出手机拨通了他的号码，问："李市长，你是不是要来杭州出席颁奖典礼啊？住哪里？晚上我们聚聚好吗？"

老李听闻我的声音也很高兴，说他下午两点多从进贤坐高铁，五点左右到杭州，就住浙江宾馆，并连说"见面再说"。

谈起李市长，我俩情投意合。我刚去江西省军区工作时，就听闻不少他的奇事，总想抽时间去拜访一下。有个周六下午，我请一个熟悉的同事带路，直奔西湖李家。因沿途多是乡村公路，从南昌市区走了近两个小时才到村里。下了车，只见一农夫模样的人从田里走来，同事告诉我，那人就是李豆罗市长。因我对他早有所了解，所以对他赤脚满是泥巴，头上身上到处沾着稻草的形象并不觉得意外。

老李双手往裤子上擦了擦，然后握住我的手，连声说："欢迎首长，欢迎领导！只听说你要来，具体时间不清楚，今天突然来访，有失远迎；又这般模样，真对不起，莫见怪啊！"

我紧握老李的手，说："不见怪，不见怪！早闻老市长的大名，怎么会见怪呢，这样才真实才亲切啊！"

我们边说边参观了李家陈列馆。我小时候见过的农具、家具、玩具，在这儿几乎都有。老李告诉我，这些玩意越来越珍贵、越来越稀奇了！别说城里人没见过它们，就连农村晚辈回乡时见到也往往说不出它们的名字和用途。

老李退休回到李家后，先修整了好几间破旧房子，动员乡亲们把这些老古董都拿出来，开办了这个陈列馆。在村里，有些老工艺也得以重新展示出来。他让李家率先把乡村旅游办起来，以便乡亲们守在家门口就能发财致富。初期，他凭借他老市长的面子到南昌市去吆喝，请大家来转转、看看，上午先转农民用具展，观看榨油坊、豆腐店、酿酒灶、书画社等工艺坊，下午再见识一下老李的农活秀，晚饭吃地里的新鲜菜，喝高粱烧。这样一天下来，内容还挺丰富的。

老李说他从农民干到市长，花了四十年时间；从市长回到农民只用了不到四个小时。考虑到读师范学费低，李豆罗初中毕业就报考了师范学校，但他个子小，学校说个头够不着黑板当老师不合格。他一气之下就回到老家要当农民。李妈妈急了，拖着三寸小脚来回三十公里地，求学校能将儿子留下来，做不了老师，干其他的活也行，如敲钟、做饭，好歹是个吃国家公粮的。李豆罗使劲拉着他妈妈说："不要求他们了，我就是要回家当农民，把农民当出个模样来！"

年少志气高，用心干农活。从稻谷撒播到收割和各种农具的使用、各种工坊手艺的操作，李豆罗干一样就熟悉精通一样。他还是个热心人，遇到哪家有困难，总会尽力提供帮助。得知深夜有人突发疾病，他会主动上门去搭把手，或找人抓药，或帮忙送去医院。一年多下来，李豆罗在村里便有了威信，只要一提到他的名字，没有人不竖大拇指的。就这样，大队支部动员李豆罗入了党，之后一路当了村支部书记、公社书记、县委书记，一直干到南昌市副市长、常务副市长、市长、市人大常委会主任。年满退休岁数，李市长退了下来，市委在南昌给他分了房，准备让他再当顾问，在城里享福安度晚年。可是，老李早有自己的打算。在台上时，他每一分钟都不敢马虎，时刻看紧把牢共产党交给他的阵地，不做让老百姓戳脊梁骨的事，这样晚上睡觉不做噩梦，心里踏实；退休了，他决心归零返乡做个老农民，把这么多年在国内外看到的和心里想到的，在家乡土地上做起来，让十里八乡的老百姓尽快过上好日子。

老李已经七十多岁了，但他经常说自己才三十多岁，从当官角度来说岁数是大了点，但当农民还正当年。他每天天不亮就起床，折腾一天回家倒床上就不想动了，晚饭常是吃一顿，忘一顿。家里人、乡亲们都心疼他，劝他少干点力气活，动动嘴指点指点就行了。

边走老李边幽默地对我们说："城里到处修运动场，早晚很多人在那里跑步、跳舞、快步，搞有氧健身。而我在庄稼地里，这是活也干了，身也健了，一举两得！"真的，七十六岁的老人了，腰板笔直，脸色古铜，走起路来两腿生风。他说这全是干庄稼活锻炼出来的！

我们在杭州又见面了。老李被评为中华慈孝人物，西湖李村也被评为中国最美乡村。我祝贺他双喜临门！他认真地说："这既是标杆，也是鞭子！不管评什么，我还是农民李豆罗，还要和过去一样干，谁让我是个共产党员呢？这样干了大半辈子，已经成了人生习惯了！"

军转干部官复正厅

2020年4月的一天上午，老黄正式上任，当上了正厅职大学党委书记。之前，他在副厅职岗位上干了两年多时间。

老黄是一名正师职（正厅级）军转干部，这次提升算是他官复正厅。正师职干部到地方能官复正厅职的案例并不多见。一时间，有关他的任职消息在当地日报、新京报等各大媒体进行了刊发。不少认识他的人听闻此消息都感觉有点意外，有的还习惯用传统思维，猜测评说。但我并不感觉意外，因为我对老黄比较熟悉。

老黄在副师岗位上干了十年多。2010年我到江西省军区工作时，老黄在省军区系统任副师职干部。省军区前任政委交班给我时，介绍了老黄的情况，他是副师职政工后备干部之一，多次被评定为优秀，但还有两个同志大他六七岁，排在他的前面。我在浙江省军区当过五年副政委，对省军区系统干部提拔使用情况了解，几个候选干部的条件差不多时，一般会先照顾提升年龄大的。

有一次，我去看望我们一师的老首长，他曾经也是老黄的领导。谈到老黄，老首长非常认可，说他当年就比较出色，也列入了副师职后备干部队伍，只是因为单位领导岗位少，才忍痛割爱，平职推荐他到省军区系统工作的。

2011年6月，老黄提拔到一个军分区任政委，进了市委常委班子。一年多后，省军区政治部副主任退休，省军区党委常委一致认为老黄是副主任的合适人选。我打电话征求老黄本人的意见，他表示同意。就这样我们同在一栋楼办公了，工作时间几乎天天见面，我对他也就有了更多了解。他有几件事令我印象深刻。

一次全省召开征兵视频会议，开到县一级，安排副省长等三位领导讲话，老黄主持。前面两位领导分别从国际国内形势谈了部队建设的重要性，介绍了征兵的基本要素，分析了当年征兵工作面临的新形势、新特点、新问题，提了几个要求，前后花了近两个小时。最后轮到我作"重要指示"了——因我兼省委常委。会前，我看过了三个人的讲话稿，我的讲稿内容基本上是重复前两位的，有的话无非是变了说法，实在没必要再重复。但我又想不出什么新鲜的词句来，所以在副省长讲话时，我一直在犹豫是讲还是不讲：讲重复的话吧，不是我的性格，实在有违自己内心；不讲吧，又有失惯例，可能会让地方领导尴尬，不太好收场。怎么办？思来想去，我决定还是不讲！

副省长讲完，掌声停了，老黄主持说："下面请省委常委、省军区政委、省征兵领导小组副组长陶正明同志作重要指示。"

"散会！"我平淡地说了两个字。

全场愣住了，一片寂静！

老黄始料不及，但反应很快，稍作停顿，便接过我的话作了简要的小结，说我讲话本来就简洁干脆，加之前面两位领导已经把我想表达的意思都讲清楚了，就不重复了，表示赞同……过渡非常得体、自然，这充分展示了老黄应急应变的能力。散场后，他对我说，今天着实考验了他一把，令他出了一身汗。

还有一次，省军区组织举办以"强国梦强军梦我的梦"为主题的先进典型事迹巡回报告，由老黄带团。首场报告会在一个大学（学校招有国防生）举行，也算是动员会，副校长主持。五位典型做完事迹报告，党委书记兼校长讲话，因为是首场活动，按常规，最后我要上台讲话的。

当时我坐在台下第二排，心里想，老黄尽管是副主任，但他当过教师，普通话比我讲得标准，教学更是内行，面对青年大学生，让他去讲话，效果肯定更好。于是，我就把讲话任务交给了身旁的老黄，他满口答应了。不出所料，他出口成章，据事论理，激情飞扬，极具鼓动性。学校领导都向他竖起大拇指，并说如果陶将军上台讲，应该更精彩！

"那是，那是！只是有很多话，学生肯定听不懂，因为我的普通话在井冈山地区不流行。"我还装着一本正经地说，引得他们哈哈大笑。

省军区与江西师大、农大结对，资助了几百名贫困大学生。开始我们把项目名称定为"资助贫困生"，但后来了解到名称可能会伤害被资助学生的自尊心，他们不太愿意接受"贫困"两字。举行仪式的前一天上午，老黄到我办公室，说他想到了一个名称，问我行不行，他建议仪式就叫"八一励志助学"启动仪式，会上我们发"八一励志奖学金"，"八一"代表解放军，"励志"表示鼓励性的，"奖学金"是对品学兼优学生的肯定，起到导向引领作用。我觉得很好，让政治部按这个主题，同两所大学沟通协调，争取把第二天的活动办好。第二天我一到学校，校领导都说这个名称好，还是部队干部有水平，站得高，看得远。

老黄满腹经纶，反应快，经常承办临场应急之事，有一次还得到军委副主席的高度赞扬。

那是2013年秋天，军委许副主席到井冈山视察，重走当年毛主席上山之路，南京军区政委带机关同志陪同。我们省军区领导当然也得出面陪同，我叫上老黄一起上了山。

下午，首长一行要去水口，当年毛泽东在这里亲自挑选对象发展了六名新党员，成立了我军第一个连队党支部。水口属湖南省管辖，湖南省军区的司令员和政委也赶来了。

一片收割了的稻田，立着金灿灿的稻茬，田头有块纪念碑，上面写着"毛泽东主席亲自上党校纪念地"。首长对此产生了浓厚的兴趣，问谁知道这个故事，给大家详细讲讲。军区政委曾在总政治部工作过，又在国防大学教授过思想政治工作课程，听说在广州军区任职时还专门到湖南省军区蹲点调研，几次到过这里，所以由他来介绍是最恰当不过的。可军区政委却马上说，让我们江西省军区来一个同志介绍。他没有直接点我名，估计是担心我会出洋相。我立即把老黄请到身边，问军区政委行不行，他说行！

老黄真是行！只见他跑进稻田，面对首长，站定，敬礼，先自我介绍，然后把这一重大历史事件的来龙去脉，讲得有条有理。首长不住地点头，脸上露出满意的笑容。

在返回途中，首长向我问起老黄，我回答说这是老黄的强项，他曾在军校工作过，每年都要带学员开展现地教学，水口是必到之地。路上，军区政委也提了希望，要江西省军区多培养一些红土地上的"问不倒"，一茬带一茬！

老黄从正师职岗位上转业到地方，安排副厅职务，两年多时间就恢复到正厅职，是他不懈努力付出的结果，也是他能力水平所致。虽然有人产生了一些疑问，但我认为这是由于对军转干部存在认知上的偏差造成的，长期把正常事当不正常，错把非常事当正常！千里马常有，而伯乐不常有。机遇总是垂青有准备的头脑！

为江西省委点赞！

为老战友点赞！

第七篇

涅槃重生

2019年10月，我在云南中缅边境

有句谐谑话叫"我被青春撞了一下腰"。

我临到退休了，却被肺癌撞了一下腰。

得了恶疾，怎么办？我是军人，什么没见过？我不怕，我用军人的勇气和智慧，顽强地与病魔斗争，打退了病魔！

我的退休生活多姿多彩！只要我的身体允许，我要跑更多的地方，去见更多的战友。因为，我见到的每一位战友，都会给我更多的智慧，赋予我更多的勇气。

我的兵恋

参军时我恋钢枪，

那是义务是责任，

那是工作是标准！

它浑身冰凉，

我用心捂得滚烫！

提干时我恋营房，

那里是大家是兄弟，

那里是情系是师长，

每个窗户都在眨眼，

嘱托的话儿全记在心上！

退休时我恋军装，

那里有汗迹有异味，

那里有血块有泥浆，

斑斑点点在述说，

军绿色天天梦中藏！

过节时我恋战场，

那里有牺牲有勋章，

那里有困惑有凄凉，

烈士躺在地下心不平，

茶不思饭菜一点也不香！

我被肺癌撞了一下腰

五年是个坎，也是个劫！世界男性第一杀手——肺癌，在五年多前撞上了我！

今天，当我又一次踏进体检的医院时，心情是很不平静的。五年时间是短暂的，一晃就过来了，但对我来说有点漫长，那是一天一天数着脚印走过来的。

2014年1月初，我的外孙在德国出生，妻子要去帮忙照看三个月，计划3月21日出发。我在年前刚退休，当时想着在工作岗位上没时间旅游，这回趁妻子外出，我正好到处走走。于是计划先把体检做了，然后安心地玩。

2月中旬，我去了医院，做了B超和CT检查。医生告诉我，右肺上叶的结节长大了，从形状上看可能是恶性肿瘤，要抓紧手术。我听了有点吃惊。两年前体检发现有结节，按照医嘱，每半年复查一次，最后一次复查，是在中央党校培训期间在解放军总医院做的，与前几次一样，都说没变化。这时隔才半年，变化有这么快？我不敢马虎，拿着胸片分别找了两个医院的专家，他们都说可能性很大，建议尽快手术。

那几天，我并不太恐怖肿瘤，因为1996年我曾经历过一次。那年7月，也是体检，说我"左肾有占位病变"，四个大医院复查结果都一样。组织上很关心我，专门联系到了军内一所著名医院的泌尿科床位，还派两人陪我去做手术，但我坚决没做。我那时很自信，因为自己没任何病痛的感觉。无论是医院科主任，还是我的老首长、院校将军政委来劝说，我都坚决不从。拖了一个星期，医院也拿我没办法，于是科主任要我去找全国著名B超专家周教授做一次检查，看他的结论再说！事先得知专家不在医院，准备第二天去北京给大领导做检查，我和卫生科长第一时间打的去周教授的家，好不容易找到了。我们敲门进去，教授倒也客气，但当听说还要体检，就有点不耐烦了，说设备都装进箱子，也捆好了，意思嫌麻烦不愿做。我俩苦苦哀求。七十来岁的老教授戴着眼镜，边听边看，大概是看清了我俩军衔一个"两杠四星"，一个"两杠三星"（卫生科长是技术军官，军衔高），就同意了。我俩赶忙帮助开箱取仪器。他将设备架在桌子上，然后给我做了检查，良久，拿圆珠笔在一张便笺上先画了一幅草图，再公公正正地写上"先天性肾柱肥大"七个字，说我没患癌症！我俩回到医院，把草图交给科主任，就办了出院手续。记得第二天是建军节，我们就回到部队了。

那次我对自己身体状况很自信，有惊无险，我是对的！可这次，我就很不自信了，因为早有征兆。结节是隐患。我下定决心快点做手术，但术前准备工作要尽最大限度保密，绝不能让妻子知道，也就暂且不能按规定上报组织了，否则，组织上肯定要征求家属意见，那她就全知道了，会像1996年闹"肾癌"那次一样，因伤心而昏厥，还整天以泪洗面的。这不仅影响她去国外，还会影响女儿和亲戚，会弄得满城风雨，女儿一家肯定也会劳顿颠簸回国。弄不好还会导致在治疗意见上不统一，耽误手术时间——这样的事我在岗位上碰到过多次。

万般无奈，我只好个人做主，让一位多年朋友出主意当参谋，选择手术医院和主刀医生。我对妻子编造了一个令她信服的理由，说要回江西半个月。第二天，我就去了医院，做了一个十分痛苦的、令我终身恐惧的肺部内窥镜检查，最终确诊为肺腺癌。

我之前并不认识医院院长，但在此情况下我必须找到院长，说明家里的特殊情况，请求帮助。院长很理解，专门给胸科打了电话作了交代。3月4日上午

8点，我被推进了手术室，下午两点半左右回到病房。这一进一出是我最难受的时刻，没让一位亲人在身边陪伴，只能自己强忍着泪水躺在病床上。我住的是普通病房，其他的病人不时有人来看望，他们捧着鲜花，提着花篮，拿着营养品；我这儿却是冷冷清清的，见到的都是些医护人员进出。

第四天，我的主刀医生来看我，这是我俩第一次见面。他介绍说自己是江苏徐州人，武汉大学医学院毕业的，后被杭州这家医院引进。湖北是我老家，徐州又是我工作过的地方，所以我说我俩有缘。

住院期间，我很想见见亲密的战友，于是打电话告诉了两位战友。他们都非常吃惊，立马赶来医院。我的弟弟当时在北京开"两会"，抽空请假来看我，晚上到的。我是大哥他是小弟，他进病房时眼眶通红，拉着我的手，话都说不出来。我叫他别哭，说我好好的，千万不要告诉家里任何人，特别是年迈的母亲。考虑到他第二天还要起早赶回北京，我就让他赶快找个宾馆休息一会儿。听护士说，他那天晚上坐在病房楼下哭了四个小时，临走时又到病房看了我一眼才离开。他非常痛苦，很为我担心。我们骨肉同胞，他不知道我能不能挺得过来。

妻子是在三个多月后回国时才知道的，她很伤心。我对她说，从内心里讲我是多么希望她留在身边，但知她精神上会受不了，还将连累女儿一家。有时残忍就是仁慈，爱护是要付出代价的！

肺癌手术后，前五年复发、转移的比例最高，存活率只有百分之二十几。治疗上，我战略上重视、战术上藐视。医生的话不能不听，但也不能全听，任何高明医生的经验是有限的，再先进的仪器功能也只是暂时的，自己的身体自己做主。我违背了首长的指示，也没听权威专家的建议，之后没做化疗、放疗，吃了两周中药就停了，也没有吃任何营养补品，同普通病人吃一样的饭菜。手术后第七天，我就恢复了早晨用冷水淋浴的习惯；一个月后，我就开始游走，到了"硬骨头六连"、王杰部队、舟山勤俭创业修理连、井冈山人武部，从同事战友、英模群体身上寻求精神力量；十五个月后，我一个人背着肩包上了西藏，住了八天，登上了海拔五千多米的高原，同几位战友去了内蒙古阿尔山市，一顿喝了一斤二锅头。在病床上，我学会了玩微信，几乎天天在手机上写心得、忆过去，累计百余万字，出了五本书……

有时，我会自问自答：癌症还会得吗？我坚决不要，但也时刻准备好。这叫病不由己！我能做到的是：吃自己想吃的饭，干自己想干的事，说自己想说的话，见自己想见的人，有一天自由就快活一天！人生之路，别让自己活得太累，应该学着想开、看淡；学着不强求，学着适应。适时放松自己，寻找宣泄渠道，给疲惫的心灵解解压。人之所以会烦恼，就是记住了那些不该记住的东西。其实，人们最最应该记住的，就是那些令人快乐的事；应该忘记的，就是那些令人悲伤的事。你勇敢，世界就会让路；你无惧，命运就会屈服！决定我们命运的，不是上帝，而是我们自己。美好的一天总是掌握在我们自己手里。

五年过去了，第十次检查做了，没有异常。有人祝贺我时，我还是那句回答了许多遍的老话"暂时还好吧"。此时，我要特别感谢五岁的外孙，是他降临人间，使我赢得了早发现早治疗的宝贵时间！感谢那位本不应该承受巨大风险和压力的老朋友，是他多次当机立断为我提供正确的选择建议！感谢许多医护人员、首长领导、战友同事、亲人乡邻，他们的关注关心关爱给予了我巨大的支持、帮助和安慰！

独上西藏

上世界屋脊西藏看一看，是我很早的梦想，但因工作繁忙，迟迟未能如愿。退休后，我的第一个目标就是上西藏闯一闯，谁知命运弄人，不得不先做肺癌切除手术。不过，我一直没有放弃这个梦想。

手术后，我坚持做大量准备工作，除了查看地图，阅读书籍外，主要是进行适应性锻炼，经常爬山，从海拔低的到海拔高的，慢慢地适应。到2015年年中，我觉得身体基本可以了，就准备六七月份动身，这个季节正是进藏的最佳时间点。

6月26日，我再一次瞒过妻子，说是到江南某地找战友，其实是开始了西藏圆梦之旅。我从杭州乘飞机先到武汉探望了一次妈妈——我怕万一自己有个闪失，今后再也见不到她老人家了，这样也少了些亏欠。

27日下午，我飞到了重庆，计划在类似西藏高海拔的地点四川稻城亚丁再实地试探一下自己的身体反应。28日，乘早班飞机到了亚丁机场，这个机场海拔三千八百多米，是当时世界上海拔最高的机场。

我在亚丁小镇住下，次日游览了五彩湖、牛奶海等景点。这里海拔超过了四千米，缺氧比较厉害，人走路轻飘飘的，脚好像踩在棉花上，头也是晕乎乎的。

到亚丁主要是为了适应性锻炼，所以我没做太多准备，去景点来回一天时间，也没有带干粮。中午坐在草地上休息时，四川什邡四位游客得知我的情况后，马上拿出压缩饼干让我当午饭吃。我很感动，下午就同他们一块儿返回，住在稻城宾馆，一块儿吃晚饭。他们喝着啤酒，有说有笑，我就在旁边看着。看着他们的开心，我的高原反应好像轻了许多。

6月30日，我离开稻城，坐飞机到了成都。成都的战友非常热情，专门派车派人陪我参观了汶川大地震旧址和新修的设施。在映秀中学废墟纪念碑前，我向死难同胞三鞠躬，身上好像又增添了许多力量。接着，我们游览了都江堰，成都的市容、宽窄巷子和传统手艺给我留下了深刻美好的印象。

晚上，战友宴请我。我不好意思扫战友兴，便没说出自己的病情，陪他吃了饭，喝了一点酒，然后才告知自己的病情。

战友一听马上说："老伙计，你这不是在开国际玩笑吗，怎么不早说？我要是知道，一定不让你沾一点酒，也一定去看望你。真是对不起，对不起啊！"

"我们是老朋友。当时从生病到手术，我跟家人、亲戚都没讲。不是怕死想隐瞒，而是不愿让更多的人为我担惊受怕。"我连忙宽慰战友。

战友对我所说的表示理解，但他还是劝我不要上西藏，说等几年身体恢复稳定后再上去也不迟。

"上西藏的决心，我早就定下了的。现在自我感觉还行，往后岁数一年比一年大，身体功能也会逐渐衰退，恐怕越往后困难会越大，这次上不去，以后就没机会了，所以必上不退。如果飞上去后感觉不行，我就立即返回，实在不行那就就地住院，万一'光荣'了就享受一下'天葬'的待遇！"我边说边笑。

战友见我态度如此坚决，也就不劝阻了，只是建议我先低处后高处，循序渐进，慢慢适应。他说："身体是第一位的，千万不要勉强硬撑。第一站你先飞到林芝，那里海拔才两千米多一点。"

7月1日，建党纪念日这天，我开始了进藏之行。8点50分，乘上飞往林芝的航班，一个半小时后，到了林芝机场。走出舱门，蓝天当头，四周群山碧绿尽染，亮得睁不开眼，清润的空气直冲鼻腔。我一边下舷梯，一边大口地吸着洁净的空气，浑身顿感轻松，情不自禁地说："西藏，我终于来了，来对了！我要好好地欣赏你的尊容，你的巍峨，你的多姿！同时也接受你的大度，你的考验，你的挑战！"

因有成都战友的提前关照，西藏方面的战友特别重视，来了三人接机。当他们看到我只身一个人背着双肩包时，满脸疑惑不解："首长，就你一个人？"他们事先已得知我是一名癌症患者。

"是呀，就我一个人。上西藏可不像到北京、上海，到这儿要面对可能的高原反应，是要冒风险的，我不能连累别人。"我想着不能给别人增添太多麻烦。

部队驻地离机场很近，直线距离一千多米，坐车绕道走也就十来分钟。这是一个步兵旅。到了部队招待所，接机的旅副政委对我说："首长，我们步兵旅平时很少接待客人。上面考虑到你的特殊情况，就让你住在这里，到机场、景点都方便，且少跑路。"我连说感谢。

不一会儿，医生来了，帮我量了血压，测了心跳，并问我有什么反应。我说很好。医生临走时叮嘱有事随时召唤他们。离午饭还有点时间，副政委带着我到营区转了转，边走边介绍行程计划，征求我的意见。

"我来这趟非常不易，加之岁数大了，长期失眠，且兴奋，中午饭后稍微休息半个小时就立即动身。"我不想浪费时间。

下午，副政委专门安排秘书科长带一台越野车为我作保障。我们先去了几户有特色的少数民族家里看看，然后在一个由武警驻守的边防哨所转了一圈。哨所建在山上，旁边有个边防连队，山的另一边就是邻国。我直奔边防连队，在同官兵聊天中得知，连队战士大部分来自云贵川陕地区，他们每天巡逻边境线。邻国军队不太友好，经常朝我国国土扔各种垃圾，时有骚扰挑衅。我军战士会依战备预案及时还击。巡逻线长，战士人少，只能少休息，多走路。山上潮湿，很多战士身上过敏长疮，夏天还有蚂蟥钻进肉里吸血，拉出来很费劲。

条件虽然异常艰苦，但战士戍边守疆士气高昂。他们说，上级领导很关心，前几年，一位军委首长还来视察过，帮助解决了许多实际困难。我一看照片，原来那名首长也当过自己的军首长。

广东省对口支援林芝。从山上下来，我路过一个县城，几条街的名字很有广东特色，如广州路、深圳路、珠海街……我还去看了当地人武部，但人武部的值班干部好似不怎么热情。

晚饭后，在副政委的建议下，我参观了旅史馆。因该旅自从进藏就一直驻守在这里，所以资料保存得比较完整。我一张图片一张图片详细地看。得知该旅首任旅长是湖北大悟县人，原红四方面军的，是我正宗老乡前辈，顿时感到很亲切很自豪也很光荣。我曾一手建成第一师师史馆，对建馆的辛酸苦乐深有体会。旅史馆的建设脉络清晰、资料丰富、说明朴实，是一个大课堂、一本好教材。

7月2日一大早，我在秘书科长的陪同下去看了雅鲁藏布江大峡谷和金山。大峡谷两边景色很美，我找不出好的词来形容。到达金山景点，恰逢好天气，整个山被阳光照射得金灿灿，光闪闪。坐在峡谷边上，看着金山，听着涛声，吃着干粮，我觉得简直要醉了。

有人说，金山一般是很难看见的。我想，莫不是山神有灵，担心我下次再来不了，所以发了慈悲之心，让我目睹了金山尊容。中午吃了点干粮，我站起来连吸几口气，面对金山，心里默默地念叨："谢谢你，伟大的金山，你太理解太善待我了！"

"太美了，太美了！"我情不自禁地大叫起来。

在林芝住了两天，我便向拉萨前进。原本打算乘汽车，一路看看风景，但副政委说，新的高速公路还没开通，走老路要七八个小时，路况不好，不太安全，人也受累，所以我改乘飞机，一个多小时就到了。

拉萨海拔虽然比林芝只高了一千多米，但一下飞机，我明显感到不一样，头有些晕，眼有些胀，气急胸闷，说话吃力，腿迈不快。西藏军区接待办来接我的何参谋连忙问怎么样。我回答还行。半个多小时我们就到了招待所。军区政委是我国防大学的老同学，也是我在国防科技大学培训时的老同学，他老早就在门口迎候。

"老同学啊，我听说了你生病动手术的事情，真是服了你。这次你来西藏，我真是左右纠结，既高兴欢迎，又担忧担心。但你既然来了，在照顾好身体的前提下就好好走走看看吧。"我一下车，老同学就紧握着我的手，边说边到了房间。

一到房间，我就看见床头高立着一只大氧气瓶，马上感觉像到了医院。老同学让我先休息，顺便让医院的专家检查检查。检查前，我先把手术后医院给的一套病历资料给了专家看看。出门在外我都带上这套资料，以防万一。

专家看得很认真，问了很多，检查得也很仔细。等检查完毕，他开始批评我："首长，你是我们政委的同学，更是病人，我也就不客气了，有些话直说出来，请不要见怪。你知不知道癌症是绝症？当今世界医学界尚未攻克。肺癌又是男性患者的第一杀手，死亡率最高。也容易复发，特别是前三年，过了五年才能算痊愈。你现在正处于危险期。西藏这地方，好人都不敢轻易来，你却上来了。我们首长和医院的压力都很大。反正你已经去过林芝了，又到了拉萨，就别再到其他地方去了，下午直接到我们医院去住上几天，然后就返回。这样你照顾了身体，我们包袱也轻多了。"

"谢谢你的好意！给你们添麻烦了！其实你刚才说的那些我都知道。但你看，我好不容易下决心来了，肯定是希望能多走走多看看的。现在我还能走，如果这时住到医院去，我是心不甘的，会更加难受！假如实在爬不动了，或出现不祥之兆，我肯定会停下来，那时留下遗憾也不会难受。请你理解我，支持我！我会把握分寸，尽量不给你们添麻烦，也请你们放心，不要有很大压力！"我庄重地举起右手，给专家敬了个礼！

专家始料不及我会来这一招，忙一把拉住我的手，半天说不出话来："首长，我……我……怎么说呢，我也五十多岁了，还没碰到像你这样的人。那我们就随时待命了。"他出去又向何参谋交代了一番才离开。

下午，我在何参谋陪同下乘车去拉萨市区转转，同行的还有接待办的小张，一名二级士官，身高一米八以上，背了个大箱子。何参谋说，小张箱子里装的是常用急救药品物品，以备急需。

到达布达拉宫广场，我照了几张相，然后同小张进宫殿参观。我考虑何参谋是接待办的，经常陪客人参观进过宫殿，所以就没让她陪同，让她和驾驶员小刘在车上休息。

小张在前面带路。我一进宫殿门，浓烈的酥油味好呛人，赶紧从衣袋里掏出自备的口罩戴上，勉强地跟在小张后面。坚持了半个多小时，我咳嗽不止，眼花恶心，感觉有些顶不住，忙用手拉小张袖子，并指了指门。小张说才刚刚开头呢，后面还有很多好看的。估计他年轻，不太懂我的病情。我连忙摆手。

出了大门，我摘下口罩，在台阶上坐了一会，等咳嗽和喘气好些了，才慢慢地上了车，并向小何讲明了原因。

接下来，小何当导游讲解，又看了几处名胜古迹，逛了逛特色街，然后返回招待所。房间桌子上放了一张粉红色的纸，上面写着让我注意的一些事项，内容详细，落款是那位医生。我非常感动，连忙拨通他的手机表示感谢。医生一再叮嘱：身体为大，要多保重！看来，他们一直还是在担心我的身体出状况，压力很大。

但我到西藏就是来挑战自我的。海拔越高困难越大，人生就是要不断折磨坎坷，折腾苦难，折服软弱，才能折射出理想和毅力的光辉！

7月3日晚上，何参谋、小张和我一块儿合计第二天的行程。他俩问我想去哪儿，我说想去纳木错湖。他们同意了。实际上，我还另有目的，但怕说出来会招到他们极力劝阻。何参谋先去安排，小张陪我聊了会，介绍了小何和他家里情况。小张挺能说，搞接待工作的都养成了能说会道的本事。

4日上午，何参谋、小张带车来了。我得知何参谋小孩刚放假，需要照顾，就不让她陪同了。小张一路不停地介绍。我坐在车后面有些难受，闭着眼睛，不时哼一声，表示在听。

"首长，今天氧气包我也带上了，不行你就吸几口，还管点用。"小张见我不舒服，就提醒说。我说没事。

上午十点多，我们到了纳木错湖，驾驶员小刘留在车上待命。湖四周藏民搭的经幡五颜六色，随风摆动，许多游客都在观赏和拍照。我只能勉强跟着小张走，感到胸闷得很。小张说围着湖边走，走得越多福气越大。

我走到湖边，已经是缺气少力了，脚步也变得越来越慢，坚持走了一千来米，就地站着歇一下。

"小张，我走不动了，只能享受这点福了。"我叫住小张说。

"首长心诚，也算走了全程！"小张边说，边打驾驶员小刘手机。游客车子一般不能开到湖边上，小张就给景区主任打电话说有位首长突然胃疼得不能走了，帮忙让驾驶员把车开过来拉病人。

上车后，小张对我说不远处有座山峰，海拔五千多米，上面有块石头，刻有藏族著名诗人的诗词，算是个热门景点，几乎每个游客都会上去拍照留影，问我上不上。我不假思索就说上，爬也要爬上去！小张连忙说好，便要和小刘扶着我！我自己沿着台阶，一步一停一喘一吸气，真就爬上去了！

站在石碑边，小张拿着我的手机给我留了张影。小张说这是念青唐古拉山的一条腿，主峰海拔有7182米高，普通人上不去。小张叫我站在高处，把四周的湖泊、帐篷、山峰都照下来留作纪念。我表扬小张有经验，想得周到。

小张一边陪我下台阶，一边整理我进藏的照片。一不注意，小张把照片发到了微信朋友圈。不一会儿，我家人和许多朋友就都看到我进了藏区，很是吃惊，纷纷问我到哪里了？是谁在陪我？知道我生了病的人让我赶快回去！

小张原本是一番好意，可一不小心，我到西藏的秘密全公开了！怎么办？生米已经煮成熟饭，无论谁劝我，我就只说好，好，好，谢谢关心，人没事，请放心！

到了下午一点，大家都有点饿了。原本小张计划去附近县城吃饭的，也已经联系好了饭店，但我说没必要花时间专门跑一趟，身体也吃不消，随便找家卫生点的路边店，填饱肚子就行。小张有点为难，因为他听说路边店不太卫生，自己从来没带客人去吃过。他告诉我，如果真要吃，那就到几家云贵川人开的小吃店，卫生点，有特色。我说好。

车子开到一排木板房前停下。我一看有好几家店，有米饭加小炒、热汤米线，面馆多一些。小张不知道吃什么好，我做主进了"川味特色面"店。三个人各自点了一碗面，吃了十来分钟，肚子饱了，结账共九十元。小张说这顿饭花的时间、用的钱是他陪客人以来最少的，要不是我作决定，打死他也不敢这样做。

"不就是一顿饭吗？不要弄复杂了，填好肚皮就行，有时越简单越好。再说，面条经过沸水煮过，等于消了毒！同时，我们还节约了一个多小时，省了一些钱，一举多得，何乐而不为？"我笑着对小张说。

吃罢饭，小张原计划陪我返回拉萨，但我自己早计划好了，要从纳木错直接到那曲去。

"小张，我想到那曲去看看。我早看过地图了，从拉萨到那曲，走到这里，差不多走了一半路程。"我又给小张出了一个难题。小张目瞪口呆。

"我知道你做不了主，我这就给你们首长打电话。"我当即拨通了老同学政委的电话。老同学一听，知道是改不了行程的，当即同意了，并让小张听了电话，交代了一些注意事项。

"首长，您怎么突然想着要去那曲的？昨晚我们计划今天的行程时，您可没有说起？"小张让小刘把车往那曲方向开，然后问我。

"那曲是我们浙江省的对口援建地区，也算我们的第二故乡。我来西藏时就有去那曲的想法，只是如果昨天晚上说了，你们肯定会报告给你们的政委，他肯定劝我不要去的。那样我也不好意思坚持要去，会为难他的。今天半路上，我突然给他提要求，那他不好拒绝我这个病人。再者，如果我有什么三长两短，那都是我自己的决定，正所谓将在外，军令有所不受，是不是？"

小张明白了，并说他们政委再三嘱咐他要照顾好我，如果我有个什么差错，政委要拿他和小刘是问的。他还劝我不能拿生命开玩笑："首长，在西藏，海拔每高一米，人的感觉反应就可能不一样，您千万要注意啊！"

我答应了小张，笑着说一切听小张的指示。小张说："首长不要开小兵的玩笑嘛！"

果真如小张所说，车开了不多会，我心跳明显加快，呼吸时口张得大大的，头上好像绑了东西，左右轻轻摇动眼睛就冒金花，肠胃也有反应。我只好靠在后座上，闭着眼睛，坚持着。

"首长，您脸色不对劲，是不是停下来吸几口氧气？"小张坐在副驾驶位置，时不时扭过头来关注着我。

我睁开眼坐直身子："没事，我坚持一下看看。"我曾听老西藏人讲过，初上西藏的人如果一有反应就吸氧，舒服一会儿了感觉不行，再吸，如此反复就会产生恐惧和依赖感，最后只能待在房间里靠着氧气袋(瓶)不离开。但如果有反应时，咬着牙把最难受的那阵子挺过去了，自身的适应性会增加许多，全身就可能会放松下来，不良反应慢慢就消退了。我认为，高原反应实际上就像恐高、晕船一样，人的精神影响、心理作用占了很大比例，所以不到万不得已，轻易不要吸氧，不能形成心理依赖。

小张也很认同我的看法。他说，他们见过不少客人，一下飞机就感觉不行，到了房间就要吸氧，几天下来哪里都没去成。但一听说马上要返程了，感觉就好多了。

肺癌手术患者，最需要的是充足干净的空气，到高海拔的西藏肯定不合适的。对此，小张问我为什么要来西藏冒险。

我认为，人活着就是活心态。得大病在家里整天唉声叹气也是活，出来跑跑看看也是活。人们常说人是一样生，但有百样死；人有预产期，却没有预亡期，谁也不知道会在何地何时离开人世，所以要把每天当作生命最后一天来过，过自己喜欢过的日子，把苦当乐，苦中寻乐。当人们以积极的心态生活时，就会发现许多美好的东西；当人们以消极的心态生活时，就会感受到许多悲观的东西。生活的快乐与痛苦全在人们对生活的态度之中。心情乐观也是一剂良药，痛苦时不妨换一个角度来思考，多想想美好的过去，美好的事情。

一路上，两个小伙子不停地和我交流着，对生活和人生有了新的感悟。我也感觉轻松了许多。

下午6点左右，车开进了那曲军分区招待所。从车上下来，我感觉很累，双腿站不稳，小张连忙搀扶着我。到了房间，洗把脸，我请小张帮忙削了个苹果，然后慢慢咽下去，休息一会儿，才感觉好了一点。

晚饭时，小张问我需不需要把饭菜送到房间来吃。我说不用，我觉得一个人吃太孤单，吃不进，人多热闹还能多吃一点。晚饭吃的是当地的特色食品，但我没食欲，只好强迫着自己吃一口，喝一口水，饭菜倒像是冲进胃里的。

吃罢饭，我就赶紧回到房间，顾不得洗漱就躺下了。

"首长，我和小刘就住在您隔壁，两个房间有电铃连着，有事您就马上按电铃。"小张说完，又反复试了试电铃，并把电铃开关放在我枕头边。我让小张把卫生间的脸盆放在床边，以备晚上急用。

平躺着，我感觉天在转，床在晃，一种说不出来的难受滋味，身上也在出汗。我坐起来，把另外一个枕头和靠枕垫到背后，半躺着，又喝了几口水，症状稍有减轻。因为怕出意外，我没吃安眠药。这一夜，左右辗转，我一会儿坐起来，一会儿又躺下。终于听到了起床号，又迎来了新的一天！

"首长，昨天晚上肯定没休息好吧？"小张早早进了我房间。

"你猜对了，我兴奋得一夜没合眼！"我开玩笑地回答。

浙江援藏干部中有好几个我的战友、朋友，原计划吃过早饭去看看他们的，但考虑到自己现在的疲惫样子，不方便见人，所以决定开车就近转转，遇到有兴趣的地方下来看看。一上午，我们几乎跑遍了那曲的主要大街。如同林芝一样，好多地名有浙江特色，如杭州、宁波、绍兴、西湖。浙江对口援建的广场、体育中心、医院、学校、超市、敬老院，很实用、大气，也很美观。

　　我一下子仿佛置身于杭州城中，突然觉得自己很渺小，还有点矫情，想想那么多援建西藏的同志，几年如一日，面对高原反应，他们是怎么熬过来的呢？比比他们，我感觉十分愧疚。

　　心中有榜样，浑身添力量。我对高原反应没那么敏感了，加之从那曲返回拉萨，基本上是从高海拔往低海拔走，所以感觉轻松了许多。

　　返回拉萨，稍事休息，我决定不让任何人陪同，第二天独自去趟日喀则，在日喀则军分区住一晚，第三天返回。何参谋已经和军分区联系过了。

　　7月6日上午，何参谋送我到拉萨火车站。拉萨到日喀则的这条铁路通车不多久，基本上与318国道平行，车上的乘客不多，有不少位子空着。我靠车窗边坐着，边看外面的风景，边对照现地地名。

　　三个多小时后，火车到了日喀则。

　　吃过中饭，军分区领导派军务科张参谋陪我去参观西藏第二大寺庙——扎什伦布寺。我事先从书上查阅过这个寺庙，知道寺庙是一个群体建筑，主要由五座寺庙组成。由于寺庙里的酥油味容易引起我过敏，所以我建议张参谋在进每座寺庙前，帮忙详细介绍，然后再进去快步参观，尽量简单些。

　　到了第一座寺庙前，张参谋找了个树荫地，从佛教起源、藏传佛教、达赖班禅两大佛派，再到这个寺庙的建立和发展，向我作了介绍，用的时间不长，但讲得条理清楚，头头是道。参观时，我戴上口罩，在里面转了十来分钟。后面四座寺庙都是如此这般进行，差不多用了两个小时。

　　回到招待所，张参谋陪我聊了会儿天，介绍了日喀则军分区的有关情况。日喀则军分区是西藏最大的分区，下属单位和部队多，管辖边境线最长，有两个大口岸，平时任务很重。辖区里的景点也最有名，有好多高原湖泊。举世闻名的喜马拉雅山也只有在日喀则才能看得最清楚。

　　张参谋介绍西藏如数家珍，情真意切。我不禁问他："西藏自然条件这么艰苦，但从你的话语中能听出对西藏的无比热爱，这是为什么？"张参谋说这个问题有很多人问过他，但他想得比较简单，既然是当兵的，就应该走到哪里心就安在哪里，心定了就会处处感觉都像家！

我感叹小张的话虽然直白但境界很高！物质发达的今天，小张体现出来的精神弥足珍贵。人生短暂，不管在何处，无论干什么，都不要愧对脚下的土地，不能辜负这个伟大的新时代！

7月7日，我坐火车返回拉萨。火车上，看着窗外忽闪而过的景色，想着驻藏官兵的朴素面容，心绪也随之飞扬起来，便在随身笔记上写道：生命如同大自然的花花草草，机遇各有不同。成为花的，固然可以灿烂一把，沾沾自喜；成为草的，默默一生，也有自个儿的活法。一个人在别人眼里，不过是一个过客，甚至连过客也不是，只有自己才是自己的全部。到最后，大家都一样，不过是在这个世界上走了一回而已。如果用这个视角来观察人生，那么人们对许多忧愁和痛苦、风光和喜悦，就会看得更通透，心迹也会更清净！

7月8日上午，我启程回杭州。临行前，我在拉萨市区买了些小礼物带回家送给亲友。

回到杭州家里，我整天迷迷糊糊，发困又发呆，还感到另一种难受。打电话请教那位西藏军医，军医说这是醉氧的体现。按常规出西藏也应由高到低一段一段地下，我直接飞到杭州，落差太大太快，氧气太足，身体需要几天的适应过程。

出国要"倒时差"，去西藏要"倒氧差"。适度、平衡是自然规律，只有掌控好，才有主动性。

西藏之行留给我的记忆是刻骨铭心的，这次经历成为人生的一块磨刀石、一只聚宝盒、一个标志牌。如果身体能帮忙，我还会去西藏的，能邀上几个好友那就更好了，乘自驾车，花更多的时间，从青藏线去，川藏线回，去看看解放西藏的第一站昌都，去全国最后才通公路的墨脱县，去孔繁森工作过的阿里地区，去军校学习防御战课程时经常提到的亚东……人生就像旅行团，已经加入了，不走完全程很遗憾！

到青海果洛看战友

2019年7月1日，是中国共产党的九十八岁生日，我想起了前几天到青海果洛军分区去看望战友的情景。他是一位优秀的共产党员，一面鲜艳的红旗。我的心灵，在这里受到强烈的震撼和净化！

果洛是青海省的一个州，是青藏高原的一部分，也是长江、黄河、澜沧江三江的源头之一。平均海拔在四千二百米之上，下辖六个县，人口约二十万，面积七万六千平方公里，最小的玛多县实际常住人口不到两万。

我和战友是在江西省军区工作时认识的，他是安徽安庆人，军校本科毕业后分到野战部队，从基层一直干到师保卫科长，交流到江西省军区，在人武部政委、教导大队政委、机关处长的位置上都干得很扎实，素质很优秀，多年被确定为师职后备干部。

去年底提升的通知来了，他交流到青海省果洛军分区任副司令员。他在电话里告诉我，我说祝贺你，等过段时间我一定去看望你！

部队调整改革后，军分区副师级军官只保留了一个副司令员岗位，过去的副政委、参谋长、政治部主任的岗位都精简了。听称呼，副司令员似是军事干部，实际上，在军分区是大总管，连纪委书记，政法委书记等职务都兼任着。

战友接到任命，从网站上下载了青藏高原的各种情况介绍，特别是果洛州的详细资料，他打印下来，装订成册，反复阅读，研究熟悉，就连乘坐飞机的时间也在做功课，对新的工作环境做好了充分的思想和体力上的准备。

可是，他万万没有料到自然环境和工作条件是那样的恶劣艰苦。他下了飞机两腿发飘，头晕目眩。他的办公室在四楼。过去在内地，四层楼是可以一口气跑上去的，这里他每上一步要喘几口气，上一层要靠着墙歇一会。

在办公室里坐在椅子上喝了几口水，扑通扑通的心稍微平缓了一点。他顺手拿起放在办公桌上的干部花名册和简历。虽说他眼睛有点近视，在内地打篮球，乒乓球，五公里越野，看书写字用电脑，影响都不大。可这会他什么也看不清。他用力睁大眼睛，突然额头和太阳穴上的筋一鼓一跳，扎心的胀痛。医生赶来了，说："首长，在高原上干什么都要慢，要少，要轻。有人开过玩笑，说内地有的领导搞形式主义，习惯讲大话、空话、套话，时间花得长。请他上高原来工作，一下子就会治好的。"战友说真的不假，开会，能一人讲的不会有第二个再"补充"几点，多一句话也不会讲，多讲是会耗精力的。

在高原睡眠不足也是极大的痛苦。晚上近9点天才黑，身体躺在床上，眼睛合不拢。战友说在内地晚上常常被尿憋醒，去趟卫生间又继续做梦，在这里是干醒，胃里喉咙嘴里燥得很，端起水杯又喝不进。睡不着不停地翻滚，身体就像烙饼，有时就盼望像内地那样做一场美梦，可一次也没碰上。

好不容易熬到天亮，要起床了，由于一夜没睡觉，身体疲劳，头昏脑涨，四肢发软，从床上爬起来，坐在床边，两腿站不稳，挣扎着朝门外走，靠脚在地面上一点一点地往前拖。有人说在这地方睡觉有两怕，晚上怕上床，担心夜间出个意外，就与这个世界告别了；早上怕起床，折腾一夜浑身无力，总想再躺一会，或许能眯一会。

军分区管辖的面积大，说是一个州，面积比浙江省小不了多少。下到人武部、乡村工作，常常被天气、泥石流、塌方阻碍，只好在车上过夜，冬天最冷的时候零下四十多度，只能待在车里等救援的战友或老乡。所以车后面总是装得满满的，主要是充饥的、防冻的和自救的物品。

我到了西宁，战友又高兴又担心，高兴的是我们又要见面，能亲身体验一下他的环境，听听他的心里话；担心的是我年近七十，又做过肺癌切除手术，怕高原反应吃不消，发生意外。战友反复提醒我注意事项，并从州人民医院请来西宁援助的全科医生全程保健，令我好生感动！

第二天上午飞机准时降落，战友相见，我俩紧紧拥抱在一起，眼睛涌满泪水，他帮我擦，我帮他擦。我俩才一年多没见面，他上去才半年，变化太大了，脸色灰黑，腰背弯驼，说话声音也沙哑了。坐在车上，我说老战友你太辛苦了，太辛苦了！他说老首长这么大岁数还真来看我。我问他身体还好吧？他说过去的腰椎、脖子疼得更严重，高血压更高了，还多了失眠症、胃溃疡，可能上来时间短的原因吧，现在慢慢在习惯。等时间长了，我真正成了高原人，一切会适应，会正常的！

因军分区司令和政委去青海省军区读书了，老战友的事情更多了。因为我到的第一天是星期天，他有点空，就陪着我去看冰山，黄河源头河滩。天气变化无常，太阳因附近一座座皑皑大雪山强烈反光，特别刺眼，一会儿大雨滂沱，一会儿冰雹倾砸，我伸手去接了几秒钟，就落下一大把大拇指大的冰雹，砸得手掌生疼。

军分区和州党政机关都驻在玛沁县的大武镇，这是全州最大的市区。号称两万人，几个大寺庙的和尚，小僧人，帮工的估计占了一大半。军分区名气很大，书记州长说关键时刻还是解放军靠得住，用得上，很放心。分区设置比起内地许多单位要强得多，大门气魄壮观，有"百姓见了喜爱，坏人见了胆寒"的感觉。进到院里，许多树木长得郁郁葱葱，有的有一人多高，真像一座植物园，数千只鸟在树林里戏耍，叫唱不停，给官兵们带来生机和欢乐。战友若有所思地说："它们是候鸟，可以随着气候飞行居住，一到十月份，它们又飞得无影无踪了。这里的军人可是颗不生锈的铆钉，一年四季铆在这里，有的一铆就是几十年，小鲜肉上来，酱牛肉离开。"话说得风趣，可我一点也接不上话，更笑不出声来，反而是一脸的凝重！分区绿化在州里出了名，那是多少茬人艰苦奋斗，摸索出来的种植方法，就连一棵小草野花，官兵也视同知己宝贝，倾心呵护照看。州委号召向军分区学习，专门组织县乡镇两级干部到分区参观栽树种草的经验。

这里还有个红色景点红军沟。当年红军长征时，有支部队经过，突然遭到暴风雪的袭击，有十几位体力较弱的战士没有跟上大部队，被大雪压倒牺牲了。到目的地清点人数，开始以为他们走岔路去投降敌人了。等到第二年春暖冰开，上山的藏民发现了红军的遗体，姿势都是向前倒，背朝上的。藏民用当地风俗将这些勇士安葬，从此把这个山沟叫红军沟。我听到这个故事，心情久久不能平静望着红军沟方向，向英雄的老前辈默哀致敬！战友说虽然这里环境恶劣，但每一寸土地都是先烈用鲜血和生命打下来的，我们要与他们比一比，对得起他们，绝不当懦夫孬种！

我要离开了。省军区要召开电视电话会，要求全体干部参加。战友一大早就来打招呼，说不能去机场送首长，也不忍心说欢迎首长再来。我说你多保重。看他吞吞吐吐的，便问他还有什么困难？他说：既然来了，会安心干下去，就是没有给父母、妻子、女儿说这里的真实情况，怕他们担心。女儿今年高考成绩不错，很高兴说是八月份填好学校便陪她妈妈来探亲看我。我变得这个样子，工作环境与家乡没法比，母女俩受不了怎么办？让不让她们来？这些天一直在纠结这个事。我说老战友，还是让她们来看看，军人的妻子、女儿是会懂得军人的，是会理解军人的特殊性的，她们会支持你的，会像你一样坚强。正式发邀请书请她们来，邀请词写上：世界屋脊，青藏高原，大美果洛欢迎你！话虽这样说，当我们告别握手时，突然喉管还是发硬了，一句话也说不出来。将心比心，我要是战友，可能比他更纠结，因为我的内心不如他强大。

五年前我上西藏住了八天，这次二上青藏高原时间虽短，但身体上，精神上痛苦得多。上次我主要去旅游，这次就是看战友，心情大大不一样。在返程飞机上我想起了在果洛见的各位战友，反复回味他们几十年留下的口号——

海拔再高，标准更高；氧气再缺，意志不缺；条件虽苦，苦为人民！

这次上果洛，我虽然体重降了八斤，但千金难换，仿佛一下子年轻了几十岁。心中默默地祝福战友，保重身体，平安至上。

沙坡头的沙真烫

沙坡头在宁夏中卫，是国家5A级风景区，最近几年很火！

西北五省，除了宁夏，其他地方我工作时都去过，只是时间有长有短，看的地方有多有少而已。6月底，战友老李邀请我到宁夏转转，我没有半点犹豫就答应了。

因天气不佳，飞机晚点近四个小时才从杭州起飞，空中两个半小时，到银川机场已是晚上9点了。老李开着私家车接我到住地。

第二天一早7点多，老李接上我，说今天游览三个点："一奇一今一古"。"一奇"，就是宁夏最著名的沙湖，有人云："不到沙湖耍，不算来宁夏"，奇是指在阳光下远眺沙湖，四周的沙漠金灿灿，中间的湖水碧绿绿，真像一颗大宝石。更奇的是滚动的沙盖不了湖，老天再干，湖水也不会少，沙和湖共存，相安无事；"一今"，就是著名作家张贤亮精心打造的西部影视城。在此，幸福的童年、辛酸的青年、多彩的壮年、辉煌的晚年，不朽的一生尽可见；"一古"，就是西夏王陵，是中国现存规模最大、地面遗址最完整的帝王陵园之一，也是现存规模最大的一处西夏文化遗址，它见证了一个王朝的兴衰！

老李是河南人，他边开车边告诉我，他今年奔五了，当兵三十多年，打算年底就退休。前几年他陪的客人多，银川附近的景点都很熟悉。这次我来了，他来当驾驶员兼任讲解员，让我尽管问。果然，他陪着我边走边介绍，讲得头头是道。

看完三个景点，已快到晚上8点；回到银川市区，大街小巷己是灯火辉煌。老李嘱咐我洗洗早点休息，明天要出银川到中卫去看沙坡头。

沙坡头顾名思义，主要是沙坡有名。宁夏沙湖沙坡能成为著名的5A景区，确有神奇之处。沙坡头是被风自然吹成的一座沙山，顺着黄河边，沙山上的沙每时每刻都在往下滑动，风又每时每刻从沙山底部把沙往山顶部翻吹，沙山天天那么高那么陡，完全是大自然的神功。

从住地到沙坡头景点一百八十多公里，车开了两个多小时。景点项目围绕"黄河水"和"沙坡沙"两个概念做足了文章。水上项目有羊皮划艇、水上冲锋舟，有吊桥、蹦极、溜索，都带有很强的刺激性，是年轻人的最爱。沙坡的项目主要集中在一千多米长的一段沙坡上，往上行可以自己走，也可以乘踏步式电梯；下来租个沙橇，坐着往下滑，也可以坐电梯原路返回。

上了沙坡头，主要是转身观看不远处的大山和流淌的黄河水，甚是壮观。再往沙坡背后走几百米看大沙漠，看建在沙坡旁的火车道和高速公路。我和老李因岁数大，没玩其他项目，只是一路前行欣赏，不时感叹不如当年。

中午十一点半，老李陪着我乘电梯到了沙坡顶，正是太阳光照最强烈的时候。看着一百多米陡峭的沙坡，我不由得心动了，想光着脚丫跑下去。老李不同意，担心我的身体吃不消，说还是坐电梯吧！

"让我尝试一下，也许很刺激。"我边说边脱鞋袜，老李赶紧扶着我，也把自己的鞋袜脱了。两人一手提着一只鞋，顺势往沙坡下跑。刚跑两三步，我们就感觉沙子很热，跑了十多步，脚下已经感觉很烫，踝骨以下相当难受，好似踩在砂锅中被翻炒。老李担心被烫伤，劝我还是返回坐电梯吧。我想想返回上去也难，再说不能半途而退呀，只好咬着牙，继续往下跑。实在受不了，我试着坐下来准备往下滑。谁知坐下后，身体接触沙子的面更大，感觉难受的地方更多，而且滑起来也非常吃力，速度并不快。我立即爬起来，继续往下跑，双腿踢起的沙子被迎面风吹得满身都是。下到坡底，坐在树荫下，两人的脚通红通红的，脚底生出了许多小水泡，钻心痛！

"谁叫我们在野战军干过的，关键时刻还真是能豁出来。"我和老李笑着自嘲。

后来，我问了景区工作人员当天沙温多高，他们说，此时正当午，少说有摄氏六七十度，沙子被烤熟了。这么多游客就我俩敢光脚跑下来，肯定是当过兵的！最后，他们还给我药膏，叫拿回去抹一抹。

尽管回来洗了又洗，但到吃晚饭时感觉嘴里还有沙，不过沙很细，像面粉，不硌牙。

这一烫，使我又坚强了许多，尽管想打退堂鼓，半路返回，但却没有，因为当过兵，干过野战军，必须坚持！这一烫，也使我自信了许多，认准的路，纵有再大的艰险，也要一往无前地走下去，经受住也就成功了！

第一次到宁夏，游览了几个景点之后，我对宁夏的印象再不是原来的想象。宁夏的高速公路又宽又直，银川市街道整洁、卫生，出租车干干净净，人们很有礼貌，景点干净的洗手间更让人赞叹不止。街上、景点游人密密匝匝，还有不少洋面孔。几个城市规划得合理大气，留足了未来的发展空间。

宁夏，真是有点赛江南的感觉，我有点后悔来晚了、住短了，此行真是太值得了！

谁寄的月饼

9月8日，星期天。

下午四点多，快递小哥打来电话，说我有个快递送到了一号门传达室。我迅疾去取回家，包裹外表没有寄件人的详细信息，只写了"战友"两个字，寄件人地址写的是北京市海淀区，但包裹是从山东寄出的，里面装的是月饼。

临近中秋，亲朋好友互赠月饼是常有的事，且由于交通越来越便利和邮寄方式越来越多样，从天南地北都有寄来的。但这个快递是哪个战友寄过来的呢？我要弄清楚，好向对方打个电话表示感谢。

我把包裹里外仔细翻看了一遍，没有姓名，只找到一张便笺，写了一首打油诗：

> 中秋圆月分外明，
>
> 京杭两地共思情。
>
> 岳父亲手打月饼，
>
> 送给将军品一品。
>
> 自己不吃可送人，
>
> 但是千万不能扔。
>
> 因是百姓一片心。

这首打油诗令我更生好奇心。

我判断对方应该与我早就熟悉了，因为我这个手机号是十多年前就启用了的；他知道我不爱吃月饼，特别是带甜味的，其实，我家人也不喜欢吃。前些年，每逢中秋节，送家里来的月饼较多，且各式各样都有。为了不浪费，我将收到的月饼拿到有关部门认真检验，凡没有过期的、质量可靠的，就都及时送到幼儿园分给小朋友，或者送到公勤队给战士。这几年，新的廉政规定越来越明确，也知道我早已退休了，送月饼的就很少了。对方大概知道我有送人的习惯，所以提醒我这包月饼质量是好的，不吃可以送人，但千万不要扔了，因为月饼是他岳父亲手做的，佐料、劳力不用说，更是揉进了深厚的感情——最后一句"因是百姓一片心"，作了最好的注解。也许他向岳父讲了我的情况和我与他的情谊，特意让岳父定做的。这从月饼的简单包装可以看得出来：两块无毒白纸，各包六个月饼，共十二个，再用带泡泡的塑料纸包着，最外面用普通纸盒子装的，很实在。一个月饼大概有一两多重，做得很精致，但没有品牌也没有名字，光从表面上看，这些月饼与商场里那些花里胡哨、盒大饼小、中看不好吃的没法比。

很香！我急不可待地拿了一个，轻轻地咬了一口，味道不错！我一口气吃了一个，这可能是我几十年来吃得最多，也是最好吃的月饼，所以我想着一定要找到送月饼的友人！

信息搜索，我不大懂，不知道如何查人，就把快递单拍照发给了一个朋友，请帮忙查询。很快有了反馈，确认了包裹是从山东烟台市蓬莱区寄出的，但月饼是帮人代寄的，对方交代快递公司不得将寄件人信息提供给别人。

寄件人本人可能在北京工作，还可能是山东烟台人或是烟台人的女婿。有了这些零散的信息，我首先想到了我的信息化知识小教员。

那是2006年秋天，组织上指派我参加长沙国防科技大学军职班培训，为期两个月。为了让我们学会操作计算机，学校给每个学员配了一个小教员，他们来自本校的研究生队。上课时小教员坐在我们旁边，晚上给我们加班开小灶。我的小教员是山东烟台人，长得最帅气。我们师徒相处很友好。

有一天，小伙子对我说，他来湖南好几年了，还没有去过南岳衡山，但他们请假很难，看我能不能带他去看看。我说我也没去过，就答应他周六一块儿去。

周六当天，我们起了个大早，搭乘大巴车上山。车上人已经很多，只有后排有几个空位子，我俩就坐在了最后。在车上，小伙子有说有笑，显得很兴奋。不久，车开始爬山。山路崎岖不平，车颠簸得厉害，小伙子不吭气了，脸开始发白，不停地搓着双手，时不时捂胸。我问他是不是晕车。他扭头面向我，刚想说话，却没忍住就呕吐了，喷得我胸部、双腿上都是。我也顾不了太多，赶紧扶着他，拿出矿泉水，让他漱口，并用手轻拍他后背。周边几个人显得很反感，还骂骂咧咧的。我连忙说对不起，请大家多包涵。我站起来，让小伙子半躺下，然后用上衣擦拭了裤子。

好在上山路程不远，不一会儿就到了终点站。下车时，有个人对我说："你这儿子长得好看，但体质太差，要加强锻炼。"小伙子看了看我，欲言又止，我笑了笑，没说话。

我找了个小饭店先休息一下，让小伙子喝了几杯开水。到底人年轻，半个多小时后他的不良症状就消失了，又吃了些水果。很快就到了中午，我们各要了一碗面。小伙子吃完说没事了，全好了。我对他说："我们来一趟不容易，如果你能坚持，我们就用军官证去换两张票，进里面去看看，下午晚点回去。"

他说，他正是这个想法，只是感觉已经给我添了许多麻烦了，不好意思讲。

我们游览完了衡山的主要景点。担心小伙子再晕车，我提议到山下坐火车回长沙。我们一边下山一边聊着，后来在路边拦了一辆车坐到了火车站。车站很小，车次少，只停慢车，还逢站必停，晚上9点多，我们才赶回学校，比乘坐直达大巴足足晚了四个多小时。小伙子说耽误我这么多时间，感觉很不好意思。我说谢谢他陪我，教我。

后来，小伙子出国深造，回国后分到了总部机关，前些年我们偶有联系。

后来我退休了，告诉他：你工作忙，不用记挂我。

我想到的第二个友人是一名士官，也是山东烟台人。

十六年前，我在第十二集团军工作，有一次参加全军组织的先进事迹报告团，当时我是报告团领队，主要介绍部队是怎样发扬王克勤尊干爱兵光荣传统的。这名士官是报告团成员，他主要讲个人舍小家为连队的先进事迹。士官的文字功底不大行，讲稿常有改动，自从第一次我主动帮他修改稿子后，每次稿子再改动，他总会找到我。就这样，我们熟悉了，偶尔有了联系。第二年他提了干，第三年调进了北京的一个单位。后来，他在烟台举办婚礼还邀请了我，我因有事没能去成。

印象较深的还有一个烟台人，他是国防大学工作人员，我上学时认识的。一次，他携夫人来杭州旅游，我曾接待过他们，并邀请到家里吃过一顿饭。

……

想了几天，中秋节也过去了，我还是没能确定是谁寄的月饼。俗话说，礼轻情意重，我好想打电话亲口说声"谢谢"！但既然战友有心不说，我也就没再继续去探究。

天上月圆，人间团圆；家庭情圆，心中事圆。那几天，我和家人把这盒神秘的月饼吃完了，别有风味！

再遇吴宝宝

2019年12月5日，我再次回到江西省军区。上午办完事，下午有空，朋友邀请我到南昌市梅岭镇去看看，说那里变化很大。

梅岭是个著名的风景区。在镇子附近有个鲜为人知的神秘场所，那就是林彪别墅。林彪别墅是由"文革"时任江西省委书记、省军区政委的程世清以战时地下指挥所的名义，专门为林彪、叶群南下度假而建的住所，1965年开始建造，1972年竣工。建造之前还动用军用侦察机进行了地势侦察，并请了十多位地理学家勘察研究，最终选址于梅岭镇附近。该地"冬不冷、夏不热、秋不燥、春不潮"，冬夏恒温摄氏十七度到二十四度，四周都是高山，只有一条路入内，非常隐蔽。

别墅的设计也很独特，回避了林彪个人所有忌讳（林彪怕光但又怕太暗，怕冷但又怕太热，怕潮但又怕太燥，而且怕风还怕吵）。四周门窗均为防弹玻璃。地板是从越南进口的柚木地板，弹性很好。大套间是林彪的卧室，与叶群的卧室有一个暗道相通。室内的镜子从西德进口，几十年来一直都很明亮。卫浴设备也是从欧洲购置的。别墅里面设有作战室，中间摆有沙盘，墙上挂有军事地图。作战室平时兼作舞厅和放映厅。山顶上有停机坪，可以同时供两架直升机停放。

"文革"时期，林彪别墅属"非开放地区"，岗亭边设有电网，附近不允许建民用建筑物，未经允许，人员不得进入。因属军事工程，别墅一直由省军区管理。从1992年起，在别墅外依山势地形陆续建起了四幢大小不等、层次不同的部队营房，用来保障首长机关演习和各类人员集训，最多可同时住三百余人。管理别墅的单位统称为659工程管理队（1965年9月开始施工）。随着时间的推移，单位建制从营级降格为连级，再降到排级。在南昌市内，省军区类似这样的小散远单位共有四个，即"两库两队"。在江西省军区政委任上时，我经常会去这四个单位看一看。特别是每逢春节、中秋节，我知道官兵最想家，我都要去转一遍，心里才踏实。

这是我退休五年后第一次来到梅岭。参观完朋友介绍的景点，我就想去659工程管理队转转。

车子开到岗亭边，哨兵不让进。我掏出退休军人证递给他，他仔细看了看，然后对里面喊道："班长，是老首长陶政委来了。"

哨兵把铁栏杆搬开，放我们的车进入。一个大个子士官跑了过来，很激动，一边指引着我们向里走，一边告诉我说，他叫吴宝宝，山东枣庄人，入伍时在警卫连，两年后调到这里，一干就是十三年，现在是四期士官，明年就要转业了。现在队里有九个人，一个干部负责，干部下午外出办事了。更令我意外的是，吴宝宝记得我来过好多次，还召集他们开过会，要求人人"八个会"。他说他至今还记得很牢，照着做，很实用。

吴宝宝这一席话一下子把我拉回到十年前。

那是2010年，我刚赴任江西省军区，暂时没有多余的空房子可住，就和驾驶员住在省军区招待所，两间房，我住套间，驾驶员住标间，一晚就要花四百多元钱，着实令我心疼。于是，我让机关的同志帮忙找空闲房子凑合着住。他们一共选了三处，征求我意见，其中一处就是管理队这个地方。综合上下班路程等多方面因素考虑，我住进了乐化综合仓库的一幢空闲房。

第一个双休日，我没回机关食堂吃饭，就在仓库和战士们搭伙。早上，战士们谁起来了就去炒米粉吃，有时一个人做，有时两个人做，灶具烧烧停停，十二个官兵从七点多一直吃到将近十点。中晚饭请一个五十多岁的老乡烧，一个月支付他一千元酬劳。仓库环境凌乱，很多菜地长满了杂草。战士的被子衣服似乎也好久没洗过，到处是污点，有一股浓烈的异味。吃完中饭，我又先后到了其他三个小散远单位现场查看，就包括梅岭这个管理队，情况大同小异，我心情异常沉重。我在想，部队是所大学校，无论是在野战军当兵，还是在省军区部队当兵，应该都是一样要求、同标准建设。我们起码要教他们会生活，不能误人子弟啊！

通过调查，并同机关反复研究，我们结合省军区部队实际，制定了加强基层单位建设的措施，很具体，就是士兵人人要做到"八会"，即会操练、会烧饭、会种菜养猪养鸡、会洗衣被、会唱歌、会出黑板报、会写信、会上课谈心。同时，鼓励大家能者为师，各展所长，互帮互学，一项一项循序渐进，并组织干部骨干到南京军区驻鹰潭油库去参观了一天。我们还轮换安排战士到附近饭店见习，请种养专业户手把手地教战士养猪、养禽、养鱼技术，请大妈大婶传授洗衣洗被的方法，请学校老师和机关干部教唱歌曲、学用粉笔出黑板报，请先进连队的骨干示范经常性教育、谈心的方法。另外，自己单位有吃不了的菜蔬鱼肉时，就及时打电话给机关食堂，让食堂按市场价收购，所得收入用来给官兵买些日用品、运动器械，或报销参加成人自考、函授学习等的费用。

大年三十，得知综合仓库士官郭甲子的家属和刚满周岁的小孩来队探亲，我专门去向他们拜年，给小孩一个压岁红包，表达组织上的关心；转到弹药仓库，我又得知担任节日值班的米参谋的女朋友是前一天才从北京来的，女朋友的假期本来就很短，只有三天假，她一听说小米还得值班，哭得很伤心。我立即打电话给小米的处长，告诉他情况，让他统筹调整一下值班人员，立即派人替换小米，让小米好好陪陪女朋友。小米女朋友听了很开心，后来逢人就讲，当兵的还是很理解人、讲感情的。

为了进一步改善这些小散远单位官兵的工作生活条件，我们从上级那里争取来一部分经费，再从家底里拿出一部分，给他们都盖起了新宿舍、家属来队住房，搭建起了制式晒衣房。当时，吴宝宝的单位有三十多人，他们自己整修了菜地、猪圈、羊厩、鸡舍，还把一块烂泥泞地挖成了鱼塘，把一块稍大点的平地整修成了球场。他们说这才是个家，像过日子的样子。

次年雨水特别大，到了夏季，河水把靠小河边的菜地全冲光了，战士们很痛心。听到这个消息，等天气一晴，我又去了吴宝宝他们单位，带着几个内行人，在营房附近转了几遍。大家商定把养猪、羊、鸡的地方往上搬，分散在高低不平的树林里，将腾出的一亩多地平整成一块菜地，用捡来的大块石头在周围垒成挡水墙，并分割成十多小块种家常菜。菜地上面修个粪坑，积农家肥。另外，还建了一个小水池，从水池中接上管子引到菜地里，自流灌溉，省了不少力。战士幽默地说他们办起了半机械化农场。

在吴宝宝的带领下，我很快就把管理队转了个遍。

临走，准备握手告别，吴宝宝说："首长，我们菜地的萝卜和小青菜长得很好。我现在去拔点给你带去尝尝。"

我连声说"自己动手"。走进菜地，我拔了两棵萝卜，吴宝宝拔了一大把小青菜。晚饭时，我们炒好吃了，细细品尝，味道可口，非常香，非常甜！

送天下第一师

车辚辚，雨淋淋，
我送战友雨中行。
天下一师威名扬，
硬骨六连英雄兵。

贺龙洪湖举义旗，
万水千山走长征。
抗敌烽火鏖战急，
南疆还击连报捷。

当年凯旋回杭城，
万人空巷迎群英。
今日军改离钱塘，
雨夜悄声匆匆行。

此去南粤新征程，
西子湖边丽人泪。
老兵多次回军营，

四十春秋不了情。

祝愿兄弟永英武，
断桥不断战友情！

观钓鱼

霜降的第二天，艳阳当头，秋高气爽。早就酝酿好的老同志垂钓活动启动了，还起了个幽默风趣的名字"姜太公杯"钓鱼比赛。参与者穿着自己的工作装，带着器材登上了车，还有几位夫人兴高采烈同行，观赏加助威！因为性格和兴趣不适应，我一直没有尝试过钓鱼，不过，从小到老，还是喜欢看别人钓鱼的。

车行近一小时，到达了山沟里的一座水库。这个水库是个老钓鱼场，钓场成T字形，大坝内侧沿坝设有若干钓位，右边约三分之一处用木板搭成"井"字，像两条栈桥，有二十多米长，一直伸进水库深处，这是水库里面的钓台。木板下面用水泥柱子支撑着，木板搭得很结实，近两米宽，能承载几十人。钓台两头系着一根塑料绳子，拇指粗，固定在陆地上的树根上，其作用类似船上的缆绳，防止钓台被风吹走，两边木板东西朝向，上面设立数十个钓位。

看见这样专业的钓鱼场，在我还是第一次。应邀担任评委和颁奖嘉宾，我还是十分高兴的。

参加者都是几十年的带兵人，也是钓鱼爱好者和高手，从工作岗位上退下来后更加迷恋垂钓，几乎风雨无阻，无特殊情况从不间断。十几位个个精神抖擞，摆好阵势，一比高低。

这次比赛规则提前一天就下发了：

1. 赛时，五个小时；

2. 钓竿，抛竿每位限三根，手竿不限长度、竿数；

3. 钓位：自行挑选设定，中途可换位，但不得影响他人；

4. 独立操作，自钓自取。

比赛奖项设置：

1. 旗开得胜奖。顾名思义就是第一个钓上鱼者；

2. 冠、亚、季军奖。按钓上来的鱼尾数多少评定；

3. 鼓励奖。虽然暂时没钓到，但态度端正兴趣不减，坚持到底的；

4. 最佳参与奖。像我这类只观赏不钓鱼的。

每一奖项都要颁发荣誉证书，前三项还奖励各种钓具。最佳参与者的奖励，根据钓上的鱼尾数分给活鱼，后来分给了我三条，虽然有点不劳而获的惭愧感，但这是大家的心意，我连声说谢谢，谢谢，不好意思，不好意思！

钓的鱼自然有多有少，最多的十八条，少的两三条，还有空手而归的，品种以鲫鱼为主。返回时有多种心情，钓得多的不用说了，满载而归，心里偷着乐，夫妇两人共同提着；收获少的同志虽然不甘心，留下许多遗憾和后悔，但表情却是美滋滋、笑眯眯的，因为活动锻炼了身体，密切了友谊，也增加了新的见解和知识。返程车上大家七嘴八舌，兴致很浓，多是讲教训，谈体会，甚是快乐！

我虽没有钓，但在钓台上来来回回，走走看看，不时向钓友们请教咨询，大增了见识。细细品味他们的话语，领悟了不少钓鱼中的学问。

钓鱼要有好心态。钓鱼好处第一位是修身养性，室外放飞心情，老来寻乐；其次是争取有些收获，两全其美。据行家说，钓鱼时沉稳、耐心、静气很重要。钓鱼者都想鱼快咬钩，钓到大的，越多越好。这种心情大家都是一样的，是可以理解的，但不能空杆久了就来了急躁情绪，沉不住气，不停地拨动、拉扯鱼竿。心急吃不了热豆腐，欲速而不达，要甘心做个姜太公！

钓鱼要准备充分。有的高手讲，钓鱼如同打仗，功夫要下在前期的准备工作上。在什么地方钓，有什么样的水质水温，里面生长着哪些种鱼，钓的人多不多，都要事先踩点探路，把情况摸准弄清。准备工作做得越细越好，钓鱼收获的把握性就越大。

钓鱼要技高一筹有绝招。钓鱼收获多不多，鱼饵最重要。味美诱鱼，同样一个地方，同样的鱼，你准备的鱼饵独特，就会使鱼情有独钟。到市场上购买的鱼饵品相味道差不多，鱼儿见了，就好像见了大锅饭、陈食剩菜似的，容易倒了胃口，碰碰嗅嗅就游走了，很难咬钩。它会去找特色、找新鲜、吃小灶。听说有的钓鱼高手从不到市场上去买现成鱼饵，都是自制的，原料多达七十多种。他们四处问师，寻找各种鱼喜欢吃的独特味道的食物，不仅把剩菜剩饭都留下，还经常到处拣特色的食物，晒干贮存起来，用粉碎机打碎，再碾磨成粉，作为秘方，从不告诉别人。最后，他根据第二天将要去的钓场特点和鱼种，配制鱼饵，经常加工到大半夜或通宵不睡觉，并且一次要准备多种鱼饵，如果一种放下去鱼不感兴趣就及时换上另一种。由于鱼饵别有风味，一放下，好远的鱼都嗅得到，跑来了，咬上钩，奇效就出现了。这有点像开饭店，哪个店烧得菜有特色，味道美，回头客就会多！

一把钥匙一把锁，一根钓竿有学问，钓鱼竟然也蕴藏着许多哲学思想和做人做事的大道理！

晚饭时，我把鲫鱼熬成汤，吃在嘴里，慢慢品尝，那味道真是叫个“鲜”啦，“美”呀，好像是第一次吃鱼！

我的四次隔离

新冠肺炎疫情来了，我被告知需居家隔离。这是我的第四次被隔离。一生因传染病被隔离四次的人是不多的，我不由得又回想起前三次被隔离的经历。

1972年7月，我在湖北省金属公司工作。一块儿从大悟县去的同事朱传文发高烧几天不退，单位诊所医生进行了治疗却不见好转。他被送到市级大医院检查，确诊得了伤寒病。伤寒是由伤寒杆菌引起的烈性传染病，病原体主要来源于粪口，苍蝇是传播元凶之一。通过询问，医生判断他应该是前几天回老家时传染上的。

当时医院将朱传文收治在传染科，并说由于耽误了时间，能否把他抢救过来没有太大把握，又说患者年轻、体质好，还是试试看。朱传文住院期间，需要一个人陪护。单位彭书记马上想到了我，说我原来在农村当过医生，又是朱传文老乡，同一时间进的单位，派我去陪护比较合适。我答应了，并请书记放心。

朱传文一个人住在一间大房子里，房间里有一张床，上铺一张草席，旁边一把靠背椅。我走进房间，朱传文昏迷不醒，手背上正在挂水。护士交代我四件事：第一，赶紧帮朱传文物理降温。他现在体温四十度以上，让我去搬四个冰块，分别放在他腋下和大腿根部，等融化完了再去搬。冰块下面铺上浴巾，浸湿了就及时换掉；第二，要我每一小时帮他测一次体温，把测量时间、体温度数记在专门的记事本上；第三，观察他的脸部表情，凝听他的呼吸声，有变化要及时去喊她们；第四，让我就在靠背椅上休息，但千万不能睡着了。同时护士提醒我一定要注意个人防护，清理朱传文的痰液和大小便时一定要戴口罩、手套和她们送的衣服（就是护士穿的那种，但是很破旧），并告诉我吃饭自己定，到时会送来，碗筷要用酒精棉球擦一遍。

由于伤寒病传染性强，除来医院时单位给了一百元钱，就再没来人看望朱传文和我了。医护人员原以为我是他的亲人，后来才知道我俩只是同事，也就对我关照多了。

前面几天，我很紧张，担心朱传文挺不住会死去，就经常去医生护士那里打听情况；自己还叮嘱自己，千万不能出差错，实在困得不行，就捏捏大腿、捶捶脑袋。怕钱不够，就省着花，我一天只吃两顿饭，早上让送四个馒头、一只咸大蒜头，吃不完留着下顿再吃。

到了第四天，朱传文体温降下来了，眼睛也睁开了！他看见我，一把抓住我的手。我高兴得流泪，跑到治疗台，连声说："降了！降了！朱传文醒来了，有救了！"

我趴在治疗台上放声大哭。医生护士都安慰我，说："这几天朱传文多亏有你，你待他如亲兄弟。你辛苦了，放松放松！"

第五天，我给朱传文定了病号饭，一勺一勺地喂他。晚上我也能把双脚放在椅子上，在他床边上躺着休息了。

朱传文在医院住了二十一天。我一直陪着他聊天、散步。后来他从医生护士那儿听说了自己昏迷那几天被抢救的经过，几次抱着我流泪。

11月份，征兵体检，朱传文和我竟然身体检查都合格了！他可想同我一块儿当兵了，但因为得传染病还不满一年，也就没能实现这个愿望。后来他在单位一直干到副总处级领导才退下来，现在身体还挺硬朗。

第二次隔离发生在1993年2月。

那时，我刚到一师任政治部主任。按照党委分工，我联系帮带一个团，住在这个团的六连。到团蹲点的第二天，我得到团里报告，说今年接来的新兵中，有个福建籍战士被检查出患有甲肝，已经把他送去医院了，同他在一个连的新兵全部就地封闭隔离。

甲肝即甲型病毒性肝炎，是由甲型肝炎病毒（HAV）引起的，以肝脏炎症病变为主的传染病，主要通过粪—口途径传播，日常生活接触传播是散发性发病的主要传播方式，如食物、刷牙工具等。当时，部队官兵特别是新兵比较恐慌，有的甚至想回家。

师部机关卫生所的同志听说我在该团蹲点，担心我会被感染，要我立即离开，接我回师部的小车都已经开到了连队门口。团营领导和六连连长指导员也多次劝我尽早离开，等情况好转后再来。

是走，还是留？不光连队几十号官兵的眼睛都看着我，全团官兵也在关注我的动向。留！我让驾驶员把车开了回去。

我和团长、政委一块儿商量，必须迅速采取措施稳定部队人心，否则可能会出现战士私自离队的现象，如果引起连锁反应就难以控制了。于是，决定要求机关股长以上干部都下到连队排房，与战士同吃同住同作息，一天二十四小时战士不离开视线；请医院的专家来给官兵讲解甲肝防治的科普知识；官兵的脸盆、洗漱工具拿到炊事班用大锅烧开水煮三分钟以上；实行分餐制，餐具顿顿消毒灭菌；全团所有厕所里外都消毒，并加固、严密紧封粪池盖；每个官兵每天发一个苹果补充维生素。

师部机关卫生所的同志还是放心不下我，要送三支增强免疫力的注射液到团里给我用。我没同意，说如果我打针了，那么多官兵怎么办！

十天过去了，团里没有发现新的病例，也没有战士私自出走。根据规定，部队出现甲肝病例，要第一时间逐级上报到总后卫生部。总后卫生部的领导后来来了，听了汇报，表扬我们工作主动，抓住了要害，做得也很到位。

第三次隔离是在2003年"非典"期间，我正在国防大学学习。

疫情最严峻的日子，我们在宿舍里学习、上网课，吃饭不排队，不准集会、串门、出宿舍大门，不准接待外面人员。尽管有这么多不准，少了许多自由，但我感觉那段时间过得还是挺快活的。在自己宿舍电视上听教员讲课，我们可以选择喜欢的课、新鲜的课、名气大的教员的课，关上门坐在凳子上听或者躺在床上听。有时教员、队干部来查课，看我们睡在床上也不说什么，毕竟我们都是师职干部，一大把年龄了，有的在单位还指挥上万官兵，说一不二，所以他们也不好意思批评，睁一只眼闭一只眼离开了。

外出吃喝禁住了，每天早晨、晚饭后坚持锻炼的人自然就多了起来。这给我留下了较深的印象。宿舍楼斜对面有座小山，山上修有一条环行步行道，有上有下，很窄，两人相遇勉强可以通过。每天到了锻炼时间，各种颜色的运动服来回晃动，成了一道靓丽的风景线。走一圈，快的要十分钟，慢的要一刻钟，来回四趟差不多一个小时。我每天早晚各走一次，身体瘦了，体魄健壮了。

我们系两个队有一百多人，大多是正师级干部，少数副师级。队再分班，每班十人，各军兵种、院校的各个职别的都有，连著名足球门将解放军体工大队队长也来了。抗击"非典"修建小汤山医院，听说要从我们学员中选个院长。一队和我们三队各有一个正师级医院院长，都符合条件，而且也都姓张。三队的老张正好在我们二班，大家都期盼他能被选上，因为选去了提副军职是十拿九稳的。老张住在我隔壁，从他的表情可以看出他很期待能被选中，但结果还是一队的老张去当了小汤山医院院长，后来又到上海第二军医大学当了校长，再后来又提升为总后卫生部部长，退休后当了一个医师协会的会长。这次"新冠"疫情，武汉建火神山医院，还请他去当了专家顾问。结业时，我们班老张原来工作的医院被精简掉了，他也就转业回到了上海。

当时我们这帮同学多数是带兵出身的，会喝酒。常听说上学就是"学习学习，休息休息，联系联系，咪西咪西"，咪西就是指吃饭喝酒。国防大学在香山附近，离市中心较远，比较偏。北京人多车多，路上堵，到市中心会友吃一顿饭路上来回各两个小时，吃喝两个小时，这样就要花六七个小时，尽管很辛苦，但考虑到不能伤感情，更不能丢关系，再苦再累我们也得去。

随着隔离时间越来越长，我们又想到了"咪西咪西"那个场合，那个味道。那时没有"八项规定"，军中没有禁酒令，班里有北京的同学，进出大门方便，看到同学盼那一口了，就想方设法拉了十多箱罐装啤酒和一些小菜到宿舍。大家约好晚餐时少吃一点，到时回宿舍找个班比拼过把瘾。那天选了三班和我们班。

我们二班有个装甲师长，山东汉子，人高马大。他是副班长，在第一次开班务会自我介绍时第一个发言："北京中央，山东潍坊，白酒论斤，啤酒数箱，要问是谁，就俺师长"，这段自我介绍如同广告词，直白又不失幽默，饱含豪气、威风，让人想到《水浒传》中的好汉样子，一下子让我们彼此亲近了，令人佩服，当然也令我们有点"胆寒"，心里想喝酒时得躲他远点，说话行动得老实点。

根据比拼规则，那天如果三班一名军事干部出来挑战，我们二班自然就推选装甲师长出来应战了，师长也早已摩拳擦掌，准备出击了。但三班主动出场的是一个集团军的政治部副主任，东北汉子，他名字三个字和一位著名上将的名字同音，但有一个字不同，一个"武"一个"伍"——他说原本起的是一样的名字，但老师说有点太狂了，改个字吧，喊起来照样威震四方。他的酒胆酒量我们也早有耳闻。

我们班的政工干部除了我还有个师政委，他的部队番号也是一师，只是他这个师政委比我牛多了，因为工作职责所需，北京所有部队大首长的家他都能进。他见多识广，是我们班的党小组长，当晚的酒就是他拉进来的。他一看对方出来挑战的是政工干部，马上找理由推托，说自己既提供酒又冒风险拉进来，今晚应该让他歇会，下次他再来。他往后缩了，自然就轮到我上了。

事先讲好了，一箱啤酒，谁先喝光就算谁赢，所在的班也就算赢。

我先把啤酒箱搬到桌子上，又把全部易拉罐盖子打开，站立好。

"一、二、三，开始！"

一鼓作气，一听接着一听……我的这箱二十四听很快就喝完了，副主任那箱里还剩三听！我们班全乐开了花，"过去有人说南京军区喝酒是小绵羊，今天算见识了，往后不能小看他们了"。

一直等"非典"疫情过去了我们才放暑假，推迟了半个多月。那段时间我们还真是节省了不少开支，身心也轻松了许多。

2020年春节，因新冠肺炎疫情居家隔离是我第四次隔离了。

我同退休老同志一块儿住在浙江省军区大院里。我们当中岁数大的快进百了，岁数小的也到了花甲年龄，身上都有大大小小的毛病。我是肺癌患者。

你不动、我不动、都不动，疫情好控！你健康、我健康、都健康，人人安康。退休所领导和门诊部医护人员怕我们老同志出什么差错，整天提心吊胆，三番五次下发通知，并一家一家亲自上门叮嘱，不时还电话提醒，真把我们当作宝贝疙瘩。还要求我们在家待着，哪里都不能去，说"待着就是责任，待着就是义务，待着就是贡献"。可上纲上线啦，我们也很感动。大家都是带了一辈子兵的人，事情轻重还是拎得清的，加之这么好的时光，哪个不想活得长一些，所以都很守规矩，何况各家至亲也盯得紧，连门都不让开。护士还一天三次电话问体温，虽然感觉有点烦，但知道也是为我们好。我对自己有数，所以每次查也没查，就从三十六度到三十七度中随口报个数字。他们还说"谢谢"。其实没什么好谢的，老同志说"假话"了！

新冠肺炎疫情发生以来，举国上下齐心协力，亿万只手紧握在一起，谱写了一曲共克时艰的"战疫"之歌。火神山、雷神山、钟南山，三山除疫！医者心、仁者心、中国心，万众一心！其实这次疫情是怎么回事，我们大家都明白；形势是怎么样的，我们也都懂。

微信群里铺天盖地、说三道四的评天论地有许多，有的满嘴脏话责东骂西，还把矛头指向武汉人、湖北人。荆楚之人一向有"九头鸟"之称，被冤枉了也是有苦难言，让人家出口气、解解恨也是为国分忧，为民担责。要问我是哪里人？黄皮肤，黑头发，我知道，我是炎黄子孙中国人！

爱因斯坦有句名言：人的差异在于业余时间，谁利用得好，谁就会有出息。宅着的日子，抓住了就是黄金，抓不住就是流水。新冠肺炎疫情让我们难得有了许多宅家时间，可以干许多想干的事情，要珍惜、用好，变劣为利，提升拓展自己。生活可能并不完美，但你的坚强、乐观、努力、勇敢却能让它熠熠生辉。翻过心上的坎，才敢攀登脚下的山；跨过心里的沟，才能逾越眼前的河。面对未知别害怕，你的每一次努力，都在增加面对这个世界的底气。

时间的开关，握在我们每个人自己手里，我们应该握紧时间的水龙头，别让它"跑冒滴漏"。

参观人体标本展示馆

很荣幸受邀在温州医科大学人文大讲堂上和师生交流人生体会。其间，同校团委陈书记闲聊，得知他是江西抚州人，我备感亲切。

陈书记建议我下午利用些时间，参观学校的人体标本展示馆，我满口答应。他说有些人害怕，不敢进去。我说，我上过战场，见过许多抢救负伤战友的惨烈场面，还负责过整理烈士遗体的工作，应该没有什么可怕的。

记得在云南老山作战期间，从阵地上运下来的烈士遗体，有的身子全被炸乱了，用麻袋装着，惨不忍睹。我们先把碎片残肢放进一个大木盆里，把弹片一片片地剜出来，然后用烧好的温水一遍一遍轻轻地清洗，再用毛巾擦干净，放在铺着白色干净床单的床板上，细心地拼接遗体，用针线缝连。有的遗体没有了头部，我们就拿出事先做好的头样装上，画好形状。整理好烈士遗体后，我们再给他们套上缝着红领章的新军装，戴上别着红五星的新军帽，盖好新军被，最后铺上一面"八一"军旗，照一张遗像。哀乐轻放，大家站在遗体旁边，默哀致敬，向战友诀别，然后抬着床板缓步将遗体推进火化炉，关好闸门。整个过程中，在场的每个人都无比悲痛，咬紧牙，克制着不哭出来，脸上尽是泪水。从枪林弹雨中走出来的我们，从死人堆里爬出来的我们，死都不怕，还有什么好怕的呢？其实，我还早早做好了捐献遗体用于社会需要的打算。

2014年初，我得肺癌独自上医院动了手术，切除了最大一叶肺。手术后，我对生命有了更加深刻的认识，死后捐献遗体的愿望更加强烈。偶然一次，我向医护人员提出，今后我死了，希望遗体不要火化，就送给他们医院用来研究疾病防治。开始他们以为我是在开玩笑，没当回事。后来，我出院半年多了一直在思考这个事情，还专门到医院找院长，递上了书面申请。院长看了申请，知道我是认真的，说他们医院目前不接受遗体捐献，但可以与浙江大学医学院医学部联系。他给了我一个小册子，是医学院医学部印制的《遗体捐献指南》，里面介绍了意义、登记、条件、执行人、时限、执行等内容。

我给医学部打电话咨询。医学部的人问我是想捐献身体的部分，还是整个？我问他们最需要的是什么，他们回答说是医学解剖，完整的遗体。我说那就捐献整个遗体吧。他们让我与亲属商量好，说亲属签字同意才可以。

我先征求夫人的意见。夫人说："你动手术都没告诉我，捐献遗体这件事，你应该也早就想好了吧。我跟了你这大半辈子，了解你的性格，只要你想做的事，可能谁也拦不住。我没意见，不过你还是要同女儿讲好，她是我们唯一的子女，得征得她同意。"

女儿在外地。晚上我用微信视频呼她，心平气和地、笑着把想法说了出来，她眼泪瞬间就流出来了，立即关掉了手机。过了半个多小时，她发来一段文字：爸爸，从心里说我是一百个不同意的，你的女儿不能这么残忍、自私、无情。但我懂得你，只要爸爸你想明白的事，女儿不管别人怎么说，我都坚决支持你。

征得亲属的同意后，我按要求把相应的捐献登记表一项一项填好，并写上执行人我夫人和女儿的住址、联系方式，送到医学部。12月17日，他们给我、夫人、女儿分别寄来"遗体捐献"预约书。我很清楚地记得里面有这样一段话：大舍大爱，舍中有爱，捐献者们用血肉之躯赋予生命全新的含义，赢得人们永恒的敬意！还有备注：完成捐献后，由接受单位给亲属或执行人发放"遗体捐献荣誉证书"。凭此证可代替火化证明到当地派出所注销户口。

下午，陈书记他们陪着我去了展示馆。首先，我们在挂有捐献遗体人员相片的展墙前，向捐献人遗像三鞠躬。在解说员的指引下，我很仔细地看，认真地听。展示馆里存放着十几具从胚胎到出生、到成年的各阶段的人体标本。我看到了人的骨头、肌肉、神经等各个部位的结构与分布，既有整体的，也有各器脏的，真是大开眼界。在人的肺部标本前，我立足观看了较长时间，因为我得肺癌动了手术，与肺有着深厚的情感。我仔细地问了解说老师右三左二五叶肺各自承担的作用大小。解说老师不知道我是肺癌患者，看我驻足，便对肺结构、功能等情况进行了详细讲解，说右上叶重约有0.8—1公斤，承担整个肺近一半的功能，至关重要。我这才明白为什么手术五年多了，有时还仍有胸闷、气急、上气不接下气的感觉，真是不虚此行。

晚上，我躺在床上回忆起下午的参观，感悟很多，不仅对自然对人的生命过程有了新的认识，而且对社会人如何校正心态，直面现实中患病、年老的自己，以适应个人生理心理的变化特点，更加踏实静气、理性平和、超然自得地度过一生，也有了新的启发。

人的身体有如一部机器，但也不完全相同。机器上的各个零部件坏了，一般都有得替换；身体的许多零部件坏了、老了，却并不是都有替换的，少了一个部件，就失去或减少了一部分功能，会影响人的生活质量，缩短生命长度，因为科学技术还没有发展到可方便复制人体任何部件的程度。肺癌动了手术，身体一个重要部件不完整了，我就该正视身体上的这种变化，生活中就要随变应变，量力而行。

随着科学技术迅猛发展，各种先进医疗检查仪器设备的广泛使用，现在，要想证明一个人没有任何病，很难；要想证明一个人有病，却很容易。你身体再棒，也经不住B超、CT、MRI、DSA检查和各种化验的考验，因为没有哪一个人的全部检查项结果都在正常参考值范围内，可见人人或多或少都有疾病，特别是中老年人。有的人本来没有任何患病症状，在检查中发现了些异常，加之有的医生又不是非常了解这些异常，如脑内脱髓鞘、脑萎缩、腔隙性梗死、某条脑血管狭窄等，这些人会变得非常敏感，常常把危险苗头当成疾病，把阴天看成已经下雨了。如果天还没有下雨，一个人就穿上雨衣，穿上胶鞋，撑起雨伞，那大家一定会认为他是"神经病"……但在疾病治疗中，这样的"神经病"可以说是比比皆是，这真是非常可悲的一件事。

人病了，就是病了。如果是急病，要快治，力求早愈；如果患了慢性病，要与它为伴，而不能为敌，合理管控，正常生活。人别活在他人眼里，要把自己的人生路走好。漫漫人生路，什么时候最重要？是久旱逢甘露、他乡遇故知、洞房花烛夜、金榜题名时吗？也许都不是，因为人生不像夜空中绽放的烟花，只追求一时的绚烂璀璨，生活更多的是一日三餐的平凡恬淡、心满意足。我们只有吃一碗饭的量，如果贪图饭菜的香味多吃贪占，不但不能享受多吃带来的好处，相反，还会因为额外摄入增加肠胃负担而感觉痛苦。可见，得到的未必就是享受。人生最累的，莫过于站在幸福里找幸福；最不满足的，莫过于身在福中不知福。拥有小河，就为小河的细水长流而欢喜，别因得不到大海的波澜壮阔而痛楚；拥有绿叶，就为绿叶的勃勃生机而欣然，别因得不到花朵的艳丽而寡欢。一生顺遂，不是命好，而是因为懂得知足，才深感心满意足。

还有的把向老年正常过渡看成是疾病。其实老就是老，和年轻时候就是不一样，根本不能用年轻人的标准去衡量一个迈向老年的人是否正常。自己脸上有皱纹，头发变白了，这是量变到质变的起步，不用担心害怕。检查中发现自己颈动脉有一个斑块，就天天惶惶不可终日，这完全没有必要。家里的水管、茶壶用久了，自然会生锈。血管用的时间长了，也会有斑块变化，这都很正常。如果一直没有变化，那秦始皇到现在可能还活着。

长江水往东流，入海不回头。夕阳终究是要落山的，不会从西升起。我们要理性地看待年龄，看待自己的身体，清醒地认识到老了是客观存在的现实，要勇敢地面对，坦然地接受。昨天无论好坏都已过去，不必太多留恋；明天无论愉悦与心酸是否到来，不必太多期待，今天无论得失多少都要面对，这就是人生与生活。

日子过的是心情，生活要的是质量。老有老的活法，要探索适合自己的生活方式，让由老变衰向竭的过程延缓一些。不是这个世界选择了我们，而是我们选择了这个世界；不是命运给了我们怎样一种生活，而是我们为自己选择了需要的生活。我们不要为生没生病、生小病还是生大病、缺不缺零部件、能不能修复而忧疑，拖累苦闷。心宽一寸，路宽一丈。老了，生活同样可以过得有滋有味，人生同样可以找到真情真趣。

对死亡的再思考

　　这次爆发的新冠肺炎疫情蔓延各地，全国有数千同胞因病而亡，引起我对于"死亡"这个禁忌话题的再次思考。

　　人们认为死亡是一个"私人"问题，应该关起门在家里说。可是，大多数家庭都不会谈论这个话题。我是患了肺癌做了手术之后，常常想到这个人人都要面对的结局。家人、战友、朋友不愿意与我交流，有的是恐怖的心理，也有怕伤害我。面对"死亡"的话题，我没有真正的交流对象，只有自我独立思考再思考，拷问再拷问。这几个月来，随着疫情的发展，我特别关注疫情中的人和他们的心态，对如何面对死亡、接纳死亡有了更深刻的认识。

　　我当过一年多乡村医生，在医学院上实习临床课时，我看到很多生离死别，有人不知所措，有人抱憾而去，有人镇定从容。我也在人体展上，看到过许多人体标本。事实上，死亡是每个人都绕不开的话题。有句话说："我们的出生是偶然的，但死亡是必然的。可能是一场漫长和痛苦的疾病，也可能是一场突如其来的事故，还可能仅仅是身体衰老的自然结果，方式各异，千差万别，但结局都是相同的。"

　　虽然不知道死亡会在什么时候来到，但我们要知道，那就是人生旅途的终点站。就像一部电影，有序幕，有高潮，也有尾声，如果电影足够完整，还会有谢幕。所以，生和死都是值得肯定和接受的。其实，对"死"的思考从某种意义上讲，也是对"生"的感悟，只有了解了死亡，才会真正懂得活着意味着什么。

德国著名哲学家马丁·海德格尔在其著作《存在与时间》中，明确阐述了"死"和"亡"是两种概念。死，可以指一个过程，人从一出生就在走向死的边缘，我们过的每一年、每一天、每一小时，甚至每一分钟，都是走向死的过程，在这个意义上讲，人的存在就是走向死亡的经历。而亡指的是亡故，是一个人生理意义上真正的消失，是一个人从出生走向死亡过程的彻底完结。

新冠病毒造成死亡，由于突如其来，开始不知道病毒的根源，防控的手段，治疗的方法，基本上是靠边摸索边试验，国人从各种媒体上听到看到许多信息，广大医护人员急奔武汉，穿戴厚重的防护装具抢救病人的场面，这就造成全方位的人心冲击和恐惧。宁可信其有，不可信其无！不仅增大了整个社会的人心紧张，加大正常思维人对死亡的极度恐惧，在焦虑烦躁情绪中度日如年。也极大地浪费了大量的人力物力，一时间几乎到了倾国之力的地步，给国家的全面建设造成了严重影响。如果国人能用正确心境面对死亡，用正确态度对待"死"这个过程，就会极大地减轻减少国民精神的强大压力、物质的过度消耗和损失，也不再留有不必要的教训和遗憾。

从这些方面来思考，做到拥有健康时要倍加珍惜，患病时要主动治疗、积极康复，做好面对死亡的心理准备，在真正面对死亡时，从容接受并做好安排，这就是马丁·海德格尔提出的生命意义上的倒计时法——向死而生。当生命进入倒计时的时候，要珍惜每分每秒，提高生命的质量和长度，唤醒积极进取的良好意识和内在淡定的力量。

向死而生，会让我们不因一时的得失而愤懑，不因眼前的利益而烦恼，不因面前的问题而纠结，不因有可能死亡的威胁而过度恐惧，以更平和的心态，更大的胸襟格局、更宽广的视野面对生命。了解死亡，就会让人明白，既然意外和明天不知道哪个先到，不如好好把握当下的身体健康和心理快乐，这才是最重要的。

第八篇

我的亲人

2006年5月，我与母亲

我的爸爸妈妈，他们没有当过一天兵，但他们，是我的亲人，也是我永远的战友！

因为，他们教我学走路，教我学说话，教我做人，教我长大！

我的军旅生涯，我肩上的将星，有他们的一半！

他们，是我一生最亲密的战友！

妈妈你不知道

妈妈，因你不识字，

还不知道世上有个母亲节。

可儿子知道，有好多话要对你说！

从记事那天起，

我认为最亲的是妈妈。

肚子饿了找你，

身上冷了找你，

生病了连声喊妈！

我看到最累的是妈妈，

白天你到生产队上劳动，

收工回家又拿扫把，

里里外外清一遍，

三顿饭菜都是你忙碌，

晚上还要洗衣做鞋袜。

天天忙到深更半夜，

看到儿女梦中的傻样，

不说半句苦的话！

我觉得心肠最软的是妈妈，

想要的东西我们敢找你，

省下的几个零钱，

也会给我们花！

有时感到唠叨多的也是妈妈，

第一次探亲，

对我看了又看，

摸了又摸，

还有问不完的话。

当兵的吃什么，

住的房子大不大，

离医院近不近，

当官的像不像妈妈。

亲爱的妈妈，

你给了我生命，

用行动教我做人长大！

在火热的军营里，

遇到许许多多的兄弟，

也碰到像你一样的"妈妈"！

亲爱的妈妈，

这辈子有幸叫你妈妈，

来世如果有缘分，

我还做你的儿子，

你还是我的妈妈！

父亲自做光荣牌

再过几天，就是"八一建军节"了，我想起一件自豪而又辛酸的往事。

我老家在大悟县乡下，但我却是从武汉市应征入伍的。当兵后的当年春节前夕，老家人武部要给每位新兵家里发一块"军属光荣"牌，公社，大队干部慰问时带上了。可不知什么原因，慰问的干部路过我家门口也没停下。我父亲急了，上前去问：我大儿子也去参军了，怎么没有光荣牌。来人说：你大儿子不是从我们这里走的，上面发时就没有，你们去问问儿子吧。父亲十分着急，就让弟弟写信问我怎么回事。我又写信问老单位，来回好几次杳无音讯。

这下父亲急了，他心里盘算着，上面不发，就自己做一块。有人听到了，说自己做的是假的，上面不承认，逢年过节不会上你家来的。父亲说牌子是假的，但我儿子当兵是真的，慰问的东西我们不稀罕，有没有无所谓，"光荣军属"牌是个大宝贝，比什么都值钱，旁人看了眼馋，我就是图的这个。

父亲说干就干，第二天，他把家里用过的锄头、镰头等废旧钢铁角料背了一麻袋，到附近集镇上的铁匠铺，找到师傅，拿了一张早就画好的纸板子，长、宽、厚都写在上面，一边说一边比画，以旧的废料换一块钢板，再在四个角上钻个眼。做好后又找到油漆店，先涂上金黄的底色，晾干后又让人用红油漆写上"军属光荣"四个字，这下别人有点不敢了，说这牌子是上面发的，你这是私自乱造，是不是违法呀？父亲说：反正我大儿去当兵了，别人家门口挂的有，我家没有，问过好多遍都不回话，我只好自己暂时做一块，等他们发了真的，我就把它摘下来。别人听也有道理，就把"军属光荣"写上了。

父亲回到家，就把做的牌子挂在大门框顶端。比公社发的大多了，黄底红字，老远就能看到，四邻八乡的人走过路过，看到了议论纷纷。父亲进出大门总要停一停，抬头看一看，笑一笑，心里甚是高兴。油漆脱落褪色了，他卸下送去再刷一遍，总是保持干净鲜亮。

我当兵第四年才探亲回家，父亲到公社汽车站接我，一边走一边讲他做光荣牌的经过，我既为父亲感动，同时也涌出一阵又一阵的心酸。

这件事一直刻在我心头。十年前，我到江西省军区工作。虽然江西省是革命老区，历来有着爱国拥军的光荣传统，但那时还没有兴起为现役军人和退役军人家庭授挂"光荣之家"牌匾的活动。我就利用下基层的机会，进村庄，进街道，留意军属、烈属光荣匾，询问村干部，召开县、乡（镇）人武部领导座谈会，摸底分析现状。大家反映，许多年上面没发光荣牌匾了，现存的锈蚀厉害，字都看不清，还有的因搬家，修房都弄丢了。

情况调查明了，我就去找省民政厅，一块儿商量解决办法。民政厅厅长是个老八路后代，很讲政治，拥军意识强，当即表态，设计样式，分光荣军属、光荣烈属两种，以省人民政府和省军区两家名义颁发，旧的一律换成新的。民政厅还以特事特办、特事专办的方式落实。预算经费三百多万送到常务副省长那里，我随即去副省长那当面力推，副省长立即批示：大事办好，专人负责，一定要让烈军属和军人满意！

民政厅找专家设计样式。我们又组织军地有关人员研究悬挂方案。江西省当时共有烈军属二十一万多户，为让"光荣之家"真正光荣起来，省委、省政府、省军区联合下发了《关于为全省烈军属颁发"光荣烈属""光荣军属"牌匾的通知》，对颁发的对象、时间、形式和经费保障做出了明确规定和具体要求。

一是有隆重的仪式感；

二是省市县乡村五级党政军领导要亲自上门悬挂；

三是挂好后要进门查看家境，询问生活状况，特别是困难方面，一一记录下来。研究解决办法。把挂牌当作一次走访了解实情的过程；

四是每年新兵入伍时由乡镇人武部及时上门悬挂，农村的要放音乐，放鞭炮，造声势闹动静，有当兵光荣的浓厚气氛；

五是把维护光荣牌作为地方基层政权实绩进行验收考核评判。

通知下发后，各级兵役机关和民政、教育等部门通力协作、密切配合，按照"挂牌上家门、关怀到家人、解困进家庭"的要求，认真核实烈军属数量和分布情况，制定专门实施方案，派出专门人员督查，按时同步地展开。

2012年建军节前夕，新牌子做好后，我和江西省常务副省长，在南昌市和新余市的市委常委陪同下，分别给几户烈军属送去光荣牌，并亲自登上梯子，用锤子将光荣牌钉得结结实实的。第二天的江西日报和江西电视台都在重要位置给予了报道。这也领先全国统一悬挂"光荣之家"牌近十年。

与此同时，为解决好新形势下困难烈军属生活保障难、退役士兵安置就业难、惠军优待政策落实难等问题，江西省军地还先后出台《民兵预备役人员执行非战争军事行动抚恤优待办法》，下发《加强退役士兵教育培训和就业服务工作的通知》，新修订《江西省革命烈士褒奖条例》和省、市《拥军优属条例》等文件法规，实施了"定期抚恤金建立自然增长机制、家庭困难的烈军属优先享受低保、免费培训城镇自主就业退役士兵、灵活安置随军随调家属、免收军人子女跨区入学择校费"等优惠政策。一系列举措在全省引起了强烈反响。红土地上的拥军热潮一浪高过一浪，有效地激发了广大烈属军属的政治荣誉感。

我退休后，去年，我所在的街道办事处通知我去登记，我当即询问光荣牌什么时间发，他们说马上发，快了！等到现在还没动静，也没有什么答复。我想如果领到光荣牌，马上捧回老屋，挂在父亲当年挂过的那个位置，让他在天堂里看到一个真光荣牌，心灵得到安慰。他便再也不用遗憾了！

可是到现在，我还在翘首以盼呢……

妈就是家

小时候，家就是妈，妈就是家。没有妈，哪有家？说是要回家，其实是找妈。

妈妈您在哪儿，哪儿都是家；妈妈不在那儿，那儿就不是家。

长大后，还是觉得妈就是家，家就是妈；没有妈，哪来家？闲来说想家，其实是想妈。

进了家，先喊妈。喊不应，去找妈。见着妈，算到家。

哎……为什么人到最难处，总是想回家；人到最苦时，总是先想妈；人到最无奈，总是先喊妈……

一辈子了，忆忆想想，哪里是世界上最美好的家？让我大声说，妈妈！

只有您那温暖的怀抱，才是我一生中最安全幸福的家！

思念女儿

女儿，你来到人间，
爸爸不在你和妈妈身边。
你没有按照预期，
提前来到人间，
还不走正道，
选择剖腹产。

有了你，
我多了许多称谓——
爸爸，父亲，爹……
若干年以后，
还有岳父，泰山和姥爷。

有了你，
有喜也有难。
一月五十二元钱，
要拿出四分之一，
给你买奶粉，

当时全国最好的，
每月初不能耽误一天。

现在你已近中年，
远离爸妈独自闯。
我常常在梦中，
想起你骑在脖子上玩，
听你讲的第一句话，
叫爸爸发音准格外甜。

你早已当了妈妈，
知道了当长辈的，
苦痛心酸。
爸爸不要你，
追求功名富贵，
身外之物不稀罕。
只是祝福你，
人生之路少些，
沟沟坎坎，
把普通日子，
过得平平淡淡。
不显山不冒尖，
一切如心愿！

我们尽力照顾自己，
让银丝慢慢多，

让腰杆慢慢弯，

让脑袋慢慢呆，

自食其力度晚年。

少给你添担子，

让夕阳缓下山！

一生铭记乡亲恩

　　2020年中华人民共和国诞生七十一周年国庆和中华民族传统佳节中秋节喜相逢。正好利用双节好时光，我把中共大悟县三里镇委谈心宽书记快递来的《凤岭村志》认真地看了一遍，收获和感悟良多。在这之前，谈书记指示我作序，的确有点不敢应允，但想到家乡人民的养育，想到父母官的厚爱委托，也就不好推辞了！

　　看到这厚厚一本村志，密密麻麻的文字，我十分感动。这么多项目，内容浩瀚丰富，有的历史久远又缺乏记载，要查证整理记述，着实要花费大量时间，下一番大功夫，苦功夫。看到这沉甸甸的果实，我在千里之外，向为这本村志付出心血汗水的功德之人致以衷心感谢和崇高敬礼！

　　2020年，正好是我离开凤岭村五十周年，这部村志演绎了凤岭村的历史，展示了凤岭村的风土人情，使我仿佛又回到童年、少年时代。那些村落的名字是那样熟悉，许多村干部的名字是那样亲切。我读书时、放牛放羊时、打柴摘野果子时，附近的大山高岭我都爬过，尤其是在村卫生所工作期间，走遍了所有的村民居住点，想起了乡亲们当时贫穷落后、缺医少药、困苦不堪的模样，我的眼睛多次湿润、模糊……看到家乡几十年发生的巨大变化，我又十分欣喜欣慰。

　　我参军后，曾在河南、江苏、浙江、北京、福建、云南、江西工作、演习、抗洪、打仗，无论到了哪里，面临苦累，危难，生死考验，脑子里总是装着大别山，大悟县，三里城，风岭村，黎家塆，那是生我养我的地方，是给予我知识力量的课堂，是强基固本的头桩。

生命是一本书，每一行字都是我们书写的精彩，感谢经历让我们走向成熟，若不是哭过笑过经历过，又怎么懂得乡愁的珍贵？我从村志中看到由于战乱，风岭村民绝大多数是明洪武年间从江西逃难过来的，更加感觉我与江西人民亲密无间的缘分，因为那里也是我的故乡！

我这一生，走了很多条路，有笔直坦途，有羊肠阡陌；有春天的风景，有冬天的荒凉。不管怎样，路都靠自己走，苦也要自己受。前行路上，真还是需要有点做大写人的格局。有格局的人，眼里有天下，心里有慈悲，脸上才有光！

出生在大别山，退位在井冈山，红土地伴随了我的人生。我对人生的最深感悟就是熬！

熬，原指烹调方法，把食物放在水里长时间煮。比如，熬粥、熬汤、熬中药，后引申为忍受、忍耐、坚持。熬，表面上是一种考验，实际上是一种升华。

活在这个世界上，如果想有一个丰富多彩的人生，就需要慢慢去"熬"。熬，是磨炼意志；熬，是蓄势待发；熬，是不动声色的默默努力！凡成才者，哪个不是吃苦"吃"出来的？加班加点"加"出来的？急难险重任务"逼"出来的？挑重担子"压"出来的？！现在辛苦，将来舒服；现在舒服，将来辛苦。人生就像种庄稼，如果从下种那天起，不下雨，不刮风，连个阴天都没有，都是大晴天，那庄稼能生长吗？！现在做别人不愿做的事，将来就会到达别人到不了的地方。

当然，这个"熬"不是随便的熬、机械的熬、漫无目的的熬，而是有思路、有标准、有章法的熬！人皆明白，凡是魔术师在台上变出来的，都是他事先带到台上的。干事创业不是变"魔术"，没有一蹴而就的成功，但有水滴石穿的奇迹！通向成功的路途就是一场马拉松，拼的不是速度，拼的是毅力和耐力！否则，熬了半天，就有可能熬糊了、熬干了！

"内练一口气，外练筋骨皮"，熬得住，才有真功夫；"猝然临之而不惊，无故加之而不怒"，熬得起，方有大境界！

我的乡亲朴实善良的底子，培育出厚道的人格，也是我一生的遵循。

个人的价值取向，都有不同的社会认知打下的深深烙印。知道"厚道"的根蒂所在，也是每一个人的人生路上应该一直遵循的守则。

古往今来，百世千秋，厚道者，往往也是智者，大智若愚。世上厚道者往往更乐于付出，懂得积蓄，无论力量还是机遇，该得到的终归会得到。厚道者眼下诚然可能无法得到相对称的回报，但时间将会是最好的公平秤。这种可贵之处正在于，厚道者并不会太在意这个。

一个人的厚道既能炼成一种品格，更是一种高尚和可贵的心态。所以，厚道者无论在什么条件下，往往都活得明白，轻快，洒脱。从这层意义上讲，厚道者，其实已然是得道者。

与厚道者相交，无须设防，所以不累心。与厚道者同行，不用担心善的本性会遗失，是因为近朱者赤。厚道当然更多在于内心的充实而不在于表面现象的富足。但从表面上，常常也能发现厚道的迹象：他们目光很平和，笑容很真诚，懂得给别人多留些真善美。

厚道是装不出来的，它是一种浑然天成的气质。喜欢厚道的人，愿意交厚道的人，努力做一个厚道的人。

世上唯一不能复制的是品行，唯一不能重演的是人生，该怎么走，过什么样的生活，全凭自己的选择和努力。人生很贵，请别浪费。修炼厚道也是人生洗礼，磨砺品德是渡过挫折之舟。

细数走过的脚印，步步踏的是孩时路，夜夜做的是风岭梦，

一生铭记乡亲恩！

后　记

一生不了战友情

向出版社交了《我和我的战友》书稿后，心中泛起一种莫名的滋味。

从大别山中起步，走进军营；在井冈山下退休，脱下军装，屈指已四十二个年头。忽然发觉，我与"3"和"10"两个数字挺有缘的：1953年出生，1973年入伍，1983年任团级，1993年任师级，2003年任军级，2013年退休，竟有6个"3"；在团职、师职、军职岗位上各干了10年，3个"10"。细数这些枯燥的数字，脑子里突然产生了一连串的奇思怪想……

四十二个春秋，我走过四个军级单位：两个野战军和两个省军区，结识了成千上万的战友，既有百余岁的老前辈，也有十七八岁的战士。他们是我的老师，是我前进的旗帜。他们有的与我在边疆战场上同生死，有的与我在抢险救灾中同危难，有的与我在练兵场上同较量，有的与我在办公桌前同舞文，有的与我在酒宴上同酣畅。

军旅人生，战友情深。好多的事，好多的缘，错过就是一生，遇到了就是缘分，就遇到了贵人。书中记述的只是我遇到的一小部分贵人，却代表了许许多多可敬可颂的战友！每次的邂逅，每次的经历，都是我前行的垫脚石，是我自由飞翔的翅膀，更是我思索的海洋。生而为人，许多的经历真的与结果无关，很多的章节只是人生故事里的小小插曲，无关初始，无关结局。

清晨，我独自行走在西湖边，听闻净慈寺悠扬的钟声，耳畔又响起桑吉平措所唱的《禅韵》这首歌：春有百花秋有月，夏有凉风冬有雪。若无闲事挂心头，便是人间好时节。好来好往好聚首，春去秋来再团圆，苦尽甘来人自省，平平淡淡悟一生。

回首过往，军旅一生，其乐亦有泪，不知不觉，已至老年。少年壮志不识愁，老年心静万事休。我渐渐悟出，人活到最后，真正想要的，莫过于一份真真切切的安稳与踏实，心安才身安。

没有经历，就没有体悟；没有体悟，就不会珍惜。有战友总赞叹说我记忆力好，其实只因我曾经历过。那些看似浅显的道理，非要亲历过，才能深悟，非要亲为过，方可领会。回头怀想我的战友，那些看似清淡如水的寻常点滴，才顿觉值得一生追忆，终生回味。

是谁说：待到老去，老到一无所有的时候，就慢慢咀嚼着回忆度日。我亦如此，时常回忆起我的战友。人活一世，走到最后，留存心底的无非就是那些或深或浅的前尘记忆，还有那些或浓或淡的温暖与感动。岁月留给了我们太多的沧桑，但我始终坚信，军营之行给予我和我们最多的还是留恋和感动。一路走来，于我们，都是纯真的战友情，一套军装一支枪，一直是牵引。兴奋、躁动，一直都在心房处荡起波澜。

军号震天，军歌嘹亮。战友陪我在路上，情谊安放在心上，唯愿，伴我日升与日落，伴我再行万水千山。

一生不了战友情！

附　录

陶正明就是这样的人

徐志耕

认识陶正明三十七年了。那是1982年，一军三师培养两用人才工作搞得热火朝天，受到总政的重视，当时我作为南京军区《人民前线》报的记者前去采访，因为这项工作是组织部门负责的，我便与军区组织部副处长程童一和一军组织处干事陶正明一起研究如何宣传报道。写完新闻报道，我们觉得不过瘾，因为报纸上最多只能发两三千字的版面，许多很有意思的故事不能展开写，有的还不能写。于是你一言我一语，便想到了写报告文学。

那时，我已在《解放军文艺》上发表过散文《绍兴乡情》和甘祖昌将军当农民的报告文学《土地》，与编辑熟识。一联系，得到支持，我们三人便分工合作，日夜奋笔，写一篇发表一篇，一连发表了同一题目的《两用人才的开发者们》，在《解放军文艺》1983年的二月号，五月号和八月号上连续刊登，引起了很大反响。在获得了全国优秀报告文学奖后，刊物要我们每人写一段创作体会。陶正明写的大意是：我只是搬了一些泥，打了几块土坯。这是他的谦虚。其实，在写作过程中，我们三人各抒己见，求同存异，有争论，有吹捧，各人发挥特长，合作愉快。特别是不少幕后资料，比如领导们的活动，总部机关的动向，余秋里主任的态度都是陶正明提供的。我特别欣赏的是，描写马骥良政委的性格时，陶正明提供了一个细节，说马政委在台上讲话激动时，边讲边用拳头在讲台上敲捶，震得台上的茶杯都跳起来，有时滚到地下了，弄得下面的听众蒙着嘴巴笑！这样典型的细节只有陶正明才注意收集，他的脑子里有许多领导们的奇闻轶事。

我和他从此交为朋友，他到南京来常来看我，也在我家吃过好多顿饭，不过那时没有酒喝，我知道他是"九头鸟"，不怕辣，辣不怕。每次他来我肯定给他在菜场里找最辣的辣椒。由于我们家人都怕辣，到了吃饭时，他就生吃，两口一支，嚼得有滋有味。我们边吃边说话，海阔天空，吹牛聊天。我与一军有深厚感情，早在他们驻军河南时，我作为《解放军报》记者就去采访过，后来他们移防浙江，我调《人民前线》，久别重逢，更是如同亲戚。一军去老山参战，我编发了不少反映他们的稿件。一师的副连长杨少华从前线回内地作战斗报告，我立即采写了报告文学《老山的报告》；一军凯旋时，在浙江的《江南》杂志隆重推出。我去一军赠送杂志，见到从前线回来的陶正明，他明显消瘦了，脸也黑多了。他绘声绘色地给我讲战地轶事，有不少是裤腰带以下的，边说边比画，逗得我的眼泪都笑出来了，肚皮好痛，腰也直不起了。

后来他当了一师政治部主任，他叫我去写一写他们师医院的一个残疾军医徐雪雄，这位勇士在战场上奋勇战斗，立了一等功，双眼被敌人的炮弹炸瞎了。下了战场学习推拿按摩医术继续为官兵、为百姓服务。作为首长和战友的陶正明十分钦佩这种精神，他说这是弘扬一师部队硬骨头精神。

他后来当了师政委，邀请我去看一看他们的师史馆。他说刚整修好，请我去写前言和后记。我们都是耿直人，便有言在先，我说，要我写就按我的意思写，不能改！师史馆是历史，必须长期保存，不能经常改，不能按宣传口径一会这样说一会那样说！陶正明说：好，就按你大编辑说的办，你放心，只要我在一师，一个标点符号都不会动的！

我写好交给他。他看了好久，说：只改一个字。就是"一代新军"的"新"字，改为"铁"字，即"一代铁军"。我们是硬骨头部队，就要突出钢铁意志！我一听有理，便说：你改吧。

印象最深的一件事，也是一生最难忘的。我是浙江人，退休后想叶落归根安置到杭州，南京军区把我的住房分配到浙江省军区在建的干休所，我从南京来看房，已是浙江省军区副政委的陶正明热情接待，我待了一天，一天三餐饭他带老婆陪我吃，还掐着我的鼻子灌我喝酒。我说，我是文职干部，不是军队领导，不能享受这样的待遇！他说，你是我的老师，更是好朋友、好战友、好兄弟，怎么办都是应该的，一点也不过分。

但他这个好朋友在分房子上却一点不给我面子。军区营房部的住房分配单到了省军区，我的房子在七楼，前面的房子是六楼，上面还有个阁楼。我从窗户望出去正好被挡住视线，便想调换一下。而陶正明，正是筹建和分配干休所住房的领导。我便向他提出要求调房，我自以为理由很充分，我是干休所级别最高、军龄最长的。他连声说好，可到了房子分好，他都没有兑现。后来他对我说，真的不好意思，你的房子是军区统配的，是由军区决定的，我只能管省军区的，不好调换更改。如果为你换了房，我违反了规定，会引起其他老干部的意见，所以从执行规定的角度讲，徐老师请你原谅我，他还连说三个对不起，我看他那么诚恳内疚的样子，还有什么话可讲呢。我很理解他。后来他到干休所来看望我，我把他拉到阳台上说：你看看，我住在楼上看不到外面的风景。这是我这辈子最后的住房了！他还是那句话：对不起对不起，这事我没有办好，给你留下了终身的遗憾。我说现在还讲个屁？！

陶正明就是这样的一个人。喜欢正明的"懂"文。友情懂浅表易，懂深刻不易；懂一时易，懂长久不易；懂顺时易，懂逆时不易……其实，懂你一点一次一些就好，那点那次那些已足够。心里有你的人，都已记下都已明白，已够温暖一生。让我们试着学会一个"懂"字。

（徐志耕，浙江绍兴人，1964年入伍，曾任南京军区政治部文艺创作室创作员、副主任，《解放军报》记者，专业作家。中国作家协会会员，文学创作一级。）